岭南画卷

老广州

景　灏 ◎ 编

泰山出版社·济南·

图书在版编目（CIP）数据

岭南画卷：老广州 / 景灏编 . -- 济南：泰山出版
社 , 2024.8
　　（老城趣闻系列丛书）
　　ISBN 978-7-5519-0751-4

　　Ⅰ . ①岭… Ⅱ . ①景… Ⅲ . ①散文集—中国—当代
Ⅳ . ① I267

中国版本图书馆 CIP 数据核字（2022）第 258309 号

LINGNAN HUAJUAN：LAO GUANGZHOU

岭南画卷：老广州

编　　者 景　灏
责任编辑 徐甲第
特约编辑 史俊南
装帧设计 蔡海东

出版发行 泰山出版社
　　　　　社　　址　济南市泺源大街 2 号　邮编　250014
　　　　　电　　话　综 合 部（0531）82023579　82022566
　　　　　　　　　　市场营销部（0531）82025510　82020455
　　　　　网　　址　www.tscbs.com
　　　　　电子信箱　tscbs@sohu.com
印　　刷 山东华立印务有限公司
成品尺寸 160 毫米 × 235 毫米　16 开
印　　张 18
字　　数 230 千字
版　　次 2024 年 8 月第 1 版
印　　次 2024 年 8 月第 1 次印刷
标准书号 ISBN 978-7-5519-0751-4
定　　价 62.00 元

目　录

呜呼广东人

苏曼殊

吾悲来而血满襟，吾几握管而不能下矣！

吾闻之，外国人与外省人说："中国不亡则已，一亡必亡于广东人手。"我想这般说，我广东人何其这样该死？岂我广东人生来就是这般亡国之种么？我想中国二十一行省，风气开得最早者，莫如我广东。何也？我广东滨于海，交通最利便。中外通商以来，我广东人于商业上最是狡猾。华洋杂处，把几分国粹的性质，淘溶下来，所以大大地博了一个开通的名气。这个名气，还是我广东的福，还是我广东的祸呢？咳，据我看来，一定是我广东绝大的祸根了！何也？"开通"二字，是要晓得祖国的危亡、外力的危迫，我们必要看外国内国的情势、外种内种逼处的情形，然后认定我的位置。无论其手段如何，"根本"二字，万万是逃不过，断没有无根本的树子可以发生枝叶的。依这讲来，印在我广东人身上又是个什么样儿？我看我广东人开通的方门，倒也很多。从维新的志士算起，算到细崽洋奴，我广东人够得上讲"开通"二字者，少讲些约有人数三分之一，各省的程度，实在比较不来。然而我广东开通的人虽有这样儿多，其实说并没有一个人也不为过，何也？我广东人有天然媚外的性质，看见了洋人，就是父爷天祖，也没有这样巴结。所以我广东的细崽洋奴，独甲他省。我讲一件故事，给诸位听听：香港英人，曾经倡立维多利亚纪念碑，并募恤南非战事之死者二事，而我广东人相率捐款，皆数十万，比英人自捐的还多数倍。若是遇了内地的什么急事，他便如秦人视越人的肥瘠，毫不关心。所以这样的人，已经不是我广东人了！咳！那晓得更奇呢！我们看他不像是广东人，他偏不愿做广东人，把自己祖国神圣的子孙弃吊，去摇尾乞怜，当那大英大法等国的奴隶，并且仗着自己是大英大法等国奴隶，来欺虐自己祖国神圣的子孙。你看这种人于广东有福？于广东有祸？我今有一言正告我广东人曰："中国不亡则已，一亡必先我广东；我广东不亡则已，一亡必亡在这班入归化籍的贱人手里。"

于今开通的人讲自由，自思想言论自由，以至通商自由，信教自由，却从没有人讲过入籍自由，因为这国籍是不可紊乱的。你们把自己的祖宗不要，以别人之祖宗为祖宗，你看这种人还讲什么同胞？讲什么爱国？既为张氏的子孙，便可为李氏的子孙。倘我中国都像我广东，我想地球面皮上，容不着许多惯门归化的人。呜呼我广东！呜呼我广东！这是我广东人开通的好结果！这是我广东人开通的好结果！

我久居日本，每闻我广东人入日本籍者，年多一年。且日本收归化顺民，须富商积有资财者，方准其入归化籍。故我广东人，旅居横滨、神户、长崎、大阪等处，以商起家者，皆入日本籍，以求其保护，而诳骗欺虐吾同胞。东洋如此，西洋更可想见。呜呼！各国以商而亡人国，我国以商而先亡己国！你看我中国尚可为吗？你看我广东人的罪尚可逭吗？吾思及此。

吾悲来而血满襟，吾几握管而不能下矣！

原载1903年10月上海《国民日日报》

广东与戏剧

田　汉

　　"广东"这个名词和"戏剧"这个名词在我的灵魂上是同样的亲密；但不曾把这性质不同的两个名词并起来考虑过，因为不曾有过那样的机会和刺戟。现在予倩要我写一关于新粤剧之建设的论文，觉得尚非其时，虽然我现在到了广东，并且看过了一次粤剧。

　　看粤剧这却不能算初次。去年双十节国庆纪念日在上海西门公共体育场曾看过一次。班子是"镜花影"，演的是《送京娘》，我最初很好奇地去站了一会儿。第一个出场的是一个身穿绚烂夺目的绣金旗袍、手拿金折扇的人物，我疑心是个花旦，仔细一看，他带着束发冠，画了两道剑眉，并且说："俺姓赵名匡胤，表字玄郎……"原来他是赵玄郎，这和京剧、汉剧里赵玄郎的传统观念相去太远了，不能不使我惊怪。一会儿出来了一个真的花旦，也穿的是旗袍，所不同者头上不冠而梳的是李旦旦式的辫子。我有些看不下去了，才从人中间挤出来。后来听说广东也是这样。他们只要穿的衣裳时髦、鲜艳，穿者的时代、阶级、性格，甚至性别等是不大管的。我想广东戏假若真有这种倾向，却是种大可叹息的不容易得救的倾向。

　　我想真正的广东戏许不是这样的，一样好玩意儿的存在非有它真正的特色不可。我很想看看真正的广东戏。

前晚在海珠戏院看了马师曾、骚韵兰们演的《赵子龙》，我们五人共费了三十余元，坐了四个钟头，洪深先生一面听予倩的翻译说明，一面详详细细地笔记。他们的确和我在上海看过的不同，赵子龙、周瑜、孙权、刘备、张飞……都没有穿旗袍，甚至樊氏、孙夫人都没有穿旗袍。这真如该台戏单上所说，"使看客们重睹汉官仪"了。

关于动作、台词、音乐等，洪深兄等另有批评。但我们都觉得只是看了一次移到了广州的上海式的京戏，如赵子龙招亲一类的本戏。他们中最杰出的马师曾就是京戏化或是海派化最厉害的一个。这据说还不是粤剧的真面目，还不足以代表粤剧，只能多少看出粤人对于新粤剧建设之一种挣扎，或地方色重的粤剧之中央化。

真正的粤剧，应该是真正能写出广东的环境、广东人和环境苦斗之历史、广东人建设新环境之要求与理想的戏剧，就是能传出广东的地方色与广东人的性格的努力的戏剧。这种纯正的粤剧应该是存在过的，并且现在也是存在在什么地方的，我们得拼命地去找它。

等到找到了这种戏剧我们才能谈"广东的戏剧"。找不到时我们也不要失望，把广东人所爱用的色彩，所爱歌的音节，以及他们对于自然与人生无意识中吐露的言词、发出的动作，合理地、艺术地构成起来，你便可以看出一种真粤剧的曙光了。

初三日

原载1929年2月16日广州《民国日报》，《戏剧研究》副刊第1期

广州印象记

田　汉

十年梦里珠江水，今日居然眼里！南国风光如此：况又逢花市。　　荔枝湾畔芳村尾，闻道断垣犹峙，何处可寻昭姊？直欲相思死！

——〔桃源忆故人〕调

一　白鸥

——把手套丢给我！

——太低了，丢不上来，回头反要落到水里面去。

——那怎么办？你不是知道我的手顶怕冷的吗？

——不要紧，你忘了你是向热带去。广东用不着手套。

——哦，不错，那么就得了。

——可是，你有话嘱咐我么？

——……请你替我母亲招呼一下子海男，别让他在外面同别的小孩子闹。

——还有呢？

——还有么？……"我心如刀割，也说不出什么来了。"

——哈哈，哈哈哈……

——哈哈，你有什么话没有？

——田先生，我告诉你，你……

——我怎么样？听不清。怎么啊？好，再会了。再会了。

由新关码头把我们送到德邮船 Trier 号上的小轮 Victoria 号没有等我听清她的话就准照着时间开走了，只隐约地替我留一些呼声和巾影。

我们的大船是什么时候开的我不晓得，因为进过 dinner（晚餐）之后一觉醒来，跑上甲板看时，已经是波涛万顷，四望无际了。只有十数白鸥远追逐着船尾的白波，载飞载鸣，依依送别。我木立舵楼十分钟凝视着它们，见它们中间有一只振翅向前疾飞，好像在暮云中忽然发现了一种什么新的幻影似的，接着它的同伴跟着一起向前追逐，但那先驱者又像幻影破灭了，向原来的方向飞转来。一会儿它由半空中展翅不动，堕也似地疾驶而下，直落到由船尾推进机翻起的白波之上。接着它那些追随者也纷纷飞堕，如群鸭在池，哦哦相和。一会儿另一先驱者又复突飞而起，群又追逐之，结果又回到白波翻处。如是者周而复始。我不由地羡慕它们这种海阔天空的自由，同时也不免悲悯它们又正和我们一样地劳苦！

第二天天气颇好，午后有很和美的太阳，海水也绿得可怜了。不过波涛甚为险恶，得亏是大船，又兼是顺风，所以还是舒适极了。船尾依旧有白鸥追逐，不过数目少得多，这自然不是昨天的旧相识吧。

右面水天相接处已发现祖国的陆地了。甲板上的人说是隔福建厦门还远。我凝眸远视，波光云影中如见一愁眉泪眼之女子伫立海边，遥遥相唤，不觉心中惨然。急到吸烟室写一信寄她，并填一小词。

波光媚，波头翻白波心翠。波心翠，其间飞动，海鸥三四。　　云山一带横如臂。凝眸忽堕离人泪。离人泪，记成文字，数行遥寄。

——〔忆秦娥〕调

二　香港（上）

才停鼓吹，正雾幕渐收，灯眼犹醉。绝爱澄波碧透，众峰横翠。指点港龙形胜处，叹前朝、金瓯轻碎。罢工当日，繁都冷落，算舒民气。　　撒克逊、神明所寄，学岭畔闲云，登临凝睇：禹鉴龙门，应似这般心细，一枪一犬流荒岛，整江山如此清丽。欲兴吾民，人人先读，鲁宾孙记。

——〔桂枝香〕调

拼命想趁这几天恢复他那失去的七磅肉的洪深先生和我喝了几杯啤酒，听了一回音乐之后，又去睡觉去了。我还是咬着笔，皱着眉，伏在吸烟室的一隅想继续写定一封信。可是这吸烟室里本有两桌麻雀与象棋的，一会儿都雀飞象走了。只剩下我一人还在写。

那常买啤酒和来因酒与我们俩喝的侍者进来了。先关了好几盏灯，忽见室隅还有我在写文章，轻轻地走到我的面桌边用英语说：

——先生，你早一点儿睡吧。船明早八九点钟便可到香港了。恐怕你那时候起不来。

——哦，那么今晚是最后一晚了。我怎么舍得你船上的好啤酒。

——不要紧，你不说明年上柏林去吗？那里有的是。

是的，我确实想到柏林去。我同洪深兄商量过明年咱们想法子一道去，尤其是想乘这个船由上海直达汉堡。因为这个船实在使人留恋，有好的酒，好的音乐，还有好的侍者，还有美丽的女客，虽说那个女客也许明天要和我们一样离开这个船。

我只得睡了。

第二天还在梦中，早听得一片鼓吹之声，由远而近，接着是一片笑声，闹得一房的人都起来了。我也只得起来。听得轮声缓慢，知道已经入港了。随着众人登甲板一看时，朝雾未消，春寒犹峭，只见三面云山环绕着一湾碧得可怜的海。海上浮着千百只大小船。最惹人注目的是那珠光灿烂，着一身缟素衣裳的"亚洲皇后"号，从我们船左姗姗来迟。对面的山在朝雾中虽然看不分明，但隐约可见山麓一带好整齐的市街，市街上面又是无数层的市街。还有那横的白线，据说是环山的马路；直的白线，据说是上下山的电车路。虽然看不见天上星河了，那屋角树梢却还有残星明灭。

——这不是香港？

——这最高的山顶上便是炮台，那一带是不许中国人住的。何东爵士虽自以为是英国人，但他们总认为他是中国人，也不让他住。

——那是怕用兵的时候，中国人妨害他们的行动。原先德国人占青岛也是这样的。

——大罢工的时候，省港断绝交通达一年之久，中国人都搬回广州，香港居民去了十分之八，登时把个繁胜的香港，又化成冷落的渔村了。从此英国人才把中国人看得起些。

——哦，我们要搭火车到广州去怎么去法呢？

——你看，这面便是也给英国人租去的九龙，那黑烟缭绕的地方便是车站，到广州的车今天下午两点半开，此刻还早，我陪你们到香港去玩玩吧。我家里原先住在香港，很熟习的。

由洪深先生的介绍，我们便随着这位自告奋勇的向导去游香港了。这位向导先生和我同住在一间房里好几天了，我不曾请教过他，这时才知道他是我在上海的旧识戴不平君。他在民新公司时，曾同顾梦鹤君到过南国好几次的。说起来他应该早认识我了，却因我脱了西服，穿了一件中国棉袍，并且总是喝得醉醺醺的，一进房纳头便睡，他也认不出是我。据说直等到我的被窝一晚掉了七次，睡在我下面铺上的那位先生，替我捡得厌烦了，最后拿起向上面扔的时候，才疑心那上面睡的是我。

我们是这样重新认识了。

我和洪深，一个长沙人，一个常州人，都不曾到过广东，广东话对于我们只是些什么天文学、机械学。有了一个这样的同伴自然是再好没有的了。同时还有两位苏州先生也和我们同病，便请求加入，我们也承认。戴君之意本拟落大东旅馆，后来为经济计，把行李全托了一个中兴栈的伙计。我们雇一只电船刚抵码头时，那船夫说：

——先生，有人找你们。

我们惊异得很，伸头一望，徐骏早在岸头欢叫了。一上岸他便呈上予情写来的欢迎信。

      ……闻联袂南来不胜欣喜。以适当年尾，未能亲自相迎，殊为抱歉。特托中兴栈主人照料一切，请即搭船来省，弟当在长堤预备猫狗虫蛇之宴为兄等接风云云。

我们大喜。而仍不免大惊异者，就是我们不过偶然托了中兴栈，为什么予倩替我们预备的简直就是这个栈？我们不过偶然乘了这只电船，徐骏怎么偏晓得来接这只船？那船夫根本不认识我们，怎么晓得徐骏是来找我们的？这些事都使我们不可解。似乎什么事"冥冥中都有主宰"；似乎"世界虽大其实又很窄"；似乎"人生何处不相逢"的话是真实的。不过话又说回来了，予倩的欢迎信中所谓预备猫狗虫蛇之宴为我们接风的话，后来却不真实，因为据说那些都是补品，一交春便都过了时，不能吃了。

我们到中兴栈将近正午了。

（上完）

原载1929年2月21日、25日、26日广州《民国日报》，《晨钟》副刊第191、193、194期，原未刊完

从广州回来

田 汉

洪深要我写一篇《从广州回来》登在《戏剧运动》。他拜托我这事是在明星公司欢迎在美中国Cameraman James Ho Wang* 的那晚上。那晚他预备和我一醉，但我们的义务在使别人醉，而不宜"借别人的酒杯浇自己的块垒"，所以只得过"浅醉"而归。

昨天洪深又写信来催我了，说：

> 回来只见过一面，同居上海而缘悭如此，亦可见深受生计之威压，做人之牛马化也。本星期晚请留出时间，拟与兄寻地一醉。此次新排诸戏，请给我几个角色演演，不可忘记了。盖我从人生所受的痛苦，只好借戏台来发泄之耳。《从广州回来》一文已登出预告，请兄务必抽闲一挥，长短不拘，数百字亦可。

他那里慨乎言之，我这里也怃然有感。因此我这篇文章便看着看着超过数百字了！

实在我们现在虽然数星期才得一面，而"到广州去"的时

---

* 电影摄影师黄宗霑，黄的英文名为 James Wong Howe（1899—1976）。

候却是天天在一道的。顶愉快的是同乘德国船德利亚号（Trier）到香港去那几天的生活。那德国德利亚号不愧是条有代表北欧最高文化的国家的船。我们坐的小汽船刚泊近她的时候她已经发出醉人的妙音来迎接我们。我们最初以为是接什么"德国要人"的呢，后来才知道这是民众的她对于全乘客的敬礼。

我和洪深也是前世修得不够，同船而不同舱。和我同舱的都是些广东人。我不懂他们的话，我也疑心他们都不懂我的话，虽说到上岸的那天才发现那同舱者中居然有一个几年前的熟人。因此我一回到舱里老是睡觉。不过我们在食堂，在吸烟室，在后甲板依然有充分畅谈的机会。

我们一天消磨在吸烟室里的时候最多。吸烟室里的人也多。那些广东商人一桌一桌地拼命地筑他们的长城。筑了又拆，拆了又筑，使人想起文明的运命。那几位在中国内地传道的德国牧师们一个个衔着一根短的水烟袋，像默祷着似地一心一意地静观棋局，看得准了便用手把那有柄的棋子儿提一提。我和洪深既没有秦始皇的野心，也没有谢安的闲情逸致。我们是拼命地喝啤酒。喝到酒酣耳热，洪深的脸好像更大了。他会很感伤地、沉痛地告诉我他学戏剧的原因。我也告诉了我这次南行的道理。我们终于成了同志了。我说："我们明年同坐这个船一直到德国，去研究戏剧去吧。"

不用说，他是很赞成我的话，和赞成他将来会成个大胖子一样。不过在旅行中我们有一点不同志的地方，就是说那每餐只到餐堂进一点点食就回到房里去的、一位有一头黄金的波浪似的头发、白绸小衫上卷着黑毛的小圆领、着一条黑绒短裙、丰阔停匀的腿下着一双安着皮纽的高跟鞋的俊俏的年轻的女士是一个很高贵的"小姐"，而他硬说她，简直是污蔑她，是白俄的私娼。啊，琐尼亚啊——假如你的名字叫作琐尼亚的时候，你一定不是洪深所说的那样的人吧。洪深他哪里知道你。他把人生看得……太什么了：即算你不幸而是私娼，你才真是时代的牺牲者，你祖国社会改革中留下了的伤痕。你是何等值得人类的——至少是我的同情而使我永不忘记你那亭亭的愁影啊。（待续）

原载1929年4月16日、30日上海《时事新报》，原未刊完

广东与中国

陈序经

一

广东在中国，无论在文化上，在抗敌上，都占据了很特殊与很重要的地位。

从"原始"文化的种类方面来看，广东可以说是"原始"文化的展览会。从中国文化的新旧方面来看，广东不但是新文化的策源地，而且可以说是旧文化的保留所。从历史或今后民族抗敌来看，无论在消极方面，或积极方面，广东都可以说是抵抗外侮与复兴民族的根据地。

二

我们现在先从文化方面说起。

我说从原始文化的种类方面来看，广东可以说是原始文化的展览会。因为在广东，除了所谓汉族以外，还有好多所谓原始民族，所谓苗、僮、徭、黎、畲、佬、侬、岐、獠、蛮、疍等等，种类既是繁多，文化也往往因之而异。在文化的语言方面，不但这些各异的民族，有了不同的方言，而且可以找出结绳以记事，与刻木以为契的痕迹。在文化的物质方面，无论在衣食住方面或渔猎农业工业各方面，都有了不少的原始文化的特征。在文化的社会方面，举凡各种婚姻制度、家庭制度，以至各种部落的生活，都可以在这些不同的民族里找出来。就是所谓奇特的产公制度（Couvade）也可以在这里找出。《太平广记》曾记载：

> 越俗，其妻或诞子，经三日便澡身于溪河。返具糜以饷婿。婿拥衾拖雏，坐于寝榻，称为产翁。

又云：

> 南方有獠妇，生子便起，其夫卧床褥，饮食皆如乳妇，稍不卫护，其孕妇疾皆生焉。其妻亦无所苦，炊爨樵苏自若。

此外，在文化的精神方面，所谓各种迷信与图腾主义，都可以在这些不同的民族里发现。

此外，又如以舟为家的疍民也很为奇特。疍民的历史，虽可以追逐至三国以前，然自宋以后，陆居疍民似已绝迹，书籍所载，只有水居疍民。究竟水居疍民是否来自陆居疍民，还是一个尚没有解决的问题。疍民在今日，只有广西、福建、广东三省能找出来，而在这三省里，不但在广东的疍民，占了最多的书目，而且据我们调查所得，福建与广西的疍民，好像是从广东迁移的。疍民世居水上，从前称为龙户，崇拜蛇神，现在虽差不多完全汉化，然其固有文化的痕迹，并非完全没有。

总而言之，广东不只是有了所谓陆上的原始民族，而且有了所谓水上的原始民族。这些水上的原始民族是世界上原始民族的特殊现象。而且正如上面所说，因为水陆两方面的原始民族的种类既是繁多，文化也往往因之而各异，所以世界上各处的原始民族的各种不同与奇特的文化，我们差不多都可以在这里发现。我所以说广东是原始文化的展览会，就是这个缘故。广东既可以说是原始文化的展览会，那么广东也可以说是一个研究原始文化的很好的地方了。

其实近代人类学、民俗学，以至社会学、文化学的发展，主要是得力于所谓原始民族与原始文化的研究。泰罗尔（E.Tylor）、斯宾塞尔（H.Spencer）、格林姆（G.Klimm）、拉最尔（F.Razol）、雷维蒲（Levy-Bruhl）、菩阿斯（F.Boas），以及其他的好多著名学者之所以能有特殊的贡献，主要的是从原始民族与原始文化里寻找资料。所以从研究文化的立场来看，我们对于这些所谓原始民族的文化的研究，是一件特别要加以注意的事情。

三

我国北部，经过战乱，而尤其是宋室南渡之后，北方人士之有气节与能力者，多向南迁移。因而我国固有文化的重心，也随之而向南推进。这些固有文化，在北方因受异族统治之下发生变化，或逐渐湮没，而却存在南方，而尤其是广东者，实在不少。我所以说广东为旧文化的保留所，就是这个原因。

关于这一点的最显明的例子，要算广东的语言。广东话是中国现存的最古的语言，这是大家所公认的。又广东话不但历史较长久，而且声音较丰富。据说从声音方面来看，在粤语里有了一千二百多，而在国语里只有六百多。这就是说从声音的数目来看，广东话与普通话相差了一半之多。因此之故，有些人遂以为改革中国的语言，应以声音较为丰富的广东话为标准。这种见解，是否适当，我们不必在这里加以讨论。我们所要注意的是广东话里所保留的古音的成分最多。比方我们说"家"这个字，在普通话为ch音，而在广东话为k音。k音是中国古音。这不过是举一个例子，然而这种例子是很多的。语言是文化的主要元素，也是文化的根本基础。从历史较为久长的语言里，我们也可以认识历史较为久长的文化。

不但这样，在所谓广东的汉族里，方言至为复杂。主要的不同的方言，如广州话、客家话、潮州话、琼州话等等，用不着说，就是以一州以至一县的方言，也有很多的不同。有人说中山一县，就有五十余种方言，这虽是从其细微方面来说，然而中山方言的复杂，可以概见。而况就在中山一县，石歧隔河的青岗等处，所说的方言，可以说是与石歧所说的方言完全不同。为什么广东的方言有了这么多，这是很值得我们研究的。我常说，在广东的中山大学，或岭南大学，应该设了一二个广东方言的教席，专门研究这些方言，可惜这种计划，不但至今没有实现，连了对于这个问题能够注意的，也少有其人。又况因为方言上的差异，往往也使文化的其他方面，有了不少差异之处。在南洋一带的广东人之所以分为广帮、客帮、潮帮、琼帮，恐怕方言的不同，是一个主要原因罢。这又是很值得我们注意的。

在文化的物质方面，专以衣食住三方面来看，固有文化之尚存在广东者也是很多。《论语》所谓"四方之民襁负其子"的襁褓在北方各省，早已没有，而在两广及南方各省，却随处可见。广东与南方的各种民族中所着的衣裙、所穿的鞋屐、所包的头巾，有很多还是古代的遗物。古代燕赵的慷慨悲歌之士，喜吃狗肉之风，至今岂不是尚遗留在广东各处吗？广州河南岛在数年前，还有专卖狗肉的街道。《战国策》有周人谓"鼠未腊者朴"，那么郁郁乎文哉的周人，不但是吃老鼠，而且有了腊鼠，像我们今日的腊鸭、腊肉一样，至少在广州的疍民社会里，至今还可以找出吃鼠肉与腊鼠的遗风。据一位德国工程师的研究的结果，广东人所住的房屋，而尤其是广东人所建的祠堂，是最能代表中国固有的建筑艺术。这种观察，是否正确，当然无不疑问，然而这个问题，值得我们的探求，是无可非议的。

家族是中国社会的基础，先齐家而后治国，是我们的古训。可是家族观念最为浓厚的地方，要算广东。家族组织最为完密的地方，也要算广东。因此之故，崇拜祖宗的热诚与迷信风水的习惯，比任何处都要厉害。因而有风水的地方，无论价值多贵，道途多远，总要以得到手而后已。因而宗族人数，无论怎样少，住屋无论怎样陋，堂皇的祠堂是必有的。每村每乡的每姓，照例要有一个祠堂，有时候除了一村一乡之内的一姓的公共祠堂之外，且分为长房二房三房，而各有其特殊的祠堂。再进而一县、一州、一省，也有其共同的祠堂，而成为一种联邦式的组织。甚至到了南洋各处，也有了陈家社、林家社等组织。这是北方所很少见的现象。不但这样，在每家里的正厅，也要有了祖宗的神牌。假使为了环境所迫，而必须全家迁移的话，祖宗神牌也要一起带走。近来有人调查，以为广东的田地，有了一半是在祠堂之手。这些统计，是否确实，我们不必在这里加以讨论，但是广东的祖田祖产之多，是没有可疑的。家族制度之影响于经济方面，可以概见。因为祖田祖产很多，依赖祖田祖产去生活的人，也很不少。此外，乡村学校不但往往以祠堂为校址，以祖田祖产的入息为经费，事实有了好多离本乡而到外边，以至到外国的留学生之受祠堂的津贴的，也很不少。

又如在思想方面，广东人之极端守旧，比之他处也较为厉害。比方一般华侨，虽然在海外，受了新文化的陶染，然而头脑旧得厉利的，也很不少。康有为不是维新的领袖吗？然而维新失败以后的康有为，岂不是提倡复古最力的人物吗？陈焕章不是哥伦比亚大学的洋博士吗？然而提倡尊孔读经最力的，也岂不是这位陈焕章吗？民国以来，香港可以叫做尊孔的大本营。在这里，我们不但可以找出组织完密的孔教会，建筑堂皇的孔教堂，而且在一般的小学、中学，以至在香港大学，四书五经差不多成为必修的科目。因而好多的满清遗老与守旧分子，多以香港为其活动的根据地。这虽可以说是与殖民政府的政策有关，然而也可说是广东人守旧的一种表示。不但这样，民国以来，复古空气最浓的时候是民国廿年至廿五年之间，而在这个时期里，全国复古空气最浓的地方，又要算广东，所以陈独秀先生在广东是被叫为陈"毒兽"。胡适之先生到了广东，不但被人加以冷眼，而且有人提议应该以孔子对付少正卯的办法，去应付他。我们知道湖南在那个时候，虽有了何健先生极力提倡复古，可是胡适之先生到湖南时，还有机会在那里演讲。然而他在广东的时候，因为守旧的势力太大，使事前约他在中山大学演讲的邹鲁先生，也不能不自食其言，而取消这些演讲。此外，学海书院的设立，四书五经的重印，以至相命风水的提倡，可以说是猗欤盛欤。我们知道，自中央政府建都南京之后，中央要人如孔祥熙、戴季陶诸先生，虽极力提倡孔教，然而通令祀孔，中央却在广东之后。

上面不过随举出一些例子，然而广东是我们的旧文化的保留所，已可概见。

四

自中西海道沟通以后，西方文化继续不断地输入中国，中国文化无论在经济上、在政治上、在宗教上……都受了很重大的影响，逐渐地趋于新文化的途径。原始文化与固有文化在这种情形之下，也逐渐地呈了崩裂的状态。从研究文化的观点来看，我们对于这些文化，应当设法从速研究，是没有问题的。因为现在若不从速研究，则将来时过境迁，就使我们而想对于这些文化加以研究，恐为情势所不许。从采纳文化的观念来看，究竟我们还要保留旧的文化，或是提倡新的文化，这也是很值得我们注意的。然而我们所要特别加以注意的，是自从西方文化传入以后，因为地理以及其他的原因，粤人可以说是这种新文化的先锋队，广东也可以说是这种新文化的策源地。关于这一点，我们愿意略加阐释。

因为广东是中西交通的枢纽，故新式的商业发达较早。譬如先施、永安、大新等，规模较大、资本较厚的百货公司，固为粤人所创始，就是其他各种较小的新式商店，也多为广东人所首创。广东本身固是新式商

广州的商业街

业的策源地，广东以外的好多通商口岸的新式商业，至少在其发展的初期，也多为广东人所设立。在工业方面，奏请开设较早的江南制造局的，固是曾国藩，可是江南制造局的规模的计划，以至机器的订购与转运，是完全得力于容闳。容闳不只是首创这个制造局，而且设法去逐渐扩充。丝业是我国出口的大宗，但是我国新式丝厂的成立，可以说是始于陈启源。陈启源在光绪初年，在安南经营商业，看了法国人在那里所设立的缫丝工厂里所用的新式缫丝机器，因而介绍于国内，并且创造脚踏机，以人力代火力，其后又改用蒸汽原动力。顺德之所以成为国内丝业的中心，陈氏的贡献实在不少。此外又如南洋兄弟烟草公司、张裕酿酒公司，以至装饰用品方面的广生行，糖果饼干方面的马玉山，或在广东设立，或在他处经营，但都是以广东人为主。

在矿业方面，开平矿务局是我国近代矿业的嚆矢，可是当李鸿章奏请设局开矿的时候，其资本二百二十万两，差不多完全是广东唐廷枢所召集。

在变通方面，第一次由国人自己计划与建筑的有名的京绥铁路是詹天佑所主持的。据说当詹天佑负责去计划与建筑这条路的时候，有了好多国人，而特别是好多外国人，都以为他不会成功，然而他终于成功。容闳在一八六七年已呈请政府当局设立轮船公司，这可以说是种下招商局的种子。又在那个时候．他又建议设立国家银行，并且拟了很详细的总行、分行的章程，这可以说是种了以后的中国、交通等银行的种子。

此外广东的华侨，数百年来，在海外所经营各种企业与实业，不但在海外占了很重要的地位，就对于广东与整个国内的经济上，都有莫大的帮助。清初屈大均在其《广东新语》里已经告诉我们：

> 吾广谬以富饶特闻，仕官者以为货府。无论官之大小，一捧粤符，靡不欢欣过望。长安戚友，举手相庆。以为十郡膏境，可以属餍脂膏，于是争以母钱贷之，以五当十，而厚责其赢利。

总而言之，广东因为地理与其他的原因，与海外各地交通较为便利，商业较早发达，经济上占了优越与特殊的地位，因而各种物质的生活与经济方面的各种组织之趋于近代化，也比较其他的地方为早。

在政治方面，太平天国之勃起，主要是藉基督教以号召群众。所以曾国藩在其讨太平天国的檄文里说：

> 粤匪窃外夷之绪，崇天主之教……举中国数千年礼义人伦，诗书典则，一旦荡尽，此岂独我大清之变，乃开辟以来，名教之奇变，我孔子孟子之所痛哭于九原。

然而最奇特的是，拥护孔孟的曾国藩，终于不得不窃外夷之绪，以平太平天国，以开同治中兴，与以倡维新运动。而所谓窃了外夷之绪的洪秀全，到了南京坐金銮殿之后，却去提倡科举的制度，劝读孔孟的典籍。我们虽不能以成败论事，然而曾国藩之所以成功，洪秀全之所以失败，实可以作我们读历史的人一个很好的反省。

又如维新运动的康、梁，都是粤人。维新运动失败以前的康有为，是一个主张西化很力的人。至于梁启超在维新运动后的十余年，还是中国新思想新文化的先锋。维新运动，虽如昙花一现，转瞬凋零，然而历史上的意义，却很重要。这个运动，不但与甲午之败，以至庚子之祸，都有关系，而且与革命运动也有了关系。可惜近来人们对于这一点，不但少有注意，而且好像已经忘记。

至于孙中山先生所领导的革命运动，以至民国十七年的北伐运动，乃策源于广东，这是妇孺所共知，用不着我们加以详细的叙述的。

在宗教方面，景教是西洋基督教的支流，其流传入中国，虽在唐朝初年，而其输入的路线，也虽非始于广东，然而景教在中国文化上的影响，既不算很大，而其流传也不算得久。至于天主教在元代，虽亦从北方输入，然而那时从北方输入的天主教，也是随元朝的灭亡而断绝。只有自海道沟通以后而从广东输入的天主教，不但一直发展至今，而且对于中国文化的影响也至大。自海道输入的天主教的中坚人物是利玛窦。利玛窦是一八五二年抵澳门，他后来在肇庆、韶州住了十余年，学习中国语言，考察中国风土，翻译西书，画绘地图，然其主要目的却为宣传宗教、罗致信徒，与设立教堂。他在肇庆、韶州，不但设立教堂，而且劝了好多国人入教。到了后来，他又得了琼州的王忠铭以及其他人士的帮忙，始赴北京，使天主教在中国立了基础，同时也使天主教在中国继续不断地发展。至于新教的马礼逊，自一八〇七年到广州后，始终致力在广东宣传宗教。而国人之信仰新教较早与宣传新教较力的是粤人梁发，□□一般人所共认为中国的新教徒的先锋，他的墓现在还在广州岭南大学里。

在教育方面，较早留学西洋的如清初香山的郑推信，用不着说，近代留学的先锋要算容闳、黄宽、黄胜三位。黄胜到美国后，不久因病回国，成就较少。黄宽留美后，又留英国爱丁堡大学，专攻医科。据容闳告诉我们，他不但是中国的医学的先驱，且为好望角以东的最负盛名的外科医生。所以旅粤的西人，欣迎黄宽，较甚于欣迎欧美医士。容闳回国后，不但对于曾国藩的新政，帮助最力，对于维新运动，对于革命运动，都有关系，然而他最大的贡献，还是在新教育的传播上。他是第一个主张派送留学生去西洋求学的人。从一八七二年至一八八二年之间，政府分批派送百余留美学生，这不但是由他发起与计划，而且由他亲带学生出洋。此后留学生的派送，以及留学生之影响于中国，都可以说是发端于容闳。又在维新运动的时候，康有为劝了光绪帝废除科举之后，又劝光绪振兴学校，也是我国新教育的主动人物。

此外，梁启超的文字革命的主张（《新民丛报》第一号），白话小说的写作（《新小说》杂志），与其通俗文体的流行，以至黄公度的新诗，对于近代白话文运动均有深刻的影响。至于妇女运动、劳工运动，与新式都市的运动等等，都可以说是策源于广东。

五

广东是旧文化的保留所，又是新文化的策源地。因粤人既是旧文化的守护者，又是新文化的先锋队。这好像是自相矛盾，这好像是趋于极端，然而极端的守旧，与极端的维新，在文化上固有差异，在民族性上似可以说是一致。中国今后需要哪一种文化，凡是稍能留心我国文化的以往的趋势，与今后的急需的，都能容易明白。至于极端的民族性，从我们传统的中庸的思想来看，也许不对，可是从我国今日的情形来看，却很需要。其实，我们的祖宗在过去所以不愿受统治于五胡、辽，金、蒙古、满洲，而向南迁移到广东来，到外洋去，就是不愿同化而表现出极端的性格。同样，我们的祖宗在汉时、在唐代，竭尽兵力，征伐南蛮，斩荆棘，辟疆土，就是不甘自足而表示极端的性格。这样看起来，极端是冒险，极端是进取。极端才不怕死，极端才作革命。不怕死然后抵抗强敌，作革命才能复兴民族。我所以说广东是抵抗外侮复兴民族的根据地，就是这个意思。

中国民族的发展，大致上可以说从黄河流域而至长江流域与珠江流域。汉以前，长江以南，还是荆蛮，汉时越王赵佗还自称为蛮夷，但是经过汉唐两代的南进，与晋宋两代的南迁，汉族逐渐地繁殖于珠江流域。汉唐的南进，与晋宋的南迁，有其根本不同之处，因为前者是自动的南进，而后者是被动的南迁。前者是因强盛而南迁，后者是因衰弱而南来，然而从民族主义的立场来看，两者却有其相同之点。因强盛而南移，固可以表现出我们的民族精神，因衰弱而南迁，也可以表现出我们的民族思想。因为因衰弱而南迁，在消极方面是表示我们不愿受异族的统治、压迫与同化，在积极方面，我们要与南方的原有民族相抗争，而与汉唐南进的结果，没有多大差异。我们知道，道光时湖南尚有苗患，光绪时广东还有黎患。这可见汉族与南方原有的民族的抗争的时间之长。至于在南洋的华侨之与异种民族的争竞，也不外是这种抗争的历史的延长与范围的扩大而已。

好多人类学者与历史学家告诉我们，现在安南、暹罗与马来半岛各处的土人，是由广东与西南各省迁移的。这就是说：他们是因汉族的南进而南迁，汉族愈向南推进他们愈向南迁移，正如湖南的猺、獞，因汉族的南进而移来广东。广东的汉族，不但移到中国最南的边境，而且推进到南洋海外各国。从民族的立场来看，广东人不但是民族向外发展的先锋队，而且因与异种民族的抗争的时间较为长久，民族思想的色彩，也可以说是因之而较为浓厚。

而况自东西海道沟通以后，西洋各种民旗接踵而来，广东人之在广东与南洋的，都因其地理与他种原因，与这些民族最先接触，因而近代西洋民族主义之影响于广东人也较为深刻。所以广东人在民族革命上，与抵抗外侮上，都占有特殊的地位。中国近代民族革命运动，可以说是始于太平天国，而发展于孙中山先生。然而这两种革命，正如上面所说，都是策源于广东。至于冯子材之败法军于谅山，十九路军之抗日，都是抵抗外侮的表示。

六

自广州失陷后，国人有了不少对于广东在抗敌上，持了悲观的态度，这虽不能说是全无根据，然也只能说是片面之见。我们应该明白，广州失陷的责任，主要是在主持广东的几位当局，而非广东的一般民众，所谓广东精神，既不能以几个人来代表，这种广东精神，也不会因几个人而消灭。八十年前，广州也曾被外人占据过，然而广东精神，并不因之而失却。何况广州虽失，广东的大部分，还在我们的手里。所以今后的广东民众与广东的当局，应当以固守广东的其他部分，以为固守国土的榜样，应当以克复广州，以为克复失地的先声。

不但这样，广州虽为广东的财力集中区域，然而广州的财力的来源，并不在广州。广州之所以成为繁盛都市，主要乃海外粤侨的力量。广东之所以称为富有的省份，主要乃海外粤侨的财力。所以广州虽失陷，都市的建设力量，却不因之而丧失。广东的其他部分虽被敌人威胁，广东的经济力量，也不因之而断绝。

抵抗外侮，与复兴民族的主要条件，至少有二：一为人心，一为财力。只要广东的精神不死，只要粤人的财源不竭，不但广东的前途可以乐观，就是中国的前途也有把握。

近来又有些人，以为历史上只有北方统治南方，没有南方统治北方，因此遂以为敌人自北而南，会演历史上的故辙。然而他们忘记了，近代历史，已与以往历史大不相同。在中国固有的文化统治之下，北方故是统治南方，然而自西洋文化从南方输入之后，情形恰恰相反，太平天国不是起自南方吗？革命运动不是起自南方吗？广东是新文化的策源地，在过去，广东人曾利用这种新文化去推翻满清，去抵抗外侮，而今而后，广东人愈要格外努力发展这种新文化，去打倒倭奴，复兴民族。

选自 1941 年 5 月 31 日《民族文化》第 2 期，该文于 1939 年 1 月 16 日上海《东方杂志》第 36 卷第 2 号发表的同名文章基础上增加更多论据

南行杂记

郁达夫

一

上船的第二日，海里起了风浪，饭也不能吃，僵卧在舱里，自家倒得了一个反省的机会。

这时候，大约船在舟山岛外的海洋里，窗外又凄凄地下雨了。半年来的变化，病状，绝望，和一个女人的不名誉的纠葛，母亲的不了解我的恶骂，在上海的几个月的游荡，一幕一幕的过去的痕迹，很杂乱地尽在眼前交错。

上船前的几天，虽则是心里很牢落，然而实际上仍是一件事情也没有干妥。闲下来在船舱里这么地一想，竟想起了许多琐杂的事情来：

"那一笔钱，不晓几时才拿得出来？

"分配的方法，不晓有没有对 C 君说清？

"一包火腿和茶叶，不知究竟要什么时候才能送到北京？

"啊！一封信又忘了！忘了！"

像这样地乱想了一阵，不知不觉，又昏昏地睡去，一直到了午后的三点多钟。在半醒半觉的昏睡余波里沉浸了一回，听见同舱的 K 和 W 在说话，并且话题逼近到自家的身上来了：

"D 不晓得怎么样？" K 的问话。

"叫他一声吧！"W 答。

"喂，D！醒了吧？"K 又放大了声音，向我叫。

"乌乌……乌……醒了，什么时候了？"

"舱里空气不好，我们上'突克'去换一换空气罢！"

K 的提议，大家赞成了，自家也忙忙地起了床。风停了，雨也已经休止，"突克"上散坐着几个船客。海面的天空，有许多灰色的黑云在那里低徊。一阵一阵的大风渣沫，还时时吹上面来。湿空气里，只听见那几位同船者的杂话声。因为是粤音，所以辨不出什么话来，而实际上我也没有听取人家的说话的意思和准备。

三人在铁栏杆上靠了一会儿，K 和 W 在笑谈什么话，我只呆呆地凝视着黯淡的海和天，动也不愿意动，话也不愿意说。

正在这一个失神的当儿，背后忽儿听见了一种清脆的女人的声音。回头来一看，却是昨天上船的时候看见过一眼的那个广东姑娘。她大约只有十七八岁年纪，衣服的材料虽则十分朴素，然而剪裁的式样，却很时髦。她的微突的两只近视眼，狭长的脸子，曲而且小且薄的嘴唇，梳的一条垂及腰际的辫发，不高不大的身材，并不白洁的皮肤，以及一举一动的姿势，简直和北京的银弟一样。昨天早晨，在匆忙杂乱的中间，看见了一眼，已经觉得奇怪了，今天在这一个短距离里，又深深地视察了一番，更觉得她和银弟的中间，确有一道相通的气质。在两三年前，或者又要弄出许多把戏来搅扰这一位可怜的姑娘的心意，但当精力消疲的此刻，竟和大病的人看见了丰美的盛馔一样，心里只起了一种怨恨，并不想有什么动作。

她手里抱着一个周岁内外的小孩，这小孩尽在吵着，仿佛要她抱上什么地方去的样子。她想想没法，也只好走近了我们的近边，把海浪指给那小孩看。我很自然地和她说了两句话，把小孩的一只肥手捏了一回。小孩还是吵着不已，她又只好把他抱回舱里去。我因为感着了微寒，也不愿意在"突克"上久立，过了几分钟，也就匆匆地跑回了船室。

吃完了较早的晚饭，和大家谈了些杂天，电灯上火的时候，窗外又凄凄地起了风雨。大家睡熟了，我因为白天三四个钟头的甜睡，这时候竟合不拢眼来，拿出了一本小说来读，读不上几行，又觉得毫无趣味。丢了书，直躺在被里，想来想去想了半天，觉得在这一个时候对于自家的情味最投合的，还是因那个广东女子而惹起的银弟的回忆。

计算起来，在北京的三年乱杂的生活里，比较得有一点前后的脉络，比较得值得回忆的，还是和银弟的一段恶姻缘。

人生是什么？恋爱又是什么？年纪已经到了三十，相貌又奇丑，毅力也不足，名誉，金钱都说不上的这一个可怜的生物，有谁来和你讲恋爱？在这一种绝望的状态里，醉闷的中间，真想不到会遇着这一个一样飘零的银弟！

我曾经对什么人都声明过，"银弟并不美。也没有什么特别可爱的地方。"若硬要说出一点好处来，那只有她的娇小的年纪和她的尚不十分腐化的童心。

酒后的一次访问，竟种下了恶根，在前年的岁暮，前后两三个月里，弄得我心力耗尽，一直到此刻还没有恢复过来，全身只剩了一层瘦黄的薄皮包着的一副残骨。

这当然说不上是什么恋爱，然而和平常的人肉买卖，仿佛也有点分别。啊啊，你们若要笑我的蠢，笑我的无聊，也只好由你们笑，实际上银弟的身世是有点可同情的地方在那里。

她父亲是乡下的裁缝，没出息的裁缝，本来是苏州塘口的一个恶少年，因为姘识了她的娘，他们俩就逃到了上海，在浙江路的荣安里开设了一间裁缝摊。当然是一间裁缝摊，并不是铺子。在这苦中带乐的生涯里，银弟生下了地。过了几时，她父亲又在上海拐了一笔钱和一个女子，大小四人就又从上海逃到了北京。拐来的那个女子，后来当然只好去当娼妓，银弟的娘也因为男人的不德，饮上了酒，渐渐地变成了班子里的龟婆。罪恶贯盈，她父亲竟于一天严寒的晚上在雪窠里醉死了。她的娘以节蓄下来的四五百块恶钱，包了一个姑娘，勉强维持她的生活。像这样的日子，过了几年，银弟也长大了。在这中间，她的娘自然不能安分守寡，和一个年轻的琴师又结成了夫妇。循环报应，并不是天理，大约是人事当然的结果，前年春天，银弟也从"度嫁"的身份进了一步，去上捐当作了娼女。而我这前世作孽的冤鬼，也同她前后同时地浮荡在北京城里。

第一次去访问之后，她已经把我的名姓记住，第二天晚上十一点前后醉了回家，家里的老妈子就告诉我说："有一位姓董的，已经打了好几次电话来了。"我当初摸不着头脑，按了老妈子告诉我的号码就打了一个回电。及听到接电话的人说是蘼香馆，我才想起了前一晚的事情，所以并没有教他去叫银弟讲话，马上就把接话机挂上了。

记得这是前年九、十月中的事情，此后天气一天寒似一天，国内的经济界也因为政局的不安一天衰落一天，胡同里车马的稀少，也是当然的结果。这中间我虽则经济并不宽裕，然而东挪西借，一直到年底止，为银弟开销的账目，总结起来，也有几百块钱的样子。在阔人很多的北京城里，这几百块钱，当然算不得什么一回事，可是由相貌不扬，衣饰不富，经验不足的银弟看来，我已经是她的恩客了。此外还有一件事情，说出来是谁也不相信的，使她更加把我当作了一个不是平常的客人看。

一天北风刮得很厉害，寒空里黑云飞满，仿佛就要下雪的日暮，我和几个朋友，在游艺园看完戏之后，上小有天去吃夜饭去。这时候房间和散座，都被人占去了，我们只得在门前小坐，候人家的空位。过了一忽，银弟和一个四十左右的绅士，从里面一间小房间里出来了。当她经过我面前的时候，一位和我去过她那里的朋友，很冒失地叫了她一声，她抬头一看，才注意到我的身上，窑子在游戏场同时遇见两个客人本来是常有的事情，但她仿佛是很难为情地丢下了那个客人来和我招呼。我一点也不变脸色，仍复是平平和和地对她说了几句话，叫她快些出去，免得那个客人要起疑心。她起初还以为我在吃醋，后来看出了我的真心，才很快活地走了。

好容易等到了一间空屋，又因为和银弟讲了几句话的结果，被人家先占了去，我们等了二十几分钟，才得了一间空座进去坐了。吃菜吃到第二碗，伙计在外边嚷，说有电话，要请一位姓×的先生说话。我起初还不很注意，后来听伙计叫的的确是和我一样的姓，心里想或者是家里打来的，因为他们知道我在游艺园，而小有天又是我常去吃晚饭的地方。猫猫虎虎到电话口去一听，就听出了银弟的声音。她要我马上去她那里，她说刚才那个客人本来要请她听戏，但她拒绝了。我本来是不想去的，但吃完晚饭，出游艺园的时候，时间还早，朋友们不愿意就此分散，大家你一句我一句，就决定要我上银弟那里去问她的罪。

在她房里坐了一个多钟头，接着又打了四圈牌，吃完了酒，想马上回家，而银弟和同去的朋友，都要我在那里留宿。他们出去之后，并且把房门带上，在外面上了锁。

那时候已经是一点多钟了，妓院里特有的那一种艳乱的杂音，早已停歇，窗外的风声，倒反而加起劲来。银弟拉我到火炉旁边去坐下，问我何以不愿意在她那里宿。我只是对她笑笑，吸着烟，不和她说话。她呆了一会儿，就把头搁在我的肩

上，哭了起来。妓女的眼泪，本来是不值钱的，尤其是那时候
我和她的交情并不深，自从头一次访问之后，拢总还不过去了
三四次，所以我看了她这一种样子，心里倒觉得很不快活，以
为她在那里用手段。哭了半天，我只好抱她上床，和她横靠在
叠好的被条上面。她止住眼泪之后，又沉默了好久，才慢慢地
举起头来说：

"耐格人啊，真姆拨良心！……"

又停了几分钟，感伤的话，一齐地发出来了：

"平常日甲末，耐总勿肯来，来仔末，总说两句鬼话啦，
就跑脱哉。打电话末，总教老妈子回复，说'勿拉屋里！'真
朝碰着仔，要耐来拉给搭，耐回想跑回起，叫人家格面子阿过
得起？……数数看，像娥给当人，实在勿配做耐格朋友……"

说到了这里，她又重新哭了起来，我的心也被她哭软了。
拿出手帕来替她擦干了眼泪，我不由自主地吻了她好半天。换了
衣服，洗了身，和她在被里睡好，桌上的摆钟，正敲了四下。这
时候她的余哀未去，我也很起了一种悲感，所以两人虽抱在一
起，心里却并没有失掉互相尊敬的心思。第二天一直睡到午前
的十点钟起来，两人间也不曾有一点猥亵的行为。起床之后，
洗完脸，要去叫早点心的时候，她问我吃荤的呢还是吃素的，
我对她笑了一笑，她才跑过来捏了我一把，轻轻地骂我说：

"耐拉取笑娥呢，回是勒拉取笑耐自家？"

我也轻轻地回答她说：

"我益格沫事，已经割脱着！"

这一晚的事情，说出来大家总不肯相信，但从此之后，她
对我的感情，的确是剧变了。因此我也更加觉得她的可怜，所以
自那时候起到年底止的两三个月中间，我竟为她付了几百块钱
的账。当她身子不净的时候，也接连在她那里留了好几夜宿。

去年正月，因为一位朋友要我去帮他的忙，不得不在兵荒缭乱之际，离开北京，西车站的她的一场大哭，又给了我一个很深的印象。

躺在船舱里的棉被上，把银弟和我中间的一场一场的悲喜剧，回想起来之后，神经愈觉得兴奋，愈是睡不着了。不得已只好起来，拿了烟罐火柴，想上食堂去吸烟去。跳下了床，开门出来，在门外的通路上，却巧又遇见了那位很像银弟的广东姑娘。我因为正在回忆之后，突然见了她的形象，照耀在电灯光里，心里忽而起了一种奇妙的感觉，竟瞪了两眼，呆呆地站住了。她看了我的奇怪的样子，也好像很诧异似的站住了脚。这时候幸亏同船者都已睡尽，没有人看见，而我也于一分钟之内，回复了意识，便不慌不忙地走过她的身边，对她问了一声："还没有睡么？"就上食堂去吸烟去。

二

从上海出发之后第四天的早晨，听说是已经过了汕头，也许今天晚上可以进虎门的。船客的脸上，都现出一种希望的表情来，天也放晴，"突克"上的人声也嘈杂起来了。

这一次的航海，总算还好，风浪不十分大，路上也没有遇着强盗，而今天所走的地方，已经是安全地带了。在"突克"的左旁，一位广东的老商人，一边拿了望远镜在望海边的岛屿，一边很努力地用了普通话对我说了一段话。

太阳忽隐忽现，海风还是微微地拂上面来，我们究竟向南走了几千里路，原是谁也说不清楚，可是纬度的变迁的证明，从我们的换了夹衣之后，还觉得闷热的事实上找得出来，所以我也不知不觉地对那老商人说：

"老先生，我们已经接触了南国的风光了！"

吃了早午饭，又在"突克"上和那老商人站立了一回，看看远处的岛屿海岸，也没有什么不同的变化，我就回到了舱里去享受午睡。大约是几天来运动不足，消化不良的缘故，头一搁上枕，就作了许多乱梦。梦见了去年在北京德国病院里死的一位朋友，梦见了两月前头，在故乡和我要好的那个女人，又梦见了几回哥哥和我吵闹的情形，最后又梦见我自家在一家酒店门口发怔，因为这酒家柜上，一盘一盘陈列着在卖的尽是煮熟的人头和人的上半身。

午后三点多钟，睡醒之后，又上"突克"去看了一次，四面的景色，还是和午前一样，问问同伴，说要明天午后，才得到广州，幸而这时候那广东姑娘出来了，和她不即不离地说了句极普通的话，觉得旅愁又减少了一点。这一晚和前几晚一样，看了几页小说，吸了几支烟，想了些前后错杂的事情，就不知不觉地睡着了。

船到虎门外，等领港的到来，慢慢地驶进珠江，是在开船后第五天的午后三点多钟，天空黯淡，细雨丝丝在下，四面的小岛，远近的渔村，水边的绿树，使一艘船客都中心不定地跑来跑去在"突克"和舱室的中间行走，南方的风物，煞是离奇，煞是可爱！

若在北方，这时候只是一片黄沙瘠土，空林里总认不出一串青枝绿叶来，而这南乡的二月，水边山上，苍翠欲滴的树叶，不消再说，江岸附近的水田里，仿佛是已经在忙分秧稻的样子。珠江江口，汊港又多，小岛更夥，望南望北，看得出来的，不是嫩绿浓荫的高树，便是方圆整洁的农园。树荫下有依水傍山的瓦屋，园场里排列着荔枝龙眼的长行，中间且有粗枝大干，红似相思的木棉花树，这是梦境呢还是实际？我在船头上竟看得发呆了。

"美啊！这不是和日本长崎口外的风景一样么？"同舱的 K 叫着说。

"美啊！这简直是江南五月的清和景！"同舱的 W 也受了感动。

"可惜今天的天气不好，把这一幅好景致染上了忧郁的色彩。"我也附和他们说。

船慢慢地进了珠江，两岸的水乡人家的春联和门楣上的横额，都看得清清楚楚。前面老远，在空濛的烟雨里，有两座小小的宝塔看见了。

"那是广州城！"

"那是黄埔！"

像这样的惊喜的叫唤，时时可以听见，而细雨还是不止，天色竟阴阴地晚了。

广州的城墙

吃过晚饭，再走出舱来的时候，四面已经是夜景了。远近的湾港里，时有几盏明灭的渔灯看得出来，岸上人家的墙壁，还依稀可以辨认。广州城的灯火，看得很清，可是问问船员，说到白鹅潭还有二十多里。立在黄昏的细雨里，尽把脖子伸长，向黑暗中瞭望，也没有什么意思，又想回到食堂里去吸烟，但 W 和 K 却不愿意离开"突克"。

不知经过了几久，轮船的轮机声停止了。"突克"上充满了压人的寂静，几个喜欢说话的人，也受了这寂静的威胁，不敢作声，忽而船停住了，跑来跑去有几个水手呼唤的声音。轮船下舱板中的男女的声音，也听得出来了，四面的灯火人家，也增加了数目。舱里的茶房，不知道什么时候出来的，这时候也站在我们的身旁，对我们说：

"船已经到了，你们还是回舱去照料东西吧！广东地方可不是好地方。"

我们问他可不可以上岸去，他说晚上雇舢板危险，还不如明天早上上去的好，这一晚总算到了广州，而仍在船上宿了一宵。

在白鹅潭的一宿，也算是这次南行的一个纪念，总算又和那广东姑娘同在一只船上多睡了一晚。第二天早晨，天一亮，不及和那姑娘话别，我们就雇了小艇，冒雨冲上岸来了。

十四年四月二十日

选自《达夫散文集》，上海北新书局1936年版

劳生日记

1926 年 11 月 3 日——30 日

郁达夫

一九二六年十一月初三。

自从五月底边起，一直到现在，因为往返于北京广州之间，行踪没有定着的时候，所以日记好久不记了。记得六月初由广州动身返京，于旧历端午节到上海，在上海住了两夜，作了一篇全集的序文，因为接到了龙儿的病电，便匆匆换船北上。到天津是阴历五月初十的午前，赶到北京，龙儿已经埋葬了四天多了。暑假中的三个月，完全沉浸在悲哀里。阴历的八月半后迁了居，十数天后出京南下，在上海耽延了两星期之久，其间编了一期第五期的《创造》月刊，作了一篇《一个人在途上》的杂文，仓皇赶到广州，学校里又起了风潮，我的几文薄俸，又被那些政客们抢去了。

在文科学院闷住了十余天，昨日始搬来天官里法科学院居住，把上半年寄存在学校里的书箱打开来一看，天呀天，你何以播弄得我如此的厉害，竟把我这贫文士的最宝贵的财产，糟蹋尽了。啊啊！儿子死了，女人病了，薪金被人家抢了，最后连我顶爱的这几箱书都不能保存，我真不晓得这世上真的有没有天理的，我真不知道做人的余味，还存在哪里？我想哭，我想咒诅，我想杀人。

今天是礼拜三，到广州是前前礼拜的星期五，脚踏广州地后，又是十二三天了，我这一回真悔来此，真悔来这一个百越文身的蛮地。北京的女人前几天有信来，悲伤得很，我看了也不能不为她落泪，今天又作了两封信去安慰她去了。

天气晴朗，好个秋天的风色，可惜我日暮途穷，不能细玩岭表的秋景，愧煞恨煞。

搬来此地，本也为穷愁所逼，想着译一点新书，弄几个钱寄回家去，想不到远遁到此，还依旧有俗人来袭，托我修书作荐，唉唉，我是何人？我哪有这样的权力？真教人气死，真教人愤死！

今天是旧历的九月廿八：离北京已经有一个多月了。我真不晓得荃君是如何的在那里度日，我更不知道今年三月里新生的熊儿亦安好否？

晚上读谷崎润一郎氏小说《痴人之爱》。

四日，星期四，旧历九月廿九。

午前在床上，感觉得凉冷，醒后在被窝里看了半天《痴人之爱》。早餐后作《迷羊》，写到午后，写了三千字的光景。头写晕了，就出去上茶楼饮茶。一出屋外，看看碧落，真觉得秋天的可爱。三点多钟去中山大学会计课，领到了一月薪水。

回来作信与荃君，打算明早就去汇一百六十块钱至北京。唉唉！贫贱夫妻，相思千里，我和她究竟不识要哪一年哪一日才能合住在一块儿。

晚上上东山去，《迷羊》作成后，想写一篇《喀拉衣儿和他的批评态度》寄给《东方杂志》，去卖几个钱。作上海郑心南的信。

初五日，今天是旧历的十月初一，星期五。

昨晚上因为领到了一月薪水，心里很是不安。怕汇到了北京，又要使荃君失望，说："只有这一点钱。"实在我所受的社会的报酬，也太微薄了。上床之后，看了半天书，一直到十二点钟才睡着，所以今天一早醒来，觉得有点头痛。天气很晴爽，出去出恭的时候，太阳刚从东方小屋顶上起来，一阵北风，吹得我打了两个冷痉。

九点钟的时候，去邮局汇钱，顺便在清一色吃了饭。十二点前后去教会书馆看书，遇见了一位岭南大学的学生。同他向海珠公园，先施天台逛了两个钟头。回来想睡一觉午睡，但又睡不着。

午后三点去学校出版部看了报，四点钟到家吃饭。

晚餐后出去散了一次步，想往西关大新公司去看坤戏，因为搭车不舒服，就不去了。回来写了两章小说，《迷羊》的第一回已经写完，积有五千多字了。作寄上海出版部的信，要他们为我去买两本外国书寄来。

六日，星期六，旧历十月初二日。

午前起床后，见天日晴和，忽想到郊外去散步，小说又作不下去了。到学校办事处去看了报，更从学校坐车到了西堤，在大新公司楼上，看了半天女伶的京戏，大可以助我书中的描写。晚上和同事们去饮茶，到十点钟才回来。

七日，日曜，晴爽。

午前起来，觉得奔投无路，走到天日的底下，搔首问天，亦无法想。昨晚上接到了一位同乡来告贷的苦信，义不容辞，便亲自送了十块钱去。顺便去访石君薇青，谈到中午十二点，至创造社分部，遇见了仿吾、王独清诸人。在茶楼饮后，同访湖南刘某，打了四圈牌，吃了夜饭，才回寓来。

八日，月曜，晴。

天气很好，而精神不快，一天没有做什么事情。《迷羊》只写了两页，千字而已。午前把 Turgenieff's *Clara Militch*（屠格涅夫的《克拉拉·米利契》）读了，不甚佳。我从前想作《人妖》，后来没有作完，就被晨报馆拿去了，若作出来，恐怕要比杜葛纳夫的这篇好些。午后睡了一个多钟头，是到广东后第一次的午睡。

午后在家看A. Wilbrandt 的小说 *Der Sänger*（威尔勃朗特的小说《歌手》），看了三十余页，亦感不出他的好处来，不过无论如何，比中国现代的一般无识无知的自命为作家作的东西，当然要强百倍。晚饭后，无聊之极，上大街去跑了半天。洗了一回澡，明天起，要紧张些才好，近两三年来，实在太颓丧了，可怜可惜。

九日，火曜，旧历十月初五日。

今晨学校内有考试，午前九时，出去监考。吃中饭的时候，和戴季陶氏谈了些关于出版部的事情，想于一礼拜内，弄一个编辑部的组织法出来。

午后无事忙，在太阳底下走得热得很，想找仿吾又找不见，所以上西关大新公司屋顶去玩了半天。晚上在聚丰园饮酒，和仿吾他们，谈到夜半才回来。今天上东山去，知沫若的小女病了，曾去博爱病院看了一次病。

十日，水曜，晴朗，不过太热，似五月天气。

午前去监考，一直到午后四点钟。到创造社分部去坐了一忽。回来吃晚饭，喝了一瓶啤酒，想起北京的荃君和小孩，又哭了一阵。晚上入浴，好像伤了风，作北京的家信。

十一日，木曜，晴，热，旧历十月初七日。

早晨又头痛不可耐，勉强去学校看试卷，看到午后二时才回来。一种孤冷的情怀，笼罩着我，很想脱离这个污浊吐不出气来的广州。在街上闲步，看见了一对从前我认识的新结婚的夫妇。啊啊！以后我不知道自家更有没有什么作为了，我很想振作。

晚上月亮很好，可惜人太倦了，不能出去逛。看我在过去一礼拜内所作的文字，觉得很不满意，然而无论如何，我总要写它（《迷羊》）完来。

仿吾、独清两人，为《洪水》续出，时来逼我的稿子，我因为胆小，有许多牢骚不敢发。可怜我也老了，胆量缩小了。

明天中午，有人邀我去吃饭，我打算于明日起，再来努力，再来继续我两三年前奋斗的精神。

喝了一杯酒，又与同乡的某某辈谈了半天废话。今天是倦了，倦极了。打算从明天起，再发愤用功。

十二日，金曜，晴，旧历十月初八日。

我自离家之后，已有一个半月，这七八天内，没有接到北京的来信，心里很是不快。

今朝是中山先生的诞期，一班无聊的政客恶棍，又在讲演，开纪念会，我终于和他们不能合作，我觉得政府终于应该消灭的。

午前读普希金的小说Die Pique Dame（《黑桃皇后》）一篇。虽则像一短篇，然而它的地位很重要。德文译者说，这一篇东西，在俄国实开写实派、心理派之先路。男主人公之Hermann（赫曼）象征德国影响，为 Dostoieffsky（陀思妥耶夫斯基）之小说《罪与罚》之主人公 Rodion Raskolnikow（R·拉斯科涅科夫）之模型，或者也许不错，Pushkin（普希金）的撰此小说，在一八三四年。

中午去东山吴某处午膳，膳后同他去访徐小姐，伊新结婚，和她的男人不大和睦。陪她和他们玩了半天，在南园吃晚饭，回来后，已经十一点多了。

晚上睡不着，看日本小说《望乡》。

十三日，土曜，晴（十月初九）。

今天一早就醒了，作了一封北京的家信。赴学校监考，一直到下午四点半止。就和仿吾到分部去坐了一忽。

洗澡，在陆园饮茶当夜膳。今天课堂上，遇见了薛姑娘，她只一笑，可怜害了她答案都没有做完。

十四日，日曜，雨（十月初十日），凉冷。

到广州后，今天总算第一次下雨，天气也凉起来了，颇有些秋意。昨晚接到杨振声一信，说《现代评论》二周年纪念册上，非要我作一篇文章不可，我想为他们写一点去。

午前上东山去，见了一位姓麦的女孩，系中山大学的文预科学生，木天正在用死力和她接近。

打牌打到晚上，在大雨之下，在昏暗的道上，我一个人走回家来。到家的时候，已经是十点多了，灯下对镜，一种落魄的样子，自家看了，也有点怜惜。就取出《水云楼词》来读了几阕：

黄叶人家，芦花天气，到门秋水成湖。携尊船过，帆小入菰蒲。谁识天涯倦客，野桥外，寒雀惊呼。还惆怅，霜前瘦影，人似柳萧疏。　　愁予。空自把乡心寄雁，泛宅依凫，任相逢一笑，不是吾庐。漫托鱼波万顷，便秋风难问莼鲈。空江上，沉沉戍鼓。落日大旗孤。

十五日，月曜，今天又雨，天奇冷。旧历十月十一日也。

午前起来，换上棉衣，又想起了荃君和熊儿。儿时故乡的寒宵景状，也在脑里萦回了好久，唉，我是有家归未得！

午前本要去看试卷的，但一则因为天雨，二则因为头痛人倦，所以不去。在雨天之下，往长街上走了一转，身上的棉衣，尽被雨淋湿了。在学校的宿舍里，遇见伯奇，他告诉我说："白薇来广州了"；他的意思，是教我去和她接近接近，可以发生一点新的情趣，但是我又哪里有这一种闲情呢？老了，太老了，我的心里，竟比中国的六十余岁的老人，还要干枯落寞。午后在家里睡觉，读小说《望乡》。

十六日，阴雨，火曜，旧历十月十二日也。

午前在家中不出，读小说《望乡》。午后赴分部晤仿吾，因即至酒馆饮酒，在席上见了白薇女士。她瘦得很，说话的时候，带着鼻音，憔悴的样子，写在她的身上脸上。在公园的黄昏细雨里，和她及独清、仿吾走了半天，就上西关的大新天台去看戏，到半夜才回来。

十七日，阴晴，水曜。旧历十月十三日也。

昨天发了三封信，一封给武昌张资平，一封给天津玄背社，一封给上海徐葆炎。盼北京的信不来，心里颇为焦急。早晨到学校去看报，想把中山大学内的编辑委员会组织案来考虑一下，终于没有写成功。

仿吾要我去上海，专办出版部的事情，我心里还没有决定，大约总须先向学校方面交涉款子，要他们付清我的欠薪之后，才能决定。接上海蒋光赤来信，他也是和仿吾一个意见，要我在上海专编《创造》，作文学生涯，然而我心里却很怕，怕又要弄得精穷。

午后和戴季陶氏谈出版部事，他有意要我办一种小丛书。我本想辞职，他一定不肯让我辞。领了八九两月份的残余薪水，合计起来，只有一百余元而已。

十八日，木曜（十月十四），晴了。

早晨就跑到西关邮政局去汇了一百块钱给北京的荃君。午前就在市上跑来跑去跑了半天。

午后遇见王独清、穆木天，吃了酒。当夕阳下山的时候，登越秀山的残垒，看了四野的风光。晚上月亮很大，和木天、白薇去游河，又在陆园饮茶，胸中不快，真闷死人了。

十九日，金曜（旧历十月十五日），晴。

早晨起来，就觉得头昏，好像是没有睡足似的，大约是几日来荒唐的结果吧。写了一封给北京女人的信，去西关清一色吃了午饭，午后就在创造社分部楼上遇见了独清。他要我和白薇上东山去，我因为中山大学开会的原因，没有答应他，和他们在马路上分别了。

学校开会，一直开到了午后六时，坐车到东山，他们都已经不在了，一个人在东山酒楼吃了夜饭，就回来睡觉。今天接到了五六封信。

二十日，土曜，晴（十月十六）。

午前起来，头还是昏昏然不清醒，作了两封信寄北京。一封写给荃君，一封系给皮皓白，慰他的失明之痛的。

十点钟前后去夷乘那里，和他一道去亚洲旅馆看有壬，托他买三十元钱的燕窝，带回北京去。请他们两个在六榕寺吃饭，一直到午后三时才回来。

洗了一个澡，换了一身衣服，打算从今天起，再振作一番，过去的一个礼拜，实在太颓废，太不成话了。

晚上同白薇上刘家去，见了一位新结婚的L太太，说是军长T的女儿，相貌很好。同她们打了四圈牌，走回家来，天又潇潇地下起雨来了。

二十一日，日曜，阴晴（十月十七日）。

午前仿吾自黄埔来，要我上东山王独清那里去等他。等到十一点钟，他来了。大家谈了一些改组创造社内部的事情。创造社本来是我和资平、沫若、仿吾诸人惨淡经营的，现在被他们弄得声名狼藉了。大家会议的结果，决定由我去担当总务理事，在最短的时间内，去上海一次，算清存帐，整理内部。我打算于二礼拜后，到上海去一趟。现代青年的不可靠，自私自利，实在出乎我意料之外，我真觉得中国是不可救药了。

午后在夷乘的岳家吃饭打牌，三点多钟，送仿吾进了病院，又到沙面外国地去走了一阵。我到广州以后，沙面还没有去过，这一次是头一趟，听说有日本店前田洋行，代卖日本新闻杂志等物，今朝并没有看见，打算隔日再去。

现在我的思想，已经濒于一个危机了，此后若不自振作，恐怕要成一个时代的落伍者，我以后想在思想的方面，修养修养。年纪到了中年，身体也日就衰老，若再醉生梦死的过去一二年，则从前的努力，将等于零，老残之躯，恐归无用，振作的事情，当自戒酒戒烟，保养身体做起。

午前写了一封信给北京的荃君，告诉伊已有二十余元钱的燕窝，托唐有壬带上了。自搬到法科学院住后，已有二十天左右，发回去的家信，还没有覆书，不晓得究竟亦已送达了没有。

今天见到了婀娜夫人，她忠告我许多事情，要我也和她男人一样，能够做一点事业，我听了心里感着异样的凄凉。

晚上头痛，大约是午后吃酒过度的缘故，十一时就寝，把日文小说《望乡》读完了。

二十二日，月曜，晴，旧历十月十八日。

晨甫起床，就有一个四川的青年来访，被他苦缠不已，好容易把他送走，才同一位同乡，缓步至北门外去散步，就在北园吃了中饭。天上满是微云，时有青天透露，日光也遮留不住，斑斓照晒在树林间。在水亭上坐着吃茶，静得可人。引领西北望，则白云山之岩石，黄紫苍灰，无色不备，真是一个很闲适的早晨。

吃完了早午膳，从城墙缺处走回学校里来，身上的棉袍，已经觉得太热了。

赴学校看报后，就和木天等到沙面的日本人开的店里去定了十二月份、明年正月份的两本《改造》杂志。在沙面的外国地界走了一圈，去榕树阴里，休息了好半天，才走回学校来。

三点钟时开了一个应付印刷工人的预备会，决定于本礼拜四下午二点和他们工人代表及工会代表会商条件，大约此事是容易解决的。

晚上在学校里吃饭，七点前后，到分部去坐了一忽，同仿吾去饮茶，十点前后，才回到法科的宿舍来。

做了一半中山大学小丛书的计划书，十二点上床就寝。

二十三日，火曜，晴（十月十九）。

早晨把小丛书的计划书弄妥，到学校里看了几份报。同一位广东学生在杏香吃饭，饭后又遇见了一位江苏的学生，和他在旧书店里走了几个钟头。买了一册Edna Lyall（埃德娜·莱尔）的小说 *A Hardy Norseman*（《强壮的诺斯人》1889），读了几页，觉得描写的手腕，实在不高明。我从前已经读过这一个著者的一册小说 *Donovan*（《多诺万》）了，觉得现在的这一本她晚年的作品，还赶不上她的少作。按此小说家本名Ada Ellen Bayley（A·E·贝利），卒于一九〇三年，有 *Won by Waiting*（《以等待取胜》1879），*Donovan*（《多诺万》1882），*We Two*（《咱俩》1884），*Doreen*（《多琳》1894），*Hope the Hermii*（《盼望隐士》1898）等小说，都不甚好，当是英国第三四流的女作家。

午后三四点钟，洗了澡，去会季陶，没有会到，就把计划书搁下，走了。

上第二医院去看仿吾，见他缚了脚，横躺在白色床里，坐了十几分钟，就出来至清一色吃夜饭，身上出了一阵大汗。

今天接了荃君的一封信，说初次寄的一百六十元，已接到了，作回信，教她好好地保养身体。

二十四日，水曜（十月二十），晴。

午前起床后，觉得天空海阔，应出外去翱翔。从法科学院后面的山上，沿了环城马路，一直地走上越秀山的废墟去吊了半天的古。太阳晒得很烈，棉袄觉得穿不住了，便从一条小道，经过女师门前，走向公园旁的饭馆。

独酌独饮，吃了个痛快，可是又被几个认识的人捉住了，稍觉得头痛。午后在学校开会，遇见了一件很不舒服的事情。

晚上在大钟楼聚餐，因为多喝了几杯酒，觉得很头痛。今天一天，总算把不快活的事情经验尽了，朋友的事情，多言的失着，创造社的分裂，无良心的青年的凶谋。

二十五日，木曜（十月廿一日），晴。

午前又有数人来访，谈到十一点钟，我才出去，喝了一瓶啤酒，吃了一次很满足的中饭，午后上学校去和工人谈判。等了半个多钟头，印刷工人不来，就同黄女士上东山去玩了半天，回寓居，已经是晚上十点钟了。

今天气力疏懒，无聊之至，想写信至北京，又不果。

二十六日，金曜（二十二日），晴。

午前九时半至学校看报，有 *A.E.Housman′s Last Poems*（A·E·豪斯曼的《最后的诗歌》）一册，已为水所浸烂，我拿往学校，教女打字员为我重打一本。这豪斯曼的诗，实在清新可爱，有闲暇的时候，当介绍他一下。

中午与同乡数人，在妙奇奇吃饭，饮酒一斤，已有醉意，这两天精神衰颓，身体也不好，以后总要振作振作才好。

接到上海寄来 Eugene O′Neill's Dramatic Works（*The Moon of Caribbees & Other 6 plays*，*Beyond the Horizon*）（奥尼尔的剧作

《<加勒比海上的明月>及其他六种剧作》《天边外》）二册，看了一篇，觉有可译的价值。

阅报知国民政府有派员至日本修好消息。我为国民政府危，我也为国民政府惜。

午后五时约学生数人在聚丰园吃饭。饭后到创造社分部，晤仿吾，决定于五日后启行，到上海去整理出版部的事情，广州是不来了，再也不来了。见了周某骂我的信，气得不了，就写了一封快信去北京，告诉家中，于五日后动身的事情。

二十七日，土曜（十月二十三日），晴，热。

今天天气只能穿单衫，早晨起，犹着棉袄，中午吃饭的时候，真热得不了。去沙面看书，《改造》十一月号还没有来，途中遇仿吾，就同他上清一色去吃午饭。席间谈创造社出版部的事情，真想得没有办法。人心不良，处处多是阴谋诡计，实在中国是没有希望了。这一批青年，这一批天良丧尽的青年，真不晓得如何才能改善他们。

我决定于二三天之内启行，到上海去一趟。不过整理的事情，真一时不知道从何处说起。午后译书三四页，系Eugene O'Neill的一幕剧。

晚上见了周某的信，心里又气得不了，他要这样地诋毁我，不晓他的用意何在。

二十八日，日曜（二十四日），阴晴，热。

午前有同乡某来，和他谈了些天，想去看几个同乡在充军人者，访了几处，都没有见到。在一家小馆子里吃了一瓶啤酒，吃了点心，又在创造社分部去谈到午后。

午后天气转晴了，但是很热，跑到东山，找朋友多没有遇见。和潘怀素跑了一个午后，终于在东方酒楼吃了夜饭才回。大家在今天午后，都感到了一种异样的孤独，分手之际，两人都说 So traurig bin ich noch nie gewesen（德文：我从未这么悲哀过）！

又遇见了王独清，上武陵酒家去饮了半宵，谈了些创造社内幕的天，总算胸中痛快了一点，九点钟入浴，晚上睡不安稳，因为蚊子太多的缘故。

二十九日，月曜（二十五日），阴晴。

今天怕要下雨，天上浮云飞满，但时有一点两点的青天出露，或者也会晴爽起来的。

无聊之至，便跑上理发馆去理发。一年将尽，又是残冬的急景了，我南北奔跑，一年之内毫无半点成绩，只赢得许多悲愤，啊，想起来，做人真是没趣。

午后去学校，向戴季陶及其他诸委员辞去中大教授及出版部主任之职，明日当去算清积欠。夜和白薇及其他诸人去逛公园，饮茶，到十一点钟才回来。天闷热。

十一月三十日，火曜（旧历十月二十六日），雨。

早晨醒来，就觉得窗外在潇潇下雨。午前作正式辞职书两封，因恐委员等前来劝阻，所以想了一个很好的方法。十点钟的时候，去访夷乘，托了他一点琐事，他约我礼拜六午前去候回音。

中午在经致渊处吃午饭，午后无聊之极，幸遇梁某，因即与共访薛姑娘，约她去吃茶，直到三时。回来睡到五时余，出去买酒饮，并与阿梁去洗澡，又回到芳草街吃半夜饭，十一时才回到法校宿舍来睡觉，醉了，大醉了。

十一月日记尽于此，从明日起，我已无职业，当努力于著作翻译，后半生的事业，全看今后的意志力能否坚强保持。总之有志者事竟成，此话不错。

记于广州之法科学院

据《达夫日记集》，1935 年 7 月上海北新书局版

病闲日记

1926 年 12 月 1 日——14 日

郁达夫

一九二六年十二月在广州

一日，阴晴，旧历十月二十七日，星期三。

今朝是失业后的第一日。早晨起来，就觉得是一个失业者了，心里的郁闷，比平时更甚。天上有半天云障，半天蓝底。太阳也时出时无，凉气逼人。

一早就有一位不相识的青年来，定要我去和他照相，不得已勉强和他去照了一个。顺便就走到创造社出版部广州分部去坐谈，木天和麦小姐，接着来了，杂谈了些闲天，和他们去别有村吃中饭。喝了三大杯酒，竟醉倒了，身体近来弱，是一件大可悲的事情。

回到分部，仿吾也自黄埔返省，谈了些整理上海出版部的事情，一直到夜间十时，总算把大体决定了。

今天曾至学校一次，问欠薪事，因委员等不在，没有结果。

接了荃君的来信，伤感之至，大约三数日后，要上船去上海，打算在上海住一月，即返北京去接家眷南来。

此番计自阳历十月二十日到广州以来，迄今已有四十余天了，这中间一事也不做，文章也一篇都写不成功，明天起，当更努力。

二日，阴，星期四，旧历十月二十八日。

天气不好，人亦似受了这支配，不能振作有为，今天又萎靡得不了。午前因为有同乡数人要来，所以在家里等他们，想看书，也看不进去，只写了一封给荃君的信。

十时左右，来了一位同乡的华君，和他出去走了一阵，便去访夷乘。在夷乘那里，却遇见了伍某，他请我去吃饭，一直到了午后的三时，才从西园酒家出来，这时候天忽大晴且热。

和仿吾在创造社出版部分了手，晚上在家中坐着无聊，因与来访者郭君汝炳，去看电影，是Alexandre Dumas 的 *The Three Musketeers*（大仲马的《三个火枪手》），主角D'Artangan（达太安）系由Douglas Fairbanks（D·范朋克）扮演，很是精彩，我看此影片，这是第二回了，第一回系在东京看的，已经成了四五年前的旧事。

郭君汝炳，是我的学生，他这一回知道了我的辞职并且将离去广州，很是伤感，所以特来和我玩两天的，我送了他一部顾梁汾的《弹指词》。

晚上回来，寂寥透顶，心里不知怎么的总觉得不快。

三日，晴，星期五，旧历十月二十九日。

午前九时，又有许多青年学生来访，郭君汝炳于十时前来，赠我《西泠词萃》四册和他自己的诗《晚霞》一册。

和他出去到照相馆照相。离情别绪，一时都集到了我的身上。因为照相者是一个上海人，他说上海话的时候，使我忆起了别离未久的上海，忆起了流落的时候每在那里死守着的上海，并且也想起了此番的又不得不仍旧和往日一样，失了业，落了魄，萧萧归去的上海。

照相后，去西关午膳，膳后坐了小艇，上荔枝湾去。天晴云薄，江水不波，西北望白云山，只见一座紫金堆，横躺在阳光里，是江南晚秋的烟景，在这里却将交入残冬了。一路上听风看水，摇出白鹅潭，横斜又到了荔枝湾里，到荔香园上岸，看了些凋零的残景，衰败的亭台，颇动着张翰秋风之念。忽而在一条小路上，遇见了留学日本时候的一位旧同学，在学校里此番被辞退的温君。两三个都是不得意的闲人，从残枝掩覆着的小道，走出荔香园来，对了西方的斜日，各作了些伤怀之感。

在西关十八甫的街上，和郭君别了，走上茶楼去和温君喝了半天茶。午后四五点钟，仍到学校里去了一趟，又找不到负责的委员们，薪金又不能领出，懊丧之至。

晚上又有许多年青的学生及慕我者，设饯筵于市上，席间遇见了许多生人，一位是江苏的姓曾的女士，已经嫁了，她的男人也一道在吃饭，一位是石蘅青的老弟，态度豪迈，不愧为他哥哥的弟弟。白薇女士也在座，我一人喝酒独多，醉了。十点多钟，和石君、洪君、白薇女士及陈震君又上电影馆去看《三剑客》，到十二点散戏出来，酒还未醒。路上起了危险的幻想，因为时候太迟了，所以送白薇到门口的一段路上，紧张到了万分，是决定一出大悲喜剧的楔子，总算还好。送她到家，只在门口迟疑了一会儿，终于扬声别去。

这时候天又开始在下微雨，回学校终究是不成了，不得已就坐了洋车上陈塘的妓窟里去。午前一点多钟到了陈塘，穿来穿去走了许多狭斜的巷陌，下等的妓馆，都已闭门睡了。各处酒楼上，弦歌和打麻雀声争喧，真是好个销金的不夜之城。我隔雨望红楼，话既不通，钱又没有，只得在闹热的这一角腐颓空气里，闲跑瞎走，走了半个多钟头，觉得像这样的雨中飘泊，终究捱不到天明，所以就摸出了一条小巷，坐洋车奔上东堤的船上去。

夜已经深了，路上只有些未曾卖去的私娼和白天不能露面的同胞在走着。到了东堤岸上，向一家小艇借了宿，和两个年轻的疍妇，隔着一重门同睡。她们要我叫一个老举来伴宿，我这时候精神已经被耗蚀尽了，只是摇头不应。

在江上的第一次寄生，心里终究是怕的，一边念着周美成的《少年游》：

> 并刀如水，吴盐胜雪，纤指破新橙。锦幄初温，兽香不断，相对坐调笙。低声问："向谁行宿？"城上已三更。马滑霜浓，不如休去，直是少行人。（《感旧》）

一边只在对了横陈着的两疍妇发抖，一点一滴地数着钟声，吸了几支烟卷，打死了几个蚊子，在黑黝黝的洋灯底下，在朱红漆的画艇中间，在微雨的江上，在车声脚步声都已死寂了的岸头，我只好长吁短叹，叹我半生恋爱的不成，叹我年来事业的空虚，叹我父母生我的时辰的不佳，叹着，怨着，偷眼把疍妇的睡态看着，不知不觉，也于午前五点多钟的时候入睡了。

四日，星期六，旧历十月三十日，阴云密布，却没有下雨。

七点钟的时候醒来，爬出了乌冷的船篷，爬上了冷静的堤岸，同罪人似的逃回学校的宿舍，在那里又只有一日的"无聊"很正确的，很悠徐的，狞笑着在等我。啊啊，这无意义的残生，的确是压榨得我太重了。

回家来想睡又睡不着，闲坐无聊，却想起了仿吾等今日约我照相的事情。去昌兴街分部坐了许多时，人总不能到齐，吃了午饭，才去照相馆照相。这几日照相太多，自家也觉得可笑，若从此就死，岂不是又要多留几点形迹在人间，这真与我之素愿，相违太甚了。

午后四点多钟，和仿吾去学校。好容易领到了十一月份的薪水，赶往沙面银行，想汇一点钱至北京，时候已太迟了。

晚上又在陈塘饮酒，十点钟才回来，洗澡入睡，精神消失尽了。

五日，日曜，旧历十一月初一日，晴。

早晨起来，觉得天气好得很，想上白云山去逛，无奈找不到同伴，只剩了一个人跑上同乡的徐某那里，等了一个多钟头，富阳人的羁留在广东者都来了，又和他们拍了一张照片。

午后和同乡者数人去大新天台听京戏。日暮归来，和仿吾等在玉醪春吃晚饭，夜早眠。

六日，星期一，十一月初二日，晴。

早晨跑上邮局去汇了一百四十元大洋至北京。在清一色吃午饭，回家来想睡，又有人来访了，便和他们上明珠影画院去看电影，晚上在又一春吃晚饭。饭后和阿梁上观音山去散步，四散的人家，一层烟雾，又有几点灯光，点缀在中间，风景实在可爱。晚风凉得很，八点前后，就回来睡了。

七日，星期二，十一月初三日，阴，多风。

午前在家闷坐，无聊之极，写了一首《风流事》，今晚上仿吾他们要为我祝三十岁的生辰，我想拿出来作一个提议：

　　小丑又登场，大家起，为我举离觞，想此夕清樽，千金难买，他年回忆，未免神伤。最好是，题诗各一首，写字两三行。踏雪鸿踪，印成指爪，落花水面，留住文章。明朝三十一，数从前事业，羞煞潘郎。只几篇小说，两鬓青霜。谅今后生涯，也长碌碌，老奴故态，不改佯狂。君等若来劝酒，醉死无妨。

（小丑登场事见旧作《十一月初三》小说中）

午后三时后，到会场去。男女的集拢来为我做三十生辰的，共有二十多人，总算是一时的盛会，酒又喝醉了。晚上在粤东酒楼宿，一晚睡不着，想身世的悲凉，一个人泣到了天明。

八日，星期三，旧历十一月初四日，晴。

天气真好极了，但觉得奇冷，昨晚来北风大紧，有点冬意了。早晨，阿梁跑来看我，和他去小北门外，在宝汉茶寮吃饭。饭后并在附近的田野里游行，总算是快快活活地过了一天，真是近年来所罕有的很闲适地过去的一天。

午后三四点钟，去访薛姑娘。约她出来饮茶，不应，复转到创造社的分部坐了一会儿，在街上想买装书的行李，因价贵没有买成。

晚上和白薇女士等吃饭，九点前返校。早睡。

接到了天津玄背社的一封信。说我写给他们的信，已经登载在《玄背》上，来求我的应许的。

九日，星期四，十一月初五，晴。

早晨阿梁又来帮我去买装书的行李，在街上看了一阵，终于买就了三只竹箱。和阿梁及张曼华在一家小饭馆吃饭。饭后至中山大学被朋友们留住了，要我去打牌。自午后一点多钟打起，直打到翌日早晨止，输钱不少，在擎天酒楼。

十日，星期五（十一月初六），先细雨后晴。

昨晚一宵不睡，身体坏极了，早晨八点钟回家，睡也睡不着。阿梁和同乡华歧昌来替我收书，收好了三竹箱。和他们又去那家小饭馆吃了中饭，便回来睡觉，一直睡到午后四时。刚从梦里醒来，独清和灵均来访我，就和他们出去，上一家小酒馆饮酒去。八点前后从酒馆出来，上国民戏院，去看Thackeray的Vanity Fair（萨克雷的《名利场》）电影。究竟是十八世纪前后的事迹，看了不能使我们十分感动。晚上十点钟睡觉，白薇送我照相一张，很灵敏可爱。

十一日，星期六，十一月初七，晴，然而不清爽。

同乡的周君客死在旅馆里。早晨起来，就有两位同乡来告我此事，很想去吊奠一番，他们劝我不必去，因为周君的病是和我的病一样的缘故。

和他们出去访同乡叶君，不遇，就和他们去北门外宝汉茶寮吃饭。饭后又去买了一只竹箱，把书籍全部收起了。

仿吾于晚上来此地，和他及木天诸人在陆园饮茶，接了一封北京的信，心里很是不快活，我们都被周某一人卖了。

武昌张资平也有信来，说某在欺骗郭沫若和他，弄得创造社的根基不固，而他一人却很舒服的远扬了。唉，人心不古，中国的青年，良心真丧尽了。

十二日，星期日（初八日），夜来雨，今晨阴闷。

晨八时起床，候船不开，郭君汝炳以前礼拜所映的相片来赠。与阿梁去西关，购燕窝等物，打算寄回给母亲服用的。

在清一色午膳，膳后返家，遇白薇女士于创造社楼上。伊明日起身，将行返湖南，托我转交伊在杭州之妹的礼物两件。

晚上日本联合通信社记者川上政义君宴我于妙奇奇酒楼，散后又去游河，我先返，与白薇谈了半宵，很想和她清谈一晚，因为身体支持不住，终于在午前二点钟的时候别去。

返寓已将三点钟了。唉，异地的寒宵，流人的身世，我俩都是人类中的渣滓。

十三日，星期一（初九），阴闷。

奇热，早晨访川上于沙面，赠我书籍数册。和他去荔枝湾游。回来在太平馆吃烧鸽子。

他要和我照相，并云将送之日本，就和他在一家照相馆内照相。晚上仿吾、伯奇饯行，在聚丰园闹了一晚。

白薇去了，想起来和她这几日的同游，也有点伤感。可怜她也已经白过了青春，此后正不晓得她将如何结局。

十四日，星期二（初十），雨，闷，热。

午前赴公票局问船，要明日才得上去。这一次因为自家想偷懒，所以又上了人家的当，以后当一意孤行，独行我素。

与同乡华君，在清一色吃饭，约他于明天早晨来为我搬行李，午后在创造社分部，为船票事闹了半天，终无结果。决定明日上船，不管它开不开，总须于明早上船去。

昨日接浩兄信，今日接曼兄信，他们俩都不能了解我，都望我做官发财，真真是使我难为好人。

晚上请独清及另外的两位少年吃夜饭，醉到八分。此番上上海后，当戒去烟酒，努力奋斗一番，事之成败，当看我今后立志之坚不坚。我不屑与俗人争，我尤不屑与今之所谓政治家争，百年之后，容有知我者，今后当努力创作耳。

自明日上船后，当不暇书日记，《病闲日记》之在广州

作者，尽于今宵。行矣广州，不再来了。这一种龌龊腐败的地
方，不再来了。我若有成功的一日，我当肃清广州，肃清中国。

十二月十四晚记

据《达夫日记集》，1935 年 7 月上海北新书局版

忆鲁迅（节选）

郁达夫

　　我的记忆力很差，尤其是对于时日及名姓等的记忆。有些朋友，当见面时却混得很熟，但竟有一年半载以上，不晓得他的名姓的，因为混熟了，又不好再请教尊姓大名的缘故。像这一种习惯，我想一般人也许都有，可是，在我觉得特别的厉害。而鲁迅呢，却很奇怪，他对于遇见过一次，或和他在文字上有点纠葛过的人，都记得很详细，很永固。

　　所以，我在前段说起过的，鲁迅到上海的时日，照理应该在十八年的春夏之交；因为他于离开厦门大学之后，是曾上广州中山大学去住过一年的；他的重回上海，是在因和顾颉刚起了冲突，脱离中山大学之后；并且因恐受当局的压迫拘捕，其后亦曾在广州闲住了半年以上的时间。

　　他对于辞去中山大学教职之后，在广州闲住的半年那一节事情，也解释得非常有趣。他说：

　　"在这半年中，我譬如是一只雄鸡，在和对方呆斗。这呆斗的方式，并不是两边就咬起来，却是振冠击羽，保持着一段相当距离的对视。因为对方的假君子，背后是有政治力量的，你若一经示弱，对方就会用无论哪一种卑鄙的手段，来加你以压迫。

　　"因而有一次，大学里来请我讲演，伪君子正在庆幸机会到了，可以罗织成罪我的证据。但我却不忙不迫地讲了些魏晋人的风度之类，而对于时局和政治，一个字也不曾提起。"

在广州闲住了半年之后，对方的注意力有点松懈了，就是对方的雄鸡，坚忍力有点不能支持了；他就迅速地整理行囊，乘其不备，而离开了广州。

人虽则离开了，但对于代表恶势力而和他反对的人，他却始终不会忘记。所以，他的文章里，无论在哪一篇，只教用得上去的话，他总不肯放松一着，老会把这代表恶势力的敌人押解出来示众。

对于这一点，我也曾再三地劝他过，劝他不要上当。因为有许多无理取闹，来攻击他的人，都想利用了他来成名。实际上，这一个文坛登龙术，是屡试屡验的法门；过去曾经有不少的青年，围攻鲁迅而成了名的。但他的解释，却很彻底。他说：

"他们的目的，我当然明了。但我的反攻，却有两种意思。第一，是正可以因此而成全了他们；第二，是也因为了他们，而真理愈得阐明。他们的成名，是烟火似的一时的现象，但真理却是永久的。"

南游杂忆——广州

胡 适

（一九三五年）一月九日早晨六点多，船到了广州，因为大雾，直到七点，船才能靠码头。有一些新旧朋友到船上来接我，还有一些新闻记者围住我要谈话。有一位老朋友托人带了一封信来，要我立时开看。我拆开信，中有云："兄此次到粤，诸须谨慎。"我不很了解，但我知道这位朋友说话是很可靠的。那时和我同船从香港来的有岭南大学教务长陈荣捷先生，

岭南大学主楼

岭南大学怀士堂

基督教青年会

到船上来欢迎的有中山大学文学院长吴康先生，教授朱谦之先生，还有地方法院院长陈达材先生，他们还不知道广州当局对我的态度。陈荣捷先生和吴康先生还在船上和我商量我的讲演和宴会的日程。那日程确是可怕的！除了原定的中山大学和岭南大学各演讲两次之外，还有第一女子中学、青年会、欧美同学会等，四天之中差不多有十次演讲。上船来的朋友还告诉我：中山大学邹鲁校长出了布告，全校学生停课两天，使他们好去听我的演讲。又有人说：青年会昨天下午开始卖听讲券，一个下午卖出了两千多张。

我跟着一班朋友到了新亚酒店。已是八点多钟了。我看广州报纸，才知道昨天下午西南政务会议开会，就有人提起胡适在香港华侨教育会演说公然反对广东读经政策，但报纸上都没有说明政务会议议决如何处置我的方法。一会儿，吴康先生送了一封信来，说：

适晤邹海滨先生云：此间党部对先生在港言论不满，拟劝先生今日快车离省，暂勿演讲，以免发生纠纷。

邹、吴两君的好意是可感的，但我既来了，并且是第一次来观光，颇不愿意就走开。恰好陈达材先生问我要不要看看广州当局，我说：林云陔主席是旧交，我应该去看看他。达材就陪我去到省政府，见着林云陔先生，他大谈广东省政府的"三年建设计划"。他问我要不要见见陈总司令，我说，很好。达材去打电话，一会儿他回来说：陈总司令本来今早要出发向派出剿匪的军队训话，因为他要和我谈话，特别改迟出发。总司令部就在省政府隔壁，可以从楼上穿过。我和达材走过去，在会客室里略坐，陈济棠先生就进来了。

陈济棠先生的广东官话我差不多可以全懂。我们谈了一点半钟，大概他谈了四十五分钟，我也谈了四十五分钟。他说的话很不客气："读经是我主张的，祀孔是我主张的，拜关、岳也是我主张的。我有我的理由。"他这样说下去，滔滔不绝。他说："我民国十五年到莫斯科去研究，我是预备回来做红军总司令的。"但他后来觉得共产主义是错的。他继续说他的两大政纲：第一是生产建设，第二是做人。生产的政策就是那个"三年计划"，包括那已设未设的二十几个工厂，其中有那成立已久的水泥厂，有那前五六年才开工出糖的糖厂。他谈完了他的生产建设，转到"做人"，他的声音更高了，好像是怕我听不清似的。他说：生产建设可以尽量用外国机器，外国科学，甚至于不妨用外国工程师。但"做人"必须有"本"，这个"本"必须要到本国古文化里去寻求。这就是他主张读经祀孔的理论。他演说这"生产""做人"两大股，足足说了半点多钟。他的大旨和胡政之先生《粤桂写影》所记的陈济棠先生一小时半的谈话相同，大概这段大议论是他时常说的。

我静听到他说完了，我才很客气地答他，大意说："依我的看法，伯南先生的主张和我的主张只有一点不同。我们都要那个'本'，所不同的是：伯南先生要的是'二本'，我要的是'一本'。生产建设须要科学，做人须要读经祀孔，这是'二本'之学。我个人的看法是：生产要用科学知识，做人也要用科学知识，这是'一本'之学。"

他很严厉地睁着两眼，大声说："你们都是忘本！难道我们五千年的老祖宗都不知道做人吗？"

我平心静气地对他说："五千年的老祖宗，当然也有知道做人的，但就绝大多数的老祖宗说来，他们在许多方面实在够不上做我们'做人'的榜样。举一类很浅的例子来说罢，女人裹小足，裹到骨头折断，这是全世界的野蛮民族都没有的惨酷风俗，然而我们的老祖宗居然行了一千多年。大圣大贤，两位程夫子没有抗议过，朱夫子也没有抗议过，王阳明、文文山也没有抗议过。这难道是做人的好榜样？"

他似乎很生气，但也不能反驳我。他只能骂现存中国的教育，说"都是亡国的教育"；他又说，现在中国人学的科学，都是皮毛，都没有"本"，所以都学不到人家的科学精神，所以都不能创造。在这一点上，我不能不老实告诉他：他实在不知道中国这二十年中的科学工作。我告诉他：现在中国的科学家也有很能做有价值的贡献的了，并且这些第一流的科学家又都有很高明的道德。他问："有些什么人？"我随口举出了数学家的姜蒋佐，地质学家的翁文灏、李四光，生物学家的秉志——都是他不认识的。

关于读经的问题，我也很老实地对他说：我并不反对古经典的研究，但我不能赞成一班不懂得古书的人们假借经典来做复古的运动。"这回我在中山大学的讲演题目本来是两天都讲《儒与孔子》，这也是古经典的一种研究。昨天他们写信到香港，要我一次讲完，第二次另讲一个文学的题目。我想读经问题正是广东人眼前最注意的问题，所以我告诉中山大学吴院长，第二题何不就改作《怎样读经》，我可以同这里的少年人谈谈怎样研究古经典的方法。'我说这话时，陈济棠先生回过头去望着陈达材，脸上做出一种很难看的狞笑。我当作不看见，仍旧谈下去。但我现在完全明白是谁不愿意我在广州"卖膏药"了！

以上记的，是我们那天谈话的大概神情，旁听的只有陈达材先生一位。出门的时候，达材说，陈伯南不是不能听人忠告的，他相信我的话可以发生好影响。我是相信天下没有白费的

广州的夫子庙

努力的，但对达材的乐观我却不免怀疑。这种久握大权的人，从来没有人敢对他们说一句逆耳之言，天天只听得先意承志的阿谀诣媚，如何听得进我的老实话呢？

在这里我要更正一个很流行的传说。在十天之后，我在广西遇见一位从广州去的朋友，他说，广州盛传胡适之对陈伯南说："岳武穆曾说，'文官不要钱，武官不怕死，天下太平矣。'我们此时应该倒过来说，'武官不要钱，文人不怕死，天下太平矣。'"——这句话确实是我在香港对胡汉民先生说的。我在广州，朋友问我见过胡展堂没有，我总提到这段谈话。那天见陈济棠先生时，我是否曾提到这句话，我现在记不清了。大概广州人的一般心理，觉得这句话是我应该对陈济棠将军说的，所以不久外间就有了这种传说。

我们从总司令部出来，回到新亚酒店，罗钧任先生，但怒刚先生，刘毅夫（沛泉）先生，罗努生先生，黄深微（骚）先生，陈荣捷先生，都在那里。中山大学文学院长吴康先生又送了一封信来，说：

> 鄙意留省以勿演讲为妙。党部方面空气不佳，发生纠纷，反为不妙，邹先生云，昨为党部高级人员包围，渠无法解释。故中大演讲只好布告作罢。渠云，个人极推重先生，故前布告学生停课出席听先生讲演。唯事已至此，只好向先生道歉，并劝先生离省，冀免发生纠纷。
>
> 一月九日午前十一时

邹校长的为难，我当然能谅解。中山大学学生的两天放假没有成为事实，我却可以得着四天的假期，岂不是意外的奇遇？所以我和陈荣捷先生商量，爽性把岭南大学和其他几处的讲演都停止了，让我痛痛快快地玩两天。我本来买了来回船票，预备赶十六日的塔虎脱总统船北回，所以只预备在广州四天，在梧州一天。现在我和西南航空公司刘毅夫先生商量，决定在广州只玩两天，又把船期改到十八日的麦荆尼总统船，前后多出四天，坐飞机又可以省出三天，我有七天（十一至十八）可以飞游南宁和柳州、桂林了。罗钧任先生本想游览桂林山水，他到了南宁，因为他的哥哥端甫先生（文庄）死了，他半途折回广州。他和罗努生先生都愿意陪我游桂林，我先去梧州讲演，钧任等到十三日端甫开吊事完，飞到南宁会齐，同去游柳州、桂林。我们商量定了，我很高兴，就同陈荣捷先生坐小汽船过河到岭南大学钟荣光校长家吃午饭去了。

　　那天下午五点，我到岭南大学的教职员茶会。那天天气很热，茶会就在校中的一块草地上，大家团坐吃茶点谈天。岭南的学生知道了，就有许多学生来旁观。人越来越多，就把茶会的人包围住了。起先他们只在外面看着，后来有一个学生走过来对我说："胡先生肯不肯在我的小册子上写几个字。"我说可以，他就摸出一本小册子来请我题字。这个端一开，外面的学生就拥进茶会的团坐圈子里来了。人人都拿着小册子和自来水笔，我写的手都酸了。天渐黑下来了。草地上蚊子多得很，我的薄袜子抵挡不住，我一面写字，一面运动两只脚，想赶开蚊子。后来陈荣捷先生把我拉走，我上车时，两只脚背都肿了好几块。

　　晚上黄深微先生和他的夫人邀我到他们家中去住，我因为旅馆里来客太多，就搬到东山，住在他们家里。十点钟以后，报馆里有人送来明天新闻的校样，才知道中山大学邹鲁校长今天出了这样一张布告：

国立中山大学布告第七十九号

　　为布告事。前定本星期四五两下午二时请胡适演讲。业经布告在案。现阅香港《华字日报》。胡适此次南来接受香港大学博士学位之后。在港华侨教育会所发表之言论。竟谓香港最高教育当局。也想改进中国的文化。又谓各位应该把他做成南方的文化中心。复谓广东自古为中国的"殖民地"等语。此等言论。在中国国家立场言之。胡适为认人作父。在广东人民地位言之。胡适竟以吾粤为生番蛮族。实失学者态度。应即停止其在本校演讲。合行布告。仰各学院各附校员生一体知照。届时照常上课为要。此布。

校长邹鲁

中华民国二十四年一月九日

这个布告使我不能不佩服邹鲁先生的聪明过人。早晨的各报记载八日下午西南政务会议席上讨论的胡适的罪过，明明是反对广东的读经政策。现在这一桩罪名完全不提起了，我的罪名变成了"认人作父"和"以吾粤为生番蛮族"两项！广州的当局大概也知道"反对读经"的罪名是不够引起广东人的同情的，也许多数人的同情反在我的一边。况且读经是武人的主张——这是陈济棠先生亲口告诉我的——如果用"反对读经"做我的罪名，这就成了陈济棠反对胡适了。所以奉行武人意旨的人们必须避免这个真罪名，必须向我的华侨教育会演说里去另寻找我的罪名，恰好我的演说里有这么一段：

> 我觉得一个地方的文化传到他的殖民地或边境，本地方已经变了，而过境或殖民地仍是保留着老祖宗的遗物。广东自古是中国的"殖民地"，中原的文化许多都变了，而在广东尚留着。像现在的广东音是最古的，我现在说的话才是新的。（用各报笔记，大致无大错误。）

假使一个无知苦力听了这话忽然大生气，我一定不觉得奇怪。但是一位国立大学校长，或是一位国立大学的中国文学系主任居然听不懂这一段话，居然大生气，说我是骂他们"为生番蛮族"，这未免有点奇怪罢。

我自己当然很高兴，因为我的反对读经现在居然不算是我的罪状了，这总算是一大进步。孟子说的好，"乃孔子则欲以微罪行，不欲为苟去。"邹鲁先生们受了读经的训练，硬要我学孔子的"做人"，要我"以微罪行"，我当然是很感谢的。

但九日的广州各报记载是无法追改的，九日从广州电传到海内外各地的消息也是无法追改的。广州诸公终不甘心让我蒙"反对读经"的恶名，所以一月十四日的香港英文《南华晨报》（South China Morning Post）上登出了中山大学教授兼广州《民国日报》总主笔梁民志（Porf. Liang Min-Chi）的一封英文来函，说：

> 我盼望能借贵报转告说英国话的公众，胡适博士在广州所受冷淡的待遇，并非因为（如贵报所记）他批评广州政府恢复学校读经课程，其实完全因为他在一个香港教员聚会席上说了一些对广东人民很侮辱又"非中国的"（Un-Chinese）批评。我确信任何人对于广州政府的教育政策如提出积极的批评，广州当局诸公总是很乐意听受的。

我现在把梁教授这封信全译在这里，也许可以帮助广州当局诸公多解除一点同样的误解。

我的膏药卖不成了，我就充分利用那两天半的时间去游览广州的地方。黄花岗，观音山，鱼珠炮台，石牌的中山大学新校舍，禅宗六祖的六榕寺，六百年前的五层楼的镇海楼，中山纪念塔，中山纪念大礼堂，都游遍了。中山纪念塔是亡友吕彦直先生（康奈尔大学同学）设计的，图案简单而雄浑，为彦直生平最成功的建筑，远胜于中山陵的图案。黄花岗七十二烈士（中有亡友绕可权先生）墓是二十年前的新建筑，中西杂凑，全不谐和，墓顶中间一个小小的自由神石像，全仿纽约港的自由神大像，尤不相衬。我们看了民元的黄花岗，再看吕彦直设计的中山纪念塔，可以知道这二十年中国新建筑学的大进步了。

我在中山纪念塔下游览时，忽然想起学海堂和广雅书院，想去看看这两个有名学府的遗迹。同游的陈达材先生说，广雅书院现在用作第一中学的校址，很容易去参观。我们坐汽车到一中，门口的警察问我们要名片，达材给了他一张名片。我们走进去，路上遇着一中的校长，达材给我们介绍，校长就引我们去参观。东边有荷花池，池后有小亭，亭上有张之洞的浮雕石像，刻的很工致。我们正在赏玩，不知如何被校中学生知道了，那时正是十二点一刻，餐堂里的学生纷纷跑出来看，一会儿荷花池的四围都是学生了。我们过桥时，有个学生拿着照相机走过来问我："胡先生可以让我照相吗？"我笑着立定，让他照了一张相。这时候，学生从各方面围拢来，跟着我们走，有些学生跑到前面路上去等候我们走过。校长说："这里一千三百学生，他们晓得胡先生来，都要看着你。"我很想赶快离开此地。校长说："这里是东斋，因为老房屋有些坏了的，所以全拆了重盖新式斋舍。那边是西斋，还保存着广雅书院斋舍的原样子，不可以不去看。"我只好跟他走，走到西斋，西斋的学生也知道我来了，也都跑来看我们。七八百个少年人围着我们，跟着我们，大家都不说话，但他们脸上的神气都很使我感动。校墙上有石刻的广雅书院学规，我站住读了几条，回头看时，后面学生都纷纷挤上来围着我们，我们几乎走不开了。我们匆匆出来，许多学生跟着校长一直送我们到校门口。我们上了汽车，我对同游的两位朋友说："广州的武人政客未免太笨了。我若在广州演讲，大家也许来看热闹，也许来看着胡适之是什么样子；我说的话，他们也许可以懂得五六成；人看见了，话听完了，大家散了，也就完了。演讲的影响不过如此。可是我的不演讲，影响反大的多了。因为广州的少年人都不能不想想为什么胡适之在广州不演讲。我的最大辩才至多只能使他们想想一两个问题，我不讲演却可以使他们想想无数的问题。陈伯南先生真是替胡适之宣传他的'不言之教'了！"

我在广州玩了两天半，一月十一日下午，我和刘毅夫先生同坐西南航空公司"长庚"机离开广州了。

我走后的第二天，广州各报登出了中山大学中国文学系教授古直，钟应梅，李沧萍三位先生的两个"真电"，全文如下：

（一）广州分送西南政务委员会，陈总司令，林主席，省党部，林宪兵司令，何公安局长勋鉴，昔颜介庾信，北陷虏廷，尚有乡关之重，今胡适南履故土，反发盗憎之论，在道德为无处，在法律为乱贼矣，又况指广东为殖民，置公等于何地，虽立正典刑，如孔子之诛少正卯可也，何乃令其逍遥法外，造谣惑众，为侵掠主义张目哉，今闻尚未出境，请即电令截回，径付执宪，庶几乱臣贼子，稍知警悚矣，否则老□北返，将笑广东为无人也。国立中山大学中文系主任古直、教员李沧萍、钟应梅等叩，真辰。

（二）探送梧州南宁李总司令，白副总司令，黄主席，马校长勋鉴（前段与上电同略），今闻将入贵境，请即电令所在截留，径付执宪，庶几乱臣贼子，稍知警悚矣，否则公方剿灭，明职教战，而反客受刘豫、张邦昌一流人物以自玷，天下其谓公何，心所谓危，不敢不告。国立中山大学中文系主任古直、教员李沧萍、钟应梅叩，真午。

电文中列名的李沧萍先生，事前并未与闻，事后曾发表谈话否认列名真电。所以一月十六日《中山大学日报》上登出《古直、钟应梅启事》，其文如次：

胡适出言侮辱宗国。侮辱广东三千万人。中山大学布告驱之。定其罪名为认人作父。夫认人作父。此贼子也。刑罚不加。直等以为遗憾。真日代电。所以义形于色矣。李沧萍教授同此慷慨。是以分之以义。其实未尝与闻。今知其为北大出身也。则直等过矣。呜呼道真之妒。昔人所叹。自今以往。吾犹敢高谈教育救国乎。先民有言。丈夫行事当磊磊落落。特此相明。不欺其心。谨启。

古直　钟应梅　启

这三篇很有趣的文字大可以做我的广州杂忆的尾声了。

原载1935年3月17日《独立评论》第142号

广东新语

周作人

　　近来买了一两部好书。不，这所谓好书，只是自己觉得喜欢罢了，并不是什么难得的珍本，反正这都是几块钱一部的书，因为价廉所以觉得物美也未可知。这书一部是金圣叹的《唱经堂才子书汇稿》，一部是屈翁山的《广东新语》。著者是明朝的遗民，书却都是清朝板，差幸是康熙年的刻本，还觉得可喜。我平常有一种怪脾气，顶讨厌那书里的避讳字，特别是清朝的。譬如桓字没有末笔，便当作"帖体"看待，玄弘二字虽然宋朝也有，却有点看不顺眼了，至于没臂膊的胤字与没有两只脚的颙字则简直不成样子，见了令人生气。顺治时刻的书没有这些样子，所以顶干净，康熙刻本里只有两个字，烨字又很少见，也还将就得去，至于书刻得精不精尚在其次。

　　我很喜欢讲风物的书。小时候在丛书里见到《南方草木状》《岭表录异》《北户录》等小册子，觉得很有兴味，唐以后书似乎没有什么了，《尔雅》统系的自然在外。明朝的有谢在杭的《五杂组》十六卷，虽然并不是讲一地方的，物部四卷里却有不少的好材料，而且文章也写得简洁有致。志地方风物的我在先有周栎园的《闽小记》四卷，今又加上这《广东新语》二十八卷，同样是我所爱读的。这本来与古地志如朱长文的《吴郡图经续记》，高似孙的《剡录》等该是同类，不过更是随笔的了，文艺趣味因此增高，在乙部的地位也就变动，虽然还自有其价值。《五杂组》卷一有一则记闽中雪云：

"闽中无雪，然间十余年亦一有之，则稚子里儿奔走狂喜，以为未始见也。余忆万历戊子二月初旬天气陡寒，家中集诸弟妹构火炙蛎房啖之，俄而雪花零落如絮，逾数刻地下深几六七寸，童儿争聚为鸟兽，置盆中戏乐，故老云数十年未之见也。至岭南则绝无矣。柳子厚答韦中立书云，二年冬大雪，逾岭被越中数州，数州之犬皆仓皇噬吠，狂走累日。此言当不诬也。"《广东新语》卷一天语中说冰云：

"粤无冰，其民罕知有南风合冰东风解冻之说。岁有微霜则百物蕃盛，谚曰，勤下粪不如早犁田，言打霜也。冰生于霜，粤无冰，以无霜也，故语曰岭南无地着秋霜，又曰天蛮不落雪。即或有微冰，辄以为雪，或有微雪以为冰，人至白首有冰雪不能辨者。……或极寒亦有微霰，然未至地已复为雨矣。少陵云，南雪不到地，是矣。"二文均佳，而《新语》娓娓百十言说粤之无冰无霜雪乃尤妙。或言有撰《北欧冰地志》者，其第二十章曰"关于蛇类"，文只一句云，"冰地无蛇。"庄谐不同，大意有相似者。卷二地语中记陈村茭塘洸口四市茶园诸文并佳，今节录其四市一文之上半云：

"东粤有四市。一曰药市，在罗浮冲虚观左，亦曰洞天药市。有捣药禽，其声丁玱如铁杵臼相击，一名红翠，山中人视其飞集之所知有灵药，罗浮故多灵药，而以红翠为导，故亦称药师。一曰香市，在东莞之寥步，凡莞香生熟诸品皆聚焉。一曰花市，在广州七门，所卖止素馨，无别花，亦犹洛阳但称牡丹曰花也。一曰珠市，在廉州城西卖鱼桥畔，盛平时蚌壳堆积，有如玉阜。土人多以珠肉饷客，杂姜薤，食之味甚甘美，其细珠若粱粟者亦多实于腹中矣。语曰，生长海隅，食珠衣珠。"又卷三山语中记罗浮山有云：

"山远视之，一云也。大约阴则云在上，晴则云在下，半阴半晴则云在中以为常，顶曰飞云，言常在云中不可见也。又罗山在西多阴，故云常在其上，浮山在东多阳，故云常在其下。日之出浮山先见，而罗山次之，以云在其下故也。

石洞多石，一山之石若皆以此为归，大小积叠无根柢。有曰挂冠石者，一砥一峙，峙者高数寻，破者可坐人百许，尤杰出。自石罅行百余武，夹壁一悬泉，仅三十尺，影蔽枫林而下，猿猴饮者出没水花中，见人弗畏。此洞之最幽处也。"《新语》的文章不像《景物略》或《梦忆》那样波峭，但清疏之中自有幽致。全书中佳文甚多，不胜誊录，其特别有意思者则卷十二诗语中有粤歌一则，凡二千三百余言，纪录民间歌谣，今抄取数节：

"粤俗好歌，凡有吉庆必唱歌以为欢乐，以不露题中一字，语多双关而中有挂折者为善。挂折者，挂一人名于中，字相连而意不相连者也。其歌也，辞不必全雅，平仄不必全叶，以俚言土音衬贴之，唱一句或延半刻，曼声长节，自回自复，不肯一往而尽，辞必极其艳，情必极其至，使人喜悦悲酸而不能自已，此其为善之大端也。……其歌之长调者如唐人《连昌宫词》《琵琶行》等，至数百言千言，以三弦合之，每空中弦以起止，盖太簇调也，名曰摸鱼歌。或妇女岁时聚会，则使瞽师唱之，如元人弹词曰某记某记者，皆小说也，其事或有或无，大抵孝义贞烈之事为多，竟日始毕一记，可劝可戒，令人感泣沾襟。其短调踏歌者不用弦索，往往引物连类，委曲譬喻，多如子夜竹枝。如曰，中间日出四边雨，记得有情人在心。曰，一树石榴全着雨，谁怜粒粒泪珠红。曰，灯心点着两头火，为娘操尽几多心。曰，妹相思，不作风流到几时，只见风吹花落地，那见风吹花上枝。蜘蛛曲曰，天旱蜘蛛结夜网，想晴只在暗中丝。又曰，蜘蛛结网三江口，水推不断是真丝。又曰，妹相思，蜘蛛结网恨无丝，花不年年在树上，娘不年年作女儿。竹叶歌曰，竹叶落，竹叶飞，无望翻头再上枝，担伞出门人叫嫂，无望翻头做女时。素馨曲曰，素馨棚下梳横髻，只为贪花不上头，十月大禾未入米，问娘花浪几时收。……有曰，一更鸡啼鸡拍翼，二更鸡啼鸡拍胸，三更鸡啼郎去广，鸡冠沾得泪花红。有曰，岁晚天寒郎不回，厨中烟冷雪成堆，竹篙烧火长长炭，炭到天明半作灰。有曰，柚子批皮瓤有心，小时则剧到如今，头发条条梳到尾，鸳鸯怎得不相寻。有曰，大头竹笋作三桠，敢好后生无置家，敢好早禾无入米，敢好攀枝无晾花。敢好者言如此好也。"李雨村辑《南越笔记》十六卷，多抄《新语》原文，此篇亦在内，题曰粤俗好歌，但均不注出处，是一大毛病。《闽小记》文章亦佳，栎园思想却颇旧，不大能够了解那时的新文艺倾向，故书中关于闽歌没有类似的纪载，或者因为他不是本地人，所以不懂得，也说不定。

清末郭柏苍著《竹间十日话》六卷，卷五中有一则云：

"月光光，照池塘，骑竹马，过洪塘，洪塘水深不得渡，娘子撑船来接郎。此福州儿辈曲也，明韩晋之先生载入文集中，谓此古三言诗也，闽无风，此却可当闽风。村农插秧歌云，等郎等到月上时，月今上了郎未来。（叶音黎。《诗》，羊牛下来。《王母白云谣》，尚复能来。）莫是奴屋山低月出早，莫是郎屋山高月出迟？不是出早与出迟，大半是郎没意来。记得当初未娶嫂，三十无月暗也来。词虽鄙亵，往复再三，亦文人才士托兴彤管也。"墨憨斋整十卷的编刊《山歌》只好算是例外，像这样能够赏识一点歌谣之美者在后世实在也是不可多得了。

屈翁山在明遗民中似乎是很特别的一个，其才情似钱吴，其行径似顾黄，或者还要崛强点，所以身后著作终于成了禁书，诗文集至今我还未曾买得。《广东新语》本来也在禁中，清末在广东有了重刊本，通行较多。就是在这记风物的书中著者也时时露出感愤之气，最显著的是卷二地语中迁海这一篇，其上半云：

"粤东濒海，其民多居水乡，十里许辄有万家之村，千家之砦，自唐宋以来，田庐丘墓子孙世守之勿替，鱼盐蜃蛤之利藉为生命。岁壬寅二月忽有迁民之令，满洲科尔坤介山二大人者亲行边徼，令滨海民悉徙内地五十里，以绝接济台湾之患。于是麾兵折界，期三日尽夷其地，空其人，民弃资携累，仓卒奔逃，野处露栖，死亡载道者以数十万计。明年癸卯华大人来巡边界，再迁其民。其八月，伊吕二大人复来巡界。明年甲辰三月，特大人又来巡界。遑遑然以海防为事，民未尽空为虑，皆以台湾未平故也。先是人民被迁者以为不久即归，尚不忍舍离骨肉，至是飘零日久，养生无计，于是父子夫妻相弃，痛哭分携，斗粟一儿，百钱一女，豪民大贾致有不损锱铢不烦粒米而得人全室以归者。其丁壮者去为兵，老弱者展转沟壑，或合家饮毒，或尽帑投河，有司视如蝼蚁，无安插之恩，亲戚视如泥沙，无周全之谊。于是八郡之民死者又以数十万计。民既尽迁，于是毁屋庐以作长城，掘坟茔而为深堑，五里一墩，十里一台，东起大虎门，西迄防城，地方三千余里，以为大界，民有阑出咫尺者执而诛戮之，而民之以误出墙外死者又不知几何万矣。自有粤东以来，生灵之祸莫惨于此。"这一篇可以说是文情俱至了，然而因此难免于违碍，此正是常例也。书中禽兽草木诸语中尚多有妙文，今不再录，各文大抵转抄在《南越笔记》中，容易得见，若迁海者盖不可见者也。廿四年九月十一日，于北平。

原载1935年10月20日《人间世》第38期

岭南杂事诗钞

周作人

　　近来不知怎的似乎与广东很有缘分，在一个月里得到了三部书，都是讲广东风土的。一是屈大均著的《广东新语》二十八卷，一是李调元辑的《南越笔记》十六卷，一是陈坤著的《岭南杂事诗钞》八卷。这都不是去搜求来的，只是偶尔碰见，随便收下，但是说这里仍有因缘，那也未始不可以这样说。我喜欢看看讲乡土风物的书，此其一。关于广东的这类书较多，二也。本来各地都有这些事可讲，却是向来不多见，只有两广是特别，自《南方草木状》《北户录》《岭表录异》以来著述不绝，此外唯闽蜀略可相比，但热闹总是不及了。

　　屈翁山是明朝的遗民，《广东新语》成了清朝的禁书，这于书也是一个光荣吧。但就事论事，我觉得这是一部很好的书，内容很丰富，文章也写得极好，随便取一则读了都有趣味，后来讲广东事情的更忍不住要抄他。其分类为天地山水石等二十八语，奇而实正，中有坟语香语，命名尤可喜。从前读《酉阳杂俎》，觉得段柯古善于立新奇的篇名，如尸穸，如黥，如肉攫部等，《新语》殆得其遗意欤。卷八女语中乃列入桫者一则，殊觉可笑，本来已将疯人和盗收在卷七人语之末，那么桫者亦何妨附骥尾？但我在这条里得到很好的材料，据说五代末刘时重用宦官，"进士状头或释道有才略可备问者皆下蚕室，令得出入宫闱"，因知明朝游龙戏凤的正德皇帝之阉割优伶盖亦有所本也。

《南越笔记》出来的时候《广东新语》恐怕已经禁止了，但如我上边所说，李雨村确也忍不住要抄他，而且差不多全部都选抄，元来说是辑，所以这并不妨，只可惜节改得多未能恰好。卷四有南越人好巫一则，系并抄《新语》卷六神语中祭厉及二司之文。而加"南越人好巫"一语于其前，即用作题目，据我看来似不及原本。二司条下列记五种神道，全文稍长今不具录，但抄其下半于左：

"有急脚先锋神者，凡男女将有所私，从而祷之，往往得其所欲，以香囊酬之。神前香囊堆积，乞其一二，则明岁酬以三四。新兴有东山神者，有处女采桑过焉，歌曰，路边神，尔单身，一蚕生二茧，吾舍作夫人。还家果一蚕二茧，且甚巨。是夜风雨大作，女失所之，有一红丝自屋起牵入庙中，追寻之，兀坐无声息矣。遂泥而塑之，称罗夫人。番禺石壁有恩情神者，昔有男女二人于舟中目成，将及岸，女溺于水，男从而援之，俱死焉，二尸浮出，相抱不解，民因祠以为恩情庙。此皆丛祠之淫者。民未知义，以淫祠为之依归，可悲也。"《笔记》所录没有民未知义以下十四字，我想还是有的好。这令我想起永井荷风的话来。荷风在所著《东京散策记》第二篇《淫祠》中曾说过：

"我喜欢淫祠。给小胡同的风景添点情趣，淫祠要远胜铜像更有审美的价值。"他后来列举对那欢喜天要供油炸的馒头，对大黑天用双叉的萝卜，对稻荷神献奉油豆腐等等荒唐无稽的风俗之后，结论说道：

"天真烂漫的而又那么鄙陋的此等愚民的习惯，正如看那社庙的滑稽戏和丑男子舞，以及猜谜似的那还愿的扁额上的拙稚的绘画，常常无限地使我的心感到慰安。这并不单是说好玩。在那道理上议论上都无可说的荒唐可笑的地方，细细地想时却正感着一种悲哀似的莫名其妙的心情也。"我们不能说屈翁山也有这种心情，但对于民众的行事颇有同情之处，那大抵是不错的吧。

《岭南杂事诗钞》有些小注也仍不能不取自《新语》，虽然并不很多，大约只是名物一部分罢了。卷一有一首咏急脚先锋的，注语与上文所引正同，诗却很有意思：

"既从韩寿得名香，一瓣分酬锦绣囊。但愿有情成眷属，神仙原自羡鸳鸯。"民国初年我在大路口地摊上得到过一个秘戏钱，制作颇精，一面"花月宜人"四大字，一面图上题八字云，"得成比翼，不羡神仙。"这与诗意可互相发明。《杂事诗》卷七又有咏露头妻的一首，诗云：

"乍聚风萍未了因，镜中鸾影本非真。浮生可慨如朝露，飞洒杨花陌路人。"注云：

"粤俗小户人家男女邂逅，可同寝处，俨若夫妇，稍相忤触，辄仍离异，故谓之露头妻，犹朝露之易晞也。"案此即所谓辫妍头，国内到处皆有，大抵乡村较少，若都市商埠则极寻常。骈枝生著《拱辰桥踏歌》卷上有一则云：

"东边封起鸳鸯山，西边宕出鸳鸯场。鸳鸯飞来鸳鸯住，鸳鸯个恩情勿久长。"这几首诗都颇有风人之旨，因为没有什么轻薄或道学气，还可以说是温厚。这是《杂事诗钞》的一种特色。此外还有一种特色，则是所咏大部分是关于风俗的。《诗钞》全部八卷共三百八十八首，差不多有五卷都是人事，诗数在二百首以上。草木鸟兽虫鱼的记录在散文上容易出色，做成韵文便是咏物诗，咏得不工固然不好，咏得工又是别一样无聊，故集中才七十首，余则皆古迹名胜也。卷五咏"半路吹"云：

"妾本风前杨柳枝，随风飘荡强支持。果能引凤秦台住，
箫管何妨半路吹。"自注云：

"粤俗贫家鬻女作妾，恐邻家姗笑，先向纳妾者商明，
用彩舆鼓吹登门迎娶，至中途改装前往，谓之半路吹。"与上
文露头妻均是好例，记述民间俚俗，而诗亦有风致。又卷七咏
"火轮船"云：

"机气相资水火功，不须人力不须风，暗轮更比明轮稳，
千里沧波一日通。"注云：

"火轮船制自外洋，轮有明暗之分，以火蒸水取气激轮而
行，瞬息百里，巧夺天工，近年中华俱能仿造，长江内河一律
驶用矣。"诗并不佳，只取其意思明达，对于新事物亦能了解
耳。我们随便拿陶方琦的诗来比较，在《湘麋阁遗诗》卷二有
《坐火轮车至吴淞》一诗，末四句云：

"沪中地力久虚竭，凿空骋险宜荒陬，自予不守安步戒，
西人于汝夫何尤。"陶君虽是吾乡学者，但此等处自不甚高
明，不能及陈子厚。陶诗作于光绪丁丑，《如不及斋集》亦在
此时刻成，陈诗之作当在陶前也。十月十日。

原载1935年10月25日《大公报》

谈过癞

周作人

近日报上载广东消息，云官厅派军警捕癞病人，钉镣收禁。那时我有点忙，虽然觉得这条新闻很好玩，却没有剪存，现在已无可查找，想起来大是可惜。后来听说有人去电反对，似乎事出有因，一面又报告说正在筹十四万元建造麻疯院，那么又是查无实据了。到底怎样我们也无从知道，不过社会上总是很热闹，大家有了谈资，何妨就谈谈呢？中国人对于病与药似乎不很有正当的常识，但是关于这些的奇异的轶闻却是记得不少，讲到癞病也是如此，所以这回看大家顶爱谈的便是过癞的故事。四月二十七日《实报》的"美的新闻"栏的文章题曰"麻疯传遍粤中"，其文云：

"粤省最近麻疯症流行甚烈，有人主张仿照西洋取缔劣等民族办法，一律处以枪决，律师叶夏声曾经通电反对，有假令父母染此种病，为子者亦将坐视其枪毙欤？粤中人士对此问题聚讼纷纭，大有满城风雨之概。粤主席吴铁城下车伊始，主张以人道立场，科学的精义，审慎设法，尽心疗治，刻正延聘专家着手筹备中。

据闻粤省麻疯所以盛行者，系因该地气候湿热，岚瘴蒸郁所致，闽省亦有此病，但不及粤省之蔓延。此症男女均有，至相当时间全身臃肿，奇痒难熬，驯至于死。其传染也，饮食方面绝无关系，然男不传男，女不传女，必异性始传，又必交媾始传。设有一麻疯女子交接无麻疯症之男子经过十人以上者，该女病必全愈。粤中俗谚有云，疯女不落河（河指珠江言）。粤中勾栏妓女多在船上操业，所谓旖旎春色满珠江，二八珠娘艳似花也，如有麻疯病之女，船家则不许入船，设有疯病男客与无疯病妓女交合，则此妓必成为疯女矣。吴铁城现已组织麻疯疗养院，慈悲菩提，甘露遍洒。"

对于这篇文章不想说别的，只注意这里边的一点，即云癞病必异性始传，以及疯女可以将病传给男子而自己病愈，这事有一个术语，叫作过癞。这过癞的传说大约是古已有之，不过我寡闻又健忘，不能穷源竟委的说出来，只能就手边的书里抄出一二以为例证。康熙庚辰屈翁山著《广东新语》卷七人语中有疯人二则，其第一条云：

"粤中多疯人。仙城之市多有生疯男女行乞道旁，秽气所触，或小遗于道路间，最能染人成疯。高雷间盛夏风涛蒸毒，岚瘴所乘，其人民生疯尤多，至以为祖疮，弗之怪。当垆妇女皆系一花绣囊，多贮果物，牵人下马献之，无论老少估人率称之为同年，与之谐笑。有为五蓝号子者曰，垂垂腰下绣囊长，中有槟门花最香，一笑行人皆下骑，殷勤紫蟹与琼浆，盖谓此也。是中疯疾者十而五六，其疯初发未出颜面，以烛照之，皮内红如茜，是则卖疯者矣。凡男疯不能卖于女，女疯则可卖于男，一卖而疯虫即去，女复无疾。自阳春至海康六七百里，板桥茅店之间，数钱妖冶，皆可怖畏，俗所谓过癞者也。疯为大癞，虽由湿热所生，亦传染之有自，故凡生疯则其家以小舟处之，多备衣粮，使之浮游海上，或使别居于空旷之所，毋与人近，或为疯人所捉而去，以厚赂遗之乃免。广州城北旧有发疯园，岁久颓毁，有司者倘复买田筑室，尽收生疯男女以养之，使疯人首领为主，毋使一人阑出，则其患渐除矣，此仁人百世之泽也。"乾隆中李雨村抄录《新语》中文为《南越笔记》十六卷，刻入函海中，卷七有疯人一则，与上文全同，唯删去末八字耳。道光庚戌陈炯斋著《南越游记》三卷，卷二有疠疡传染一则，亦是讲癞病者，文云：

"东南地气卑湿，居人每有疠疡之疾，岭外呼为大麻疯。是疾能传染，致伤合家，得之者人皆憎恶，见绝于伦类，颠连无告至此极矣。广潮二州旧有麻疯院，聚其类而群处焉，有疯头领之。其中疯人有一世二世三世者，疯头以次为之婚配，毋使紊，三世者生子，其疯已绝，遂得出院，谚所谓麻疯不过三代也。疯人面目臃肿，手足溃烂，见之令人欲呕，疯女则颜色转形华润，外无所见，往往华容靓饰，私出诱人野合，无知恶少误犯之，传染其毒，中于膏肓，不旋踵四肢奇痒，尽代其疯，而疯女宿疾若失，转为常人。道光辛丑英夷犯粤，调集各直省兵，湖南来者凶悍不法，粤民切齿，阴遣疯女诱与淫荡，于是溃痈被体，死相踵者过半，余多阵亡，获归者不数十人。"光绪丙子陈子厚著《岭南杂事诗钞》八卷，卷五有《卖疯》一首云：

"桃花莫误武陵源，卖却疯时了凤冤，也是贪欢留果报，迨回头已累儿孙。"注云：

"粤中大麻疯传染三代。有是疾妇女每求野合，移毒于人，谓之卖疯。《两般秋雨庵随笔》载珠江之东有寮曰疯墩，以聚疯人，有疯女貌娟好，日荡小舟卖果饵以供母，娼家艳之，啖母重利迫女落籍。有顺德某生见女深相契合，定情之夕女峻拒不从，以生累世遗孤，且承嗣族叔故也，因告之疾，相持而泣。生去旬余再访之，则女于数日前为生投江死矣，生大恸，为封其墓，若伉俪然。番禺孝廉黄容石玉阶作歌纪其事。"这里最妙的却要算许壬瓠，他在光绪癸未著《珊瑚舌雕谈初笔》八卷，卷一中有过癞一则云：

"道光中年广东林仰山观光贰尹莅斯土，时有范上舍以事相见，叩以广东有过癞之说确否，林力言无之，斥为荒诞，当时人谓范盍将吴青坛《岭南杂记》凿凿可据者证之。案记云：潮州大麻疯极多，官为设立麻疯院，在凤凰山上，聚麻疯者其中，给以口粮，有麻疯头治之，其名亚胡，衣冠济楚，颇为饶富。人家有吉凶之事，疯人相率登门索钱索食，少则骂詈，必先赂亚胡求片纸粘门，疯人即不敢肆。院中有井名凤凰井，甘冽能愈疾，疯者饮之即能不发，肌肉如常，若出院不饮此水即仍发矣。入院游者，疯头特设净舍净器以款之。其中男女长成自为婚匹，生育如恒人。疯女饮此井水而姿色倍加光丽，设有登徒犯之，次日其女宿疾爽然若失，翩然出院，即俗所谓过癞也。登徒子侵染其毒，不数日须眉脱落，肢节溃烂而死。然则林公当时何必讳言，抑亦不自知耶。余则曰，林范两失之，范于官长毫无避忌，而林当婉讽其不恭，庶几自惭鄙俗焉。后见《说郛》载过癞云：癞虫自男女精液中出，故此脱彼染甚易。若男欲除虫，用荷叶裹阳纳女阴中，既输泄即抽出叶，精与虫悉在其中，即弃之，精既不入女阴宫中，女亦无害也。若女欲除虫则未详。想林贰尹范上舍于此种书或皆未之见耶。"

我找到的材料实在太少，虽然抄起来已经觉得很多了。在这点材料里我们可以看出第一，这有一个很长的传统，从清康熙三十九年至民国二十六年，这其间足足有二百三十七年的光阴，可是这过癞的传说一直存在，虽然说得互有出入而其神奇则一。前二百年可以说是无怪的，庚子年还有白莲教的义合神兵之役，一切那可深求，近三十年似乎有点不应该了。在这时代中国岂不是一个复兴的民族，正将改造旧有的文化以适应现代的需要的么？那么至少关于生活最切要的事情总当加以改进，如医即其一。不佞于中外医道都无关系，说起来却不免有一种感慨。中国与日本不同，不是由本国医生自发研究，由玄学的旧法转入科学的新法，所以只有前后两期而无东西两派，乃是别由外国医生来宣传传授，结果于玄学的中医外新添了科学的西医，于是两方面对立至今，而民间因为西医的费用太大，中医的说法好玩，江湖派的郎中乃被尊为国医，不但主宰人民的命，还连带的影响到文化界去，直接间接的培养着许多荒唐思想与传说。所谓过癞即是一个好例。一八七九年（清光绪五年己卯）汉生发见了癞病菌以来，癞病的性质情形已都明了，虽然仍觉得可怕，却已完全失掉了神秘性了。据说日本现在公立私立的癞病院共有十四所，可见这种病人也还不少，可是我不曾在文字上或口头听到这类奇谈，以浅陋所及也不知道在古时有过癞之说，那么这好像只是中国所独有，这岂不更是奇哉怪哉么。

我于医学完全是门外汉，但是我觉得在我们贫弱的常识里关于医——包括生理和病理的一部分实在是必要，无论如何总俭省不得。癞病这东西，好像芒果似的，在市面上少碰见，似乎不知道也无关宏旨，但在要谈过癞问题的时候知道一点也好，因为这样便可以辨别此说之是否真实。据医书上说，癞病是属于皮肤病项下，病菌已发见，其发病由于直接传染，不由遗传，故三代之说不可信。癞菌潜伏期颇长，或云数月或云数年，不能确知，在皮肤感觉异常以至发生红斑之前无从知其生癞否，故屈翁山所描写的数钱妖冶虽文词颇妙而事实可疑。病菌常在皮下，唯亦蔓延各处粘膜等部，交接自属传染之一妙法，但未必限于异性，如梅毒亦是如此。把自己的病由交接传染给别人，其结果只是加添了一个病人而已，自己不能就此痊愈，这也可以用梅毒为例，癞不能单独过得去也。民间相信有法术医病，纸上写"重伤风出卖"，裹一钱弃置路旁，或写"风眼出卖"贴墙上，我就曾经遇见过，在我未必买了回去，而那位卖主大约也仍旧伤他的风以至自己就痊，盖法术自法术而病自病也。若是传染病而肯牺牲色相以出卖，则买者自当不至空手而回，卖主的结果却还是一样，病菌殆如聚宝盆，用之不竭，又如俗传打油诗所云，此物亦是卖了依然在者也。总之癞病只是一种恶性的传染病，因为现在还没有找出疗法，所以特别觉得讨厌，古人称之曰恶疾，倒是顶不错的，他的传染路径由于直接接触，也与别的有些传染病并无差异，传染之有入无出亦正是一定的例，此乃无可疑者，若那些奇异的传说虽或出于古人的大著，或有软性的情趣，为大众所珍赏，但荒唐无稽，与事理不合，为真实计固当加以订正，即以随笔文学论亦无足取，其唯一的用处殆只在于留供不佞写笔记之资料而已。

前几年有外国人写一本书论中国的国民性，说中国人念念不忘两性之事，即如吃笋盖即为其有所象征云云。妙语解颐，似有心病者，一时传为笑柄。这人的笋说不佞实在不敢赞一辞，不过中国人对于两性之事有点神经过敏这倒似乎并非全是虚假，例如过癞传说就是其一。这一个故事为什么那么津津乐道的呢？自本地的屈翁山以至外江佬，自康熙以至现在，据许壬觚说则《说郛》中已有，因为无从查原书，暂且不算，难道是陶南村自己说的么？这个原因大约第一是香艳，而第二是离奇。据说除斯替文生是例外，没有女人不成小说，这本来也是平常的事，中国的例未免倾于太过，盖常由细腰而至于小脚也。谈奇说怪亦是人情，中国又往往因此而至破弃真实，此诚可谓之嗜痂不惜流血矣。见人谈冬虫夏草引近出《中国药学大辞典》，举植物学上学名，而仍云西人说误，根据乾隆辛亥徐后山著《柳崖外编》卷二所记云：

"交冬草渐萎黄，虫乃出地蠕蠕而动，其尾犹簌簌然带草而行。"以为这的确是冬虫而夏草。以故事论柳崖的确说得好玩，若说事实不但草系寄生已经查明，即用情理推测，头入地尾生草之虫不知如何再钻出来，冬天草枯而蚵蝝似的虫乃能蠕蠕爬行，均有讲不通之处，今者中国药学者乃不信菌学书而独取百余年前的小说家言，此无他，亦因其神奇可喜耳。我读近代笔记，见讲掌故颂功德者已是上乘，一般多喜谈妖异说果报，不禁叹息，觉得关系非细，却无挽救之法。近二十年普通教育发达而常识与趣味似无增进，盖旧染之污深矣。一两年前国内忽有科学小品的声浪发生，倒是一种好现象，至少可以灌一点新鲜空气进来，可是后来这声浪不知为何又消沉下去了。科学小品有没有出过几册我也无从再去打听，如不是为的流行已经过去，有别的招牌要挂了，那么大约也因为大众不需要的缘故吧。总之中国不会有这宗科学小品，仿佛是命里注定似的。医学者不出来写关于癞病之类的说明文章，确是比不佞更是既明且哲也。二十六年四月二十九日，于北平苦住庵。

原载1937年5月16日《论语》第112期

闲话荔枝

周瘦鹃

古今来文人墨客，对于果品中的荔枝，都给予最高的评价。诗词文章，纷纷歌颂，比之为花中的牡丹。牡丹既被称为花王，那么荔枝该尊为果王了。唐代白乐天《荔枝图序》有云："荔枝生巴峡间，树形团团如帷盖，叶如桂，冬青；花如橘，春荣；实如丹，夏熟。朵如葡萄，核如枇杷，壳如红缯，膜如紫绡，瓤肉莹白如冰雪，浆液甘酸如醴酪。大略如彼，其实过之。若离本枝，一日而色变，二日而香变，三日而味变，四五日外，色香味尽去矣。"这一段话，已说明了荔枝的一切，真的明白如画。

荔枝不只产于巴蜀，闽、粤两省也有大量的生产。它又名离枝、丹荔，而最特别的，却又叫做钉坐真人。树身高达数丈，粗可合抱，较小的直径尺许，农历二三月间开花，五六月间成熟。宋神宗诗因有"五月荔枝天"之句。据古代《荔枝谱》中所载，种类繁多，有陈紫、周家红、一品红、钗头颗、十八娘、丁香、红绣鞋、满林香、绿衣郎等数十种，大多是闽产，不知现在还有几种？至于粤中所产，则现有三月红、玉荷包、黑叶、桂味、糯米糍等，都是我们所可吃到的。至于命名最艳的，有妃子笑一种；产量最少的，有增城的挂绿一种。

闽产的荔枝中，有一种名十八娘，果型细长，色作深红，闽人比作少女。俗传闽中王氏有弱妹十八娘，一说是女儿行十八，喜吃这一种荔枝，因此得名。又有一说：闽中凡称物之美而少的，为十八娘，就足见这是美而少的名种了。明代黄履康作《十八娘传》，他说："十八娘者，开元帝侍儿也，姓支名绛玉，字曰丽华，行十八。"文人狡狯，借此弄巧，竟把珍果当作美人般给它作传。宋代蔡君谟作《荔枝谱》，称之为绛衣仙子，那更比之为仙子了。诗中咏及的，如元代柳应芳云："白玉明肌裹绛囊，中含仙露压琼浆。城南多少青丝笼，竞取王家十八娘。"明代邱惟直诗云："楝萼楼头风露凉，闽娘清晓竞红妆。朱唇玉齿桃花脸，遍着天孙云锦裳。"词如苏东坡《减字木兰花》云："闽溪珍献。过海云帆来似箭。玉座金盘。不贡奇葩四百年。 轻红酿白。雅称佳人纤手擘。骨细肌香。恰似当年十八娘。"十八娘之为荔枝珍品，于此可见，但不知现在闽中仍有之否？

广州有荔枝湾，是珠江的一湾，夹岸都是荔枝树，绿阴丹荔，蔚为大观。据说这里本是南汉昌华旧苑，有人咏之以诗，曾有"寥落故宫三十六，夕阳明灭荔枝红"之句。清代陶稚云《珠江词》，都咏珠江艳事，中有一首："青青杨柳被郎攀，一叶兰舟日往还。知道荔枝郎爱食，妾家移住荔枝湾。"从前，每年初夏荔枝熟时，荔枝湾游艇云集，都是为了吃荔枝去的。

选自周瘦鹃著《花花草草》，上海文化出版社1956年9月初版

举目南溟万象新

周瘦鹃

　　"羊城我是重来客，举目南溟万象新。三面红旗长照耀，花天花地四时春。"可不是吗？一九五九年六月，我曾到过广州，这一次是来重温旧梦了。住在那硕大无朋而崭新的羊城宾馆里，是一个新的环境，凭着窗举目四顾，觉得整个广州真是"日日新，又日新，新新不已"；而花天花地，四时皆春，又到处呈现出一片欣欣向荣的新气象，几乎忘了我那个瑟缩在寒风里的苏州老家，禁不住也要像刘备那么欢呼起来："此间乐，不思蜀"了！

　　这一次我来广州，是特地为了补课来的，要到上次我所没有到过的地方去参观访问。第一个课题是什么？就是至至诚诚地去拜访往年毛主席所领导的农民运动讲习所。看了毛主席住过的那个屋不成屋的廊庑一角和简单朴素的桌椅竹箱，谁也料不到竟在这里发出了旋乾转坤的原动力，造成了惊天动地的大事业；又连带想起了当时的盘根错节，缔造艰难，才知今天我们六亿五千万人民的幸福，真不是偶然得来的。观光之下，等于上了一堂革命大课，深受教育，更觉得我们非听毛主席的话、跟着党走不可。

　　第二个课题是：到海南岛去参观访问，这是祖国南方的一个宝岛，有着无穷无尽的宝藏，即使不想去觅宝，也该去赏赏宝啊！可是我是个单干户，此去孤零零地，未免有举目无亲之感。却不料洪福齐天，恰恰遇到了从上海来的七位男女朋友，就凑成了"八仙过海"的一个集团，以团长胡厥文同志权充张果老，率领我们七仙浩浩荡荡地飞往海南岛去。先就到了海口，参观了五公祠、海瑞墓，发一下思古之幽情。又访问了海口罐头厂，尝到了精制的凤梨、荔枝、菠萝蜜和椰子酱，不单是甜在口舌上，直甜到心窝里。听了厂长的报告，才知道也是经过了一番惨淡经营，从烂摊子逐渐发展起来的。

从这里转往一百十三公里外的嘉积，会见了琼海县妇联主任冯增敏同志，大家向她致敬。瞧她只是一位无拳无勇的老大娘，哪知她就是电影《红色娘子军》的主角，当年还是一个冲锋陷阵杀敌如麻的连长哩。

凡是来过海南岛的人，谁不啧啧赞美国营华侨农场，于是我们也就兴兴头头地到了兴隆，一万多回国的侨胞，先后在这里安家落户。这一个华侨农场，完全是从无到有白手起家的场合，看到了林林总总不可胜数的橡树、油棕、椰子、咖啡、胡椒、剑麻以及其他香料作物和药用作物，一株株都有经济价值，一株株都是摇钱树。我们这个集团中的朋友们以为我种了好多年的花花草草，定是一个见多识广的专家，往往指着那些奇奇怪怪的花草树木来考考我。谁知我一踏上这个宝岛，竟变做了个无知无识的大傻瓜，除了回报得出少数自有的品种以外，几乎交了白卷，只能勉强地给批上个一二分罢了。

到了榆林港鹿回头，我们住在椰子林中间，别有一天，而又两度到小东海、大东海的海滩上去观海。我最欣赏苏东坡诗中所提起过的那个"天涯海角"，凭着岩石望到远处，顿觉胸襟豁然开朗，真有海阔天空之感。因有诗云："榆林港外看恬波，叶叶风帆栉比过。洗尽俗尘三角斛，海天啸傲一高歌。"

这两次我的收获可大了，不但拾到了五色斑斓的无数贝壳，又捡到了不少光怪陆离的石块；手捧、袋装、帕子包裹，还觉得不顶用。团员们笑我贪得无厌，愚不可及；却不知道这正是我充实盆景的好材料，回去还可以举行一个海南宝贝的展览会，高唱得宝歌哩。

接着我们又驱车到莺歌海去，刚过立春，虽还没有听到莺歌，却看到了大片大片的盐池和雪一般皑皑一白的几个盐丘。吃了大半世的盐，从没有见过盐池盐丘，今天才开了眼。此外，又到八所港去看海舶接运含铁量百分之六十到九十的石碌矿砂，从皮带运输机的长长皮带上一堆堆地传送过去，这又是我破题儿第一遭所看到的。

离了八所，前往那大，此地属儋县，旧为儋州，一名儋耳，那位"日啖荔枝三百颗，不辞长作岭南人"的诗人苏东坡，曾在这里作太守，遗风余韵，犹在人间。听说四十公里外有东坡祠，因限于时间，欲去不得，只得向他老人家道个歉，恕我失礼不来拜谒了。但是忙里偷闲，仍然参观了周总理亲笔题赠"儋州立业、宝岛生根"八个字的亚热带作物科学研究所，在标本园中溜达一下，又增长了好多关于亚热带作物的知识。经过了一夜的酣眠，才又回到海口。这七天里东西南北，几乎绕了一个圈儿，仿佛到了世外桃源，精神和物质，都获得了丰收，简直是消受不尽；于是我又情不自禁地唱了起来："鹏搏千里来琼岛，瑶草琪花尽是春。掉臂游行经七日，此身恍已隔红尘。"

第三个课题是以湛江市为目标，上了飞机仅仅四十五分钟就到了。车过处绿荫交织，如张油碧之幄，一条条都成了绿街。我们参观了雷州青年运河灌区的大土坝，曾有三十五万人在这里胼手胝足地参加过工作，嘘气成云，挥汗如雨，要在人间造成一条天上的银河，这是一个多伟大多豪迈的功业啊！我们在那曲曲折折长达七公里的大坝上行进，经过了三八、五四、民兵、太平、横山等几个坝，一面放眼观赏那清可见底的湛湛绿水，又不时看到一个个盆景一般的小岛屿，好像都在向我提供制作山水盆景的好范本。我更欣赏坝头几条并行的大渠道绿油油的水不断地激荡翻滚而下，倒像是一匹匹的绿罗缎，美丽极了。

从湛江飞回广州，喘息未定，《羊城晚报》的女记者俞敏同志早就等着我，自告奋勇地伴同我当晚去游花市。这本来是我的第四个课题，当然是乐于从命了。我们赶到了越秀区的花市，这里不单是万花如海，也竟是万人如海，灯光映着花光，花光映着人面，都是喜滋滋地反映出欢度春节的热情。我在人堆里挤呀挤的尽着挤，贪婪地要看一看那"慕蔺已久恨未识荆"的吊钟花；经俞敏同志一指点，才得看到，真的是相见恨晚了。据说今年因立春较迟，花也迟开，含蕊的多，开放的少，有白色的，也有粉红色的，花瓣重重，很为别致，中间吊出几个垂丝海棠似的小花蕾，那就是具体而微的钟了。第二天是除夕，就在下午三时伴同我们八仙集团中的"仙侣"和俞振飞同志再逛花市，看花人和买花人纷至沓来，比昨晚上更热闹了。巴金同志伉俪也带着一双儿女同来看花，相视而笑；我希望他回去一挥生花之笔，要给花市捧捧场啊。红喷喷的牡丹、山茶、大丽、碧桃、海棠，等等，还夹杂着黄澄澄的金橘和柑橘，似乎都带着笑，在欢迎那些辛勤工作了一年的劳动大众，恨不得都要从竹架上跳下来，跟他们回到家里去好好地慰劳一下。

陈叔通老前辈在离开广州的前夕，曾对我们说："从化温泉区是个人间仙境，最爱无花不是红，你们从海南岛回来后，非去不可。"于是我们才回到广州，过了除夕，就于春节第一天赶往从化去。那个偌大的宾馆园地，分作三个区：松园、竹庄、翠溪，到处是嫣红姹紫的花；到处是老干虬枝绿荫如盖的荔枝树和其他从未见过的南国嘉树。尤其难得的是南来第一次看到的一个小梅林，好多株宫粉红梅正在怒放，让我们饱领了色香。我们住在湖滨大楼，下临大片碧水，简直是净不容唾。环境幽静已极，只听得嘤嘤鸟鸣；住在这里，不像是羽化登仙，进了仙境哩。我并不想坐下来休息，就忙不迭地在那独用的温泉小浴池里洗了一个澡，在水上泊浮了一会，又让莲蓬头中喷下来的温暖碧绿的水，冲去身上积垢，更觉得脚健手轻，精神百倍。在这里欢度春节，住了一夜，才恋恋不舍地回广州去，车中写了两首小诗，以志一时胜事："竹庄才看萧萧竹，更向松园抚稚松。我往湖滨凌碧水，琳宫贝阙一般同。""一脉温泉真绿净，解衣旁薄浴于斯。醍醐灌顶无余垢，快意生平此一时。"

一九六二年三月

附　南国赏花词

春节前薄游广州，偶值陈叔通前辈于羊城宾馆，为道南来看花，意兴飙举，因赋诗志快，有"最爱无花不是红"之句，盖游踪所至，看花多作胭脂色也。予周游羊城、佛山、湛江、从化以至海南岛诸地，历时半月余，看花多矣，自谓老眼无花，与叔老殊有同感；因撷取其句，率成小诗十绝，以博爱花者一粲。

"最爱无花不是红，羊城处处有春风。当年碧化苌弘血，此日花妆分外浓。"广州公社烈士陵园，别称红花岗公园，园中多以红花作点缀，殆即为诸烈士碧血所化之象征欤？

"最爱无花不是红，东风催放百花红。他乡故旧相逢好，六尺昂藏一品红。"象牙红原为旧识，一名一品红，此间皆作地栽，无不茁壮可喜，竟有繁枝挺秀，高出人家墙外者。

"南溟景色原如画，最爱无花不是红。犹有碧桃慵未放，紫荆先自笑春风。"广州越秀公园与从化温泉区，夹道大树离立，干高叶巨，着花如小喇叭，作玫瑰红色，据云原名紫荆花，与苏沪所见花小如粟子而密附树枝上者，迥不相同。斯时碧桃尚未盛开，而此花则烂然怒放矣。

"最爱无花不是红，六街花市喜追从。牡丹弄巧先春发，滴粉搓脂点染工。"除夕广州花市上，有牡丹多株，花颇肥硕，或紫或红。此间花农，不用温室催花，而以经常灌水曝日为之，所费心力多矣。

"最爱无花不是红，海棠低嚲似娇慵。桃僵李代浑闲事，芍药权将大丽充。"广州芍药绝少，花市上有红、紫各色大型花标名芍药者，实皆大丽也。或云广州人以大丽为芍药，由来久矣。

"最爱无花不是红，岭南浑似绮罗丛。吊钟花放催春到，应有钟声度九重。"吊钟花为岭南所独有，花作粉红或桃红色，亦有白色者；一花六七蕊，多至十二蕊，开放后下悬作钟形，故名。

"最爱无花不是红，黄花也爱弄新红。昨宵花市曾相见，一笑嫣然脸晕红。"花市上所陈菊花，五色缤纷，而以红色者为尤艳，纵使渊明再生，亦将瞠目不相识矣。

"十分春色弥琼岛，最爱无花不是红。橡树椰林齐结绿，胭脂浓抹绿荫中。"海南岛多橡树椰林，往往见有一品红、爆仗花等掩映其间，令人有"万绿丛中一点红"之感。

"最爱无花不是红，偏教没福见梅公。哪知荔树蕉荫里，却有寒香发几重。"南来未见梅花，引为遗憾；无意中忽于从化温泉区得之，凡十余株，皆为宫粉梅，有含蕊者，有怒放者，有已发叶茂密者，真奇观也。

"最爱无花不是红，纷罗眼底尽嫣红。花名花性多难识，愧未专深愧未红。"南来看花，多为奇葩异卉，见所未见，花名花性，悉茫无所知；自愧种花多年，而浅见薄识，去红透专深之境远矣。

选自周瘦鹃著《行云集》，江苏人民出版社1962年11月初版

羊城屐印

周瘦鹃

这正是北国千里冰封、万里雪飘的季节，而在南方广州市、海南岛一带，却到处是青枝绿叶的树和姹紫嫣红的花，好一片阳春烟景。一九六二年春节前夕，到广州、海南岛各地参观访问的人特别的多，而从北方来的客人占一大半，羊城宾馆里，真有冠盖如云之盛。

就中有一双俪影却是例外，不从北来而由南来，那就是名演员俞振飞和言慧珠，我刚到广州的第一天，就在电梯上碰到了他们。他乡遇故知，真是喜出望外。

在他们的房间中交谈时，见振飞年登花甲，还是濯濯如春日柳，慧珠也是长葆青春，健美如故。可不是吗？人逢喜事精神爽，他们俩越活越年轻了。我对振飞说："您今年是六十整寿了，为了您培养新生力量，对戏剧事业的贡献，应该好好地祝贺一下。"振飞只是微笑，只是逊谢。我随又问起他们是不是回上海过春节？他说剧团的演员们归心如箭，原想回去过春节的；可是广州市的朋友们挽留他们，要让五羊城中的广大群众，欣赏欣赏他们的艺术。我一听之下，就欢呼起来："好好！那么我也好在这里一饱眼福耳福了。"谁知他们演出时，我早已飞往海南岛，失去了一个绝好机会，没有领略到百花园中这许多娇葩嫩蕊的色香。

到得鸟倦知还，我从海南岛飞回来时，已是腊鼓频催的小除夕，当晚就去逛了向往已久的花市，过一过瘾。第二天下午，大家又去逛花市，慧珠正在排戏，振飞欣然同行。他见了那鲜红的碧桃花大为高兴，说活了六十多岁，而除夕看桃花却是第一次。我却挤来挤去贪看南方独有的吊钟花，细细地看它的花蕾、花瓣、花须以至枝条树干，活了六十七岁，也是生平第一次看到吊钟花，真的要向它致以敬礼，说一声"幸会，幸会"哩。在人海花海中挤了一会，却动了诗兴，各赋一绝句，振飞有"国运年年无限好，喜看大地展东风"之句，我也以"愿祝东风齐着力，十分春色十分浓"两句来表示我的欢欣和祝愿。

这一次上海来的客并不太多，巴金和他的夫人肖珊却带着儿女联袂同行；常在一起的还有一位从西子湖畔来的老作家方令孺。虽一同逛了花市，并没有买花，好在他们各有一枝生花之笔，也就够了。春节后二天，我们一行十余众，同往游览了中国四大名镇之一的佛山市，一踏上市街，见到处洁无纤尘。我们几个抽纸烟的，都提防着不让烟灰掉下来，怕沾污了它。我们随即到那名不副实的"鸡屎巷"里去访问居民的住家，它从小客堂到小厨房，都收拾得一干二净，老老小小，都以讲卫生为光荣，以不讲卫生为耻辱。

后来我们又游览了新拓建的祖庙公园，参观了许多精美的盆景，承一位园工递给我一把剪刀，我就给一盆老干茉莉花施了手术。巴金他们见我放手"大动干戈"，都捏一把汗，但我东一剪、西一刀，终于把它美化了。石湾是大名鼎鼎的陶都，非去不可，我旧地重游，在陶瓷研究所中仍然看得津津有味。据说过去工人们对花瓶上的"窑变"没有把握，要碰运气才能制成一二的；而近年来革新了技术，要变就变，"窑变"也乖乖地肯听话了。多承所长的美意，让我们选购了好多件新作品。我看上了一个"孟浩然拥鼻吟诗"的陶像，巴金父子也赞美不绝；可巧一共有两个，就让我们平分了秋色。此外瓶啊、盆啊、坛啊、烟灰缸啊、大大小小的陶像啊，挑选了一大堆，大家满载而归。

在春节第五天上，我们先后告别了广州；巴金夫妇转往从化温泉区去小事休养。听说他正在创作一部中篇小说，料知这个有声有色、有血有肉的新的杰作，也许要像婴儿般在温泉上初试啼声了。

选自周瘦鹃著《花弄影集》，香港上海书局1964年3月初版

羊城花市四时春

周瘦鹃

> 莺啼彻晓，客梦醒来早。花地花天春不老，茉莉珠兰都好。　　白云缭绕高峰，分明管领南溟。信是得天独厚，四时长见青葱。

这是我于一九五九年游广州市后，用毛主席原韵写就的一首《清平乐》词，表达我热爱广州的一片微忱。

我对于羊城一向有特殊的好感，数十年来，简直是梦寐系之。这一年春间，前市长朱光同志光临苏州，也光临了小园，握手言欢，一见如故，并承以一游羊城见邀，热情得很！于是我就在四月里蔷薇处处开的时节，独个儿欢天喜地赶去了。到了羊城之后，徜徉六天，收获不小，游踪所至，遍及园林和有名的"花地"，到处是绿油油的树木，仿佛掉入了绿色的海洋；在黄花岗、红花岗烈士陵园里，追念先烈们可歌可泣的业绩，不觉油然而生"生的伟大，死的光荣"的感想。其他如越秀公园的秀色，文化公园的情调，都给予我一个轻松愉快的印象。除了游园之外，我又访问了花地的鹤岗人民公社，在这个茉莉、白兰、珠兰的家乡，到处是香喷喷的花卉，更使我悦目赏心，流连忘返。

寝馈盆景三十年，如醉如痴，又怎能忘情于羊城夙有盛名的盆景呢？感谢那十多位制作盆景的专家，特地在文化公园为我举行了一个小型展览会，给我欣赏了他们的好多精品，彼此又交流了经验。在这里几案上所展出的全都取法自然，师承造化，看了别处那种矫揉造作的盆景，就觉得微不足道了。就中有一位七十多岁的陈彦名医师，老而弥健，伴同我到他府上去观光，上百个盆景，分列在两个晒台上，满目琳琅，我最爱那几盆老干的野杜鹃，红花灼灼，灿烂照眼，自有一种吸引人的魅力。

正在那"鞠有黄华"的时节，喜见新雁过天际，带得尺一书来，原来是陈老医师给我报道羊城花讯来了。在他老人家的信中，得知羊城的菊花，以每年十一月中旬至十二月上旬为全盛时期，但是迟植的，仍可继续开花，一直推迟到农历四月最后一种叫作"四月黄"为止。一年之间，大约有半年以上的时间，都有菊花可赏，并不局限于秋季；陶渊明一灵不昧，也该慨叹着古不如今了。

我平日虽是迷恋盆景，可是对于一般花草果木，也无所不爱，那么我又怎能忘情于年年除夕盛极一时的羊城花市呢？据说这一晚万人空巷，都要一游花市，直到次晨二时才散。他们不吝解囊，买些心爱的花草回去，作为岁朝清供。冬季应时的梅花、水仙等，花市上当然应有尽有；而春、夏、秋三季的名花，如碧桃、海棠、牡丹、芍药、大丽、鸡冠、桂、菊等，也联翩上市。果子如柑、桔、橙、金橘等，也满树硕果累累，使人垂涎。这正证实了我这一句"羊城花木四时春"的歌颂，确是不折不扣的。南望羊城，神驰千里。羊城，羊城，您真是一个园艺工作者的乐园啊！我于健羡之余，禁不住要手舞足蹈地高唱起来道："信是得天独厚，四时长见青葱！"

选自周瘦鹃著《拈花集》，上海文化出版社1983年6月版

春来忆广州

老 舍

我爱花。因气候、水土等等关系，在北京养花，颇为不易。冬天冷，院里无法摆花，只好都搬到屋里来。每到冬季，我的屋里总是花比人多。形势逼人！屋中养花，有如笼中养鸟，即使用心调护，也养不出个样子来。除非特建花室，实在无法解决问题。我的小院里，又无隙地可建花室！

一看到屋中那些半病的花草，我就立刻想起美丽的广州来。去年春节后，我不是到广州住了一个月吗？哎呀，真是了不起的好地方！人极热情，花似乎也热情！大街小巷，院里墙头，百花齐放，欢迎客人，真是"交友看花在广州"啊！

在广州，对着我的屋门便是一株象牙红，高与楼齐，盛开着一丛丛红艳夺目的花儿，而且经常有些很小的小鸟，钻进那朱红的小"象牙"里，如蜂采蜜。真美！只要一有空儿，我便坐在阶前，看那些花与小鸟。在家里，我也有一棵象牙红，可是高不及三尺，而且是种在盆子里。它入秋即放假休息，入冬便睡大觉，且久久不醒，直到端阳左右，它才开几朵先天不足的小花，绝对没有那种秀气的小鸟作伴！现在，它正在屋角打盹，也许跟我一样，正想念它的故乡广东吧？

春天到来，我的花草还是不易安排：早些移出去吧，怕风霜侵犯；不搬出去吧，又都发出细条嫩叶，很不健康。这种细条子不会长出花来。看着真令人焦心！

好容易盼到夏天，花盆都运至院中，可还不完全顺利。院小，不透风，许多花儿便生了病。特别由南方来的那些，如白玉兰、栀子、茉莉、小金桔、茶花……也不怎么就叶落枝枯，悄悄死去。因此，我打定主意，在买来这些比较娇贵的花儿之时，就认为它们不能长寿，尽到我的心，而又不作幻想，以免枯死的时候落泪伤神。同时，也多种些叫它死也不肯死的花草，如夹竹桃之类，以期老有些花儿看。

夏天，北京的阳光过暴，而且不下雨则已，一下就是倾盆倒海而来，势不可当，也不利于花草的生长。

秋天较好。可是忽然一阵冷风，无法预防，娇嫩些的花儿就受了重伤。于是，全家动员，七手八脚，往屋里搬呀！各屋里都挤满了花盆，人们出来进去都须留神，以免绊倒！

真羡慕广州的朋友们，院里院外，四季有花，而且是多么出色的花呀！白玉兰高达数丈，干子比我的腰还粗！英雄气概的木棉，昂首天外，开满大红花，何等气势！就连普通的花儿，四季海棠与绣球什么的，也特别壮实，叶茂花繁，花小而气魄不小！看，在冬天，窗外还有结实累累的木瓜呀！真没法儿比！一想起花木，也就更想念朋友们！朋友们，快作几首诗来吧，你们的环境是充满了诗意的呀！

春节到了，朋友们，祝你们花好月圆人长寿，新春愉快，工作胜利！

原载1963年1月25日《羊城晚报》

飞机翼下的广州

穆时英

妇孺列车

接到了朋友郑君的信，我马上拎了一只轻便的旅行箱，挤上十二时五十分开往广州的中午快车里边了。居然能够找到一个座位，真是两年来最幸运的一件事。刚坐下来，并不短的一节车厢已经不可思议地装满了人。这些乘客里边，除了一部分只带了很少的行李的，像我那样的单身汉外，差不多全是大包小裹的妇女们和孩子们。妇孺列车！可是开往哪里去呢？开往在飞机翼下的广州。轰炸并不使人们抛弃家乡，反而使他们更留恋他们的生长地。刚在半个月前，她们仓皇地逃到香港，而在日本的航空母舰发现在唐家湾的现在，她们又雅兴勃发地赶回不久就会大规模地被轰炸的广州去了。这样的轰炸效果，我们的"皇道使者"是没有法子了解的吧！就是我自己在当时的确也有些诧异。

风趣的插话

火车开行了以后，从坐在后面的少妇们的对话里边，我发现了一段颇为风趣的大时代里边的小插话。

她们是经过她们丈夫的敦劝和恫吓才勉强地离开"甜蜜的家"的，可是精细的太太们就是在这样危急的非常时里边，也没有给与她们的丈夫以过度的信任。她们走的时候曾经在丈夫身边布置了周密的情报网，而现在预料的消息真的传来了：男子们晚上回来得很迟，时常在可疑的地方出入之类。

"说什么男子是应当牺牲的，你们女人的责任却是抚养和教育小孩子使他们成为未来的战士——这一类好听的话，原来还是他们熟练的假公济私手段！"坐在我后面的一位有着很婉约的声音的少妇大声地说了这句话，使前半节车厢里的男子们都笑了起来。所以她们预备回去，像男子一样地和她们丈夫肩并肩地死在亲爱的广州了。

绅士和侍役

在我斜对面，坐着一个穿得相当华贵的中年绅士。他手上的晶莹的钻石和胸前的沉重的金表链，在这样艰苦而流离的年代，使他成为全车厢里的刺激人物。

车过了深圳，离开了九龙半岛租借地，进入珠江冲积平原的时候，他渐渐不安起来。他好像在等待着什么，又好像想从喧嚣的轮声中听出什么来似的，紧张地坐着，不时探看窗外晴空下的白云。终于，他忍不住了，他拖住了一个冲茶的侍役，开始了底下那样的对话：

"如果飞机来了怎么样呢？"

"来了再说吧！"

"掉下一个炸弹来怎么办呢？"

"你也死，我也死，大家都死。"

"车上一点防空设备也没有吗？"

"从香港到'省城'，这样大的天空你防得了吗？"

"不是死得不值得么？"

"整千整万的人在死，有什么值得不值得。"

碰了一鼻子灰的绅士，有点生气的模样。那侍役却轻蔑地瞥了他一眼，"丢！中国人没那么衰的！"那样地，低低地唾骂着，走开去了。"衰"字的意义是起码，没用，懦弱，不要脸等等。倒是一个很可爱的家伙！

侍役走了以后，他静默了一回，忽然跟我说起话来："不用说炸弹了，机关枪扫一下也不得了啊！躺下去吧，受弹的面积更大；坐在这里吧，子弹一定打在头上。"

我只笑了一下，对于这样的绅士，有什么话可以说呢？他有财产，有名誉，有地位，他的生命的确太珍贵了。他得保留他的生命来享受生活。

祖国的土地

列车终于到了大沙头。半月前来过一次，并不像意想中那样明朗，反而是笼罩着淡淡的抑郁的气氛的这荔枝和木棉的城市又展开在我眼前了。

走出车站，当面就是一颗大得可怕的炸弹模型，旁边是一架装着机关枪的钢甲车和一小队矮小的广东省军。正和一切南方的出品一样，这些士兵都是那样小巧而精致得可爱，可是，冒险，热情，死拼，这些南方人的特性也清楚地刻划在他们脸上。

广州城驻守的士兵

　　经过几次轰炸的广州和我上次来时情形没什么变动。街上触目都是匆匆来往的壮丁，不容易看到女人和小孩子。可是在这短促的时期内，广州的领导者却已经把广州用宣传品糊了起来。到处都可以看到日本兵士跪在拿着大刀的中国兵士前面的大幅漫画和白布标语。在半部《论语》的封建军阀统治下僵卧了八年的广州现在是突然醒来了！早几天，这里举行了一个三十万人的示威游行，在飞机的威胁下，集合在中山纪念堂前，向民族的敌人吼出他们的愤怒。

　　已经不是殖民地上的奴隶了，是踏在自己的国土上的中华民国的堂堂国民了，已经受着自己的军队的保护了……思想的断片迅速地涌上来。虽然也许马上会有一颗炸弹掉下来，把我炸成粉碎，可是在往郑君负责的某一救亡机关的途上，我依然有着一种古怪的安全感。

一个问题

在一间充满了紧张的工作空气的小房间里，我找到了郑君。他兴奋地告诉我，他们正在组织一个五万人的歌咏示威，预备用自己的歌声来唱出这伟大的民族的辉煌的明日，唱出自己的憎恨和喜悦。他又告诉我有很多很多的青年来要求分配工作，同时又有很多很多的工作没有人去做。问题是在这里：差不多所有的青年都有着太多的热情，而没有实际的工作经验和能力。他们希望做轰轰烈烈有速效的事，例如演讲，示威，演戏，等等。他们缺乏冷静，坚忍和组织力，也没有专门技术。因此，有的方面人力供给太多，有的方面队伍又太少。

"在这样紧急的时期，我们却必须把他们重新训练，重新组织，而不能马上把他们动员。"最后郑君稍稍有点悲观地这样感慨着。

六年来，我们在许多方面飞跃地冲进，在另外一些方面却依旧是吴下阿蒙。我们的自我估计没有做到百分之百地正确。我们已经一致站起来了，可是我们却并没有动员。我们的力量还不能被充分地利用。我们还是没有经过组织的群众。这是一个很严重的问题，我们应该在斗争过程里边尽快解决它。

没有灯的都市

为了想瞧瞧这南国都市的晚装，八点钟左右和郑君一同从明亮的拿坡伦咖啡座，走到黑暗的街头来了。习惯于电灯和霓虹灯的眼,一跨出咖啡座的台阶,马上像失了明似的什么都看不见。没有灯!完全没有灯!在无论如何都不应该没有灯的地方也没有灯!

街上,这里那里时常有一些强烈的光突然射出来,射到人的脸上,马上又消灭了。那是宪兵用手电筒在查察他认为可疑的人们。为了我的触目的非广东型的脸和我的生硬的广州话,只走了二三十间门面,便受了七次严厉的盘诘。广东人有一种很天真的认识,他们以为江北人都是汉奸,而江北人和非广东人中间的区别他们是始终弄不清楚的。如果没有郑君,怕又会像上一次一样,整夜被监视着了。

"加拿大"和私家汽车的前灯明灭着,像田间的萤火一样。街道和行人的轮廓突然清楚起来,又突然消灭在不知哪里。我们是用触角在走着路,车辆轰然地鸣叫着从身边擦过去,游人们从暗陬里面对着我们撞来。完全像鬼市一样,悄然地,一点声音没有地,无数的人在身旁幢幢地隐现,真是很有趣的景象。

十点钟的时候,我们站在海珠桥上了。珠江的确很俏丽,月色澄清得很,水面上笼罩着柔和的,黄昏样的薄明。从泊在桥下的珠艇上,睡熟了样的珠艇上,哀怨的粤讴在夜色中浮动着。

这样梦幻似的大月亮,可是珠江水面上的闪烁的反光,在空中看下来,不是非常清楚吗?也许五百公斤的炸弹会掉下来,消灭了这些精致的珠艇,可是汉民族却将像这静默的珠江一样地,永远地,永远地生存下去。我们也许会流血五十年甚至一百年,可是我们的自夸的敌人将一个没有遗留地粉碎在我们脚下。

夜　袭

　　郑君的屋子是一座很漂亮的别墅样的建筑，位置在东部的山坡上。我的卧室的窗外展开一片肥沃的平原，对面就是那永远缭绕着白云的白云山。因为疲倦和那张华贵的席梦思床褥的诱感，我一下子就睡熟了。

　　不知道睡了多少时候，我突然醒来，而且在床上坐了起来。一种微妙的预感突然浮了上来，觉得一定已经发生了什么事似的。就在这时候，我听见郑君正在敲着门，稍微有些匆惶地叫着我的名字。我跳下床，披了睡衣，去开门。

　　"飞机来了，我们到楼下去吧。"和他的声音相反地，站在门外的郑君却意外地有着安详的脸。

站在白云山上远眺

刚走到楼梯那儿，我们听见紧急警报。本来已经很静寂的空气，越加静寂起来，就像这二百万人口的喧嚣的城市突然变成了化石一样。窒息了似的呼吸着，我听到自己的和郑君的心脏跳动得难堪地响亮。

"生死关头的确不容易保持浩然之气！"我解嘲地说，郑君也会意地微笑了。"如果被炸死了，家族便会陷入更绝望的更悲惨的境地吧。"种种想象锐敏地，迅速地在意识上反复地泛滥开来，一面深深地厌恶自己的懦弱和无耻。

在半楼梯上，我忽然有了一个主意。"到三楼露台上去吧！无论如何，这是个难得的机会。"这样地向郑君提议，他马上同意了。

一大片夜云正在月亮底下浮过，广州和它的近郊差不多全给云影遮蔽着。可是月光却依旧透过了那片秋云洒落下来。在辽远的水平线上，庞大的梦幻似的银云堆积着。轻倩的小云在天空里浮游着，那种潇洒使人想起后期印象派的画。满天的星星晶莹得不像是现实的东西。

在我们的脚下，密密层层的万家脊檐漠然地融合在远山苍影里。这座古旧的中国城市仿佛能容受全世界所有的爆炸弹似的，茫然地躺在那里，像一个熟睡的巨人并不为了蚊蚋的侵扰而感到不安一样。

璀璨的夜空

正在感叹着我们民族的"深"和"大"，忽然听到了飞机马达的轰闹声。几乎是同时，机关枪声也从很远的地方，躁急地，不耐烦地，在静谧的夜空里蠢动起来。

"我们大概是在黄埔附近截击他们吧。"郑君像一个老练的空袭城市居民似的告诉我。

飞机的嗡嗡声和机关枪的达达声渐渐近来了。

越来越近……越来越近……几秒钟以后，我们四围的空间全是这压倒一切的，烦扰的声音，就像千万只夏日的金蝇在我们上下左右营营地缭绕着一样。机关枪声也清切起来，尖锐起来。七十多颗红的和绿的星在空中晃摇着，流动着，那是飞机尾上的夜航灯。可是我们却瞧不到一只飞机，因为那片大浮云还遮蔽着月亮，只有机关枪的枪火在银灰的夜空下流星似的审走着。

空中正在战斗着。

一瞬间，五十多盏探照灯的微青的光射透了夜空，交叉着，纵横着。一只单翼机突然在探照灯的光里，一颗银色的斑点似的闪烁起来。马上另外五条强烈的弧光扫过来，集中在那银色的斑点上。从六个不同的角度和地点射出来的青光把一只耀目的银飞机捕捉在交叉点上，一眼看来，好像是一颗拖了六条长尾的彗星。这样的彗星连续出现在夜空里。

同时，几乎会把人震倒似的，高射炮和高射机关枪从四面八方吼叫起来。火树银花在三千尺的高空开放了。有的是孤单的一朵，有的像三瓣的堇花，有的像五瓣的梅花。

云彩，探照灯和高射炮，在夜空里织着璀璨的图案，而成群的飞机就在这广漠的，瑰丽的画卷上冲刺着，回旋着。

描在夜空的霓虹灯

不知从哪里掉下一颗发白光的，摄影场里用的二千烛光的炭精灯灯泡样的东西来，在半空中燃烧着。突然，整个的天空和整个的广州都被照明了。大约过了三秒至五秒钟，这奇异的火炬又突然消灭。在这一明灭中间，我们看见了许多许多东西。

西壕口的峻峭的Skyscrappers把贴在天边的云块做衬景，浮雕似的映现了出来……在那些浮游着的一片片小云中间，百架以上的飞机翻腾着，追逐着……高射炮的烟像是一朵朵透明的银云悬挂在半空……机关枪的断续的火焰吞吐着，划着不规则的弧线……一只庞大的单翼机垂直地掉下来，又垂直地冲上去，穿入云里，就在我们头上，三只双翼机在围攻一只大得可怕的轰炸机，至少有十挺以上机关枪在放射着，那些飞机就像钻火圈的武士似的，在火网里边悠然地翱翔着……

照明弹熄了以后，在东北方，五色的信号弹的霓虹灯便描在夜空了。忽然，一条探照灯的光横扫起来，直扫在一只正在向下扑的飞机上面。那只飞机已经跌得很低，好像里边的飞行员的轮廓都看清楚了的模样。我们没有看见炸弹掉下，可是就在这时候，轰的一声，一条巨大的火柱带着一大堆黑色的什么东西从那只飞机下面直冲上来，像是大地咆哮起来，伸出手来想抓住它一样。飞机惶急地升上去，好几条青色的弧光跟着扫上去，同时银色的烟一朵朵花似的散开在飞机的四围，火光闪射着。飞机抖了一下，古怪地翻了一个身，在空中熊熊地燃烧起来，变成一颗沉重的火球，迅速地跌下去，一面嘶嘶地叫着。

末 白

就在这短促的几分钟中间，广州市仿佛到了它的末日。差不多是同时地，几十条巨大的火柱在我们的前后左右跳了起来。大地像马上就要陷下去似的，呻吟着，颤抖着。那洪大的震声把我的知觉完全夺去了。我出神地站在那里，什么思想也没有，彻头彻尾被目前太瑰丽太神奇的景象所震慑。地上是火焰，空中也是火焰；地上的房屋燃烧着，空中的飞机也燃烧，连夜云，连月光都被烧成血色。

火在整个的空间里边泛滥着。

有五个用降落伞跳下来的飞行员在半空荡漾着。一架飞机在他们四围兜圈子，用机关枪扫射他们。两个爆炸起来，燃烧起来。还有三个却依旧那样逍遥地飘着，彳亍着。

两架飞机面对面飞来，滑稽地撞了一下，变成一团大火焰和无数小火星。在高空里盘旋着的一架轰炸机猛地掠下来，忽然另一架正在燃烧着的轰炸机莫名其妙地遮住了它的去路，前者也一点不加思索地窜进火焰里一同燃烧起来。

一切都是那样混乱，飞机混乱地飞，探照灯混乱地满天空横扫，火焰混乱地到处喷放，高射炮也混乱地号叫。

几分钟以后，高射炮突然停了下来。什么声音都没有了，只有飞机马达的低微的嗡声，正像它们来到时候一样。

全广州的汽笛同时响了起来，空袭已经过去了。

原载1937年11月11日《宇宙风》第51期

办理国立中山大学

邹 鲁

上

我重长国立中山大学时，系在"九一八"和"一二八"事件之间。当时学生爱国运动，风起云涌。青年热血，不免时有越轨的行为，甚至包围政府机关。这不但学校当局无法制止，即政府机关，也无如之何。但荒废学业，破坏秩序，实莫此为甚。我到校后，立刻布告员生，定时上课。到了那天，我前往各教室视察，看见教授和学生，一个都没有，心中十分惊讶。我便走到布告处，上面贴着学生会开会的通告，才知道大家去开救国会了。我想：假使这样，不加纠正，那么救国运动，将成为害国运动。于是我便即刻召各院院长及各系主任谈话，请他们转告各教授，以后务必按时上课；如若学生不到，则另有处置办法。学生散会后，我又召集学生会主持人训话，恳切地对他们说："学生以读书为职责；就是救国，也要学问。学生绝对不该因为救国运动，抛开学问，更不应因救国运动不守学校的纪律。"同时我又警告他们："以后上课的时候，不准开会，即使要开会，或者举行其他的救国运动，必须在上课的时间以外进行。"从这次告诫后，学校中就不再见上课时开会的事情。但是我仍以为这只是消极的方法，未必能满足学生救国的热情，便实施积极的办法，由学校来领导救国运动，员生一齐参加，并成立了一个特别区党部，从旁协助。这样之后，学生的救国运动日上正轨，抗日情绪更加浓厚。结果日本人称中山大学为"抗日大本营"。

那时学生还有一种嚣张的风气，就是择师运动。凡是他们认为不满的教授，便立刻表示拒绝。因此好的教授，也不安于位。更有少数教授，竟借学生的力量，来保全自己的地位。我到校之初，法学院有一位教授，正在利用学生，以图夺取院长之职；另有一位我长广大时的教授，这时跟我回校，也想用同样的方法，以争取生物系主任。我以为此风不可长，并且原来的法学院院长和生物系主任都不坏，所以我极力维持他们，还解除了那两位想利用学生的教授的聘约。对于这种行为，平时我非常注意。到了暑假，不好的教授，固然没有续聘，所有借学生以自重的教授，一概不再蝉联。经过这样处理以后，学生择师的坏习气才不发生，教授中也没有利用学生来争取地位的人了。

此外，学生中还有一种极坏的流行习气，就是在校外聚会时，公然打牌。有一次，广州大中学校举行联合运动会，筹备时他们在小北宝汉茶楼聚餐，约我参加。我到了那儿，看见参加的人很多，但有两三台麻雀。我们的体育主任也已到会，但是若无其事，并不制止，我一见大怒，立刻返校。本来我想彻底严办，但是到会的各校学生都有，而打牌的是否是中大学生，无法调查清楚，便将该体育主任，因为他是职员，记大过一次，并扣薪水一月。这样一来，学生知道我对于这种事，决不会宽恕的，因此他们不敢再犯了。

在这种情形之下，我想：今日的学生，即我国国家社会将来的中坚，如若学生的道德堕落，则国家社会，将根本无法整顿。我觉得常时学风之坏，是由于我国的教育制度，对于德育方面，还没有施行有效的指导办法。但是我国的教育制度，却是沿袭欧美的。何以欧美行之，社会人心不致堕落，而我国行之，却产生这种现象？症结所在，不外欧美社会道德的训练，有教会负责。不论男女老幼，每逢星期，都到教堂里去听讲，受教育方面的种种训导。因此学校不注意这个问题，也不至于有不好的后果。我国既极少教堂的组织，而在新旧的过渡时期中，时髦者又不免以破坏旧道德为能事，无怪有此结果。我考虑以后，认为我国学校，却不能不负德育方面的责任。所以我在这方面，除对学生灌输三民主义并时对学生讲演做人的道理外，就叫员生多多研究旧道德，文学院中文系并特别注重经学的研究。于是有人诋毁中大为"中大读经""中大复古"。同时陈济棠先生和广东教育厅跟着也有这种主张，弄得全国都说广东的教育是复古的教育。那时曾有人问我："你是不是想学孔子，删书定礼？"我沉痛地答道："现在世风日下，眼看着我中华民族赖以立国的基础，将归于毁灭。为此我对于中大学生，竭力灌输三民主义，积极倡导我国固有的旧道德，希望挽救颓风，真能利用现代的科学以救国。万一国家不幸沦亡，我们后一代的人民，被我们种下了三民主义和旧道德的因，将来也还有光复祖国的可能。所以我今日之所为，非学孔子删书定礼，正想学王船山、顾亭林播下些复国的种子。"

以上所说，系我接任初期所做消极的整顿工作。经过这时期后，看见员生都能渐上轨道，因此我就从多方面开始实施积极的改革方案。

其一、提高学生的素质。我认为教授不好，固有负青年孜孜求学的苦心，学生程度不佳，也难提起教授讲学的兴趣。所以要双方面着重，才能够使一个大学成为真正研究学术的机构。到了暑假，招考新生的困难便立刻发生了。当时奔兢的风气，学校亦被波及。一班有力量的人都请托了人出来说情面，要我收容他们的子弟入学；更直接与主持招考的教授说通，从宽品评。甚至升级的时候，也有同样情形发生。结果取录的学生非常复杂，程度也不合标准。我想长此下去，不特学生的程度无法整齐，难于教授，而且助长了他们依赖的心理和钻营的恶习。其害之大，尤为不堪设想。于是在次年招考新生的时候，我便特地请政府派人前来监考，以期破除情面，选拔真才。同时又严订考试办法，以杜绝一切流弊。考试题目，事前指定各科教授每人各拟三题，直接送交校长保存。到了考试那一天，校长和政府派来的监考员以及其他有关人员，都于清晨五时到校，然后把当日所考的各科题目全部拿出，临时由校长、监考员和当时指定两三位教授，在全部题目中选出若干条做为正式试题。凡被指定为选题的教授事前所拟的试题，一概除外，其余教授所拟的，限定每人至多只选一题。选定之后，即交付油印，封送各考场，由监考教授负责拆开分发。试卷上面，不署考生姓名，只编号码两种：一为公开的明码，是指示座位的；一为密封的密码，是代表姓名的。监考人员先对明码分发试卷，考生交卷时即将明码撕去。各科考毕，由监考人员将全部试卷送至校长办公室暂存，另定日期阅卷。阅卷地点设在大礼堂，我和监考员都亲自在场主持，阅卷者为各科教授。照例当天阅完，当天计算分数。不合格的，全部剔除；合格的，逐卷按暗号码查封姓名。此法实施后，请托者固可婉辞，即其他弊端，亦皆得有效的解决。几次西南政务会派来监考的，都是邓泽如、杨熙绩两先生。他们不但大公无私，还不辞劳瘁，一天到晚都在学校主持，真属难得。这样。新生取录的标准，既已一致，便更进一步，对于学期及学年考试，也订定严格办法，请各教授切实执行。久之，学生的程度就普遍提高了。当时录取的新生，规定须于开学前十天来校报告，先授以旬日的训练及精神讲演。在这时期中，每天我都亲临训话。凡是不守规则的学生，都不许入校。曾经有两个学生受过这种处分，以后学校的纪律便益见整肃了。

其二，增聘好教授和促进教授与学校间的关系。对于聘请好教授，我向来就非常注意，而自主持中大后，每届秋季，必依学校的需要，多方罗致。因此广州虽然不是全国文化最集中的地点，同时中大的待遇比较起来不能说是很优渥的，但是各院系都有杰出的教授。我对于教授，不论他们什么时候来看我，我必随时接见，而他们所贡献的意见，莫不虚心采纳。他们和学生接触较多，知道学生的需要应当较切；尊重他们的意见，非特对于校内教育得益不少，就是其他的一切，都有极大的裨益。然而我觉得教授和学校之间的关系，只是这样，还不能做到我所期望的地步。所以我除规定的例会和他们商榷外，还于每日中午，分别约请各院系的教授聚餐。这样，一方面可进一步认识各位教授，另一方面得彻底明了各院系的详情，并悉各学科的最新知识。现在回想起来，不说别的，就是我个人在这种叙会中所得到的益处，也已经不少。那时全校大约有三十余系，每天中午请一系的教授和副教授、讲师叙会一次，大约一个多月，才能够和各系的教授快谈一次，这显然不够。同时我觉得学术思想，进步惊人，政治形势，变化万端。于是我就定于每星期六下午举行学术政治讨论会，请全体教授参加。办法是一星期前，由我提出问题，除把这个问题通知全体教授外，还请和这问题有关系的学科方面的教授加以研究。例如关于政治的问题请政治系教授担任，关于水利的，请农学院以及工学院中有关的教授担任等等。到了开会的时候，先由担任研究的教授提出报告，继由各教授提出意见，加以讨论，以达到大家了解或得到共同认为满意的结论为止。如若教授方面有问题，也可以同样提出。当时大家对于这种会议，都非常感觉到兴趣。他便成为全校交换学术和意见的中心。甚至学校方面许多重要问题，也在这会议里提出商讨，因此减轻了校务会议的职务。不过以上种种的集会，形式上未免严重；并且有许多比较小的问题，必须立刻解决。为补救起见，我又在办公台上置一意见簿，如教授来时，我适有事他往，教授即可将意见写在簿上，我回到办公室后，则分别予以答复。这样，我对于全体教授，可说个个认识，而教授之间的情感，也日形浓厚；一切意见，都有正当发挥的路径。结果融洽的空气，充满于全校之内。

其三、促进员生的研究工作，并把研究所得的成果，尽量发表，以贡献于社会。在我重长中大之前，各种研究的机关，民国十六年成立了语言历史研究所，教育研究所，十七年成立了农林植物研究所，十九年成立了土壤调查所，后来语言历史研究所易名为文史研究所。我到任后，便使文史研究所和教育研究所，先后相继招生。到了二十四年春，政府正式公布研究院组织法和硕士学位授予法，本校也奉教育部令，将各研究所合并，成立研究院，下设三所：即文科研究所，教育研究所和农科研究所。每所又分两部：文科为中国语言文学部及历史学部；教育为教育学部及教育心理学部；农科为农林植物学部及土壤学部。二十七年，师范学院成立，教育研究所就改称为师范研究所。此外还有几个不隶属于研究院系统之下的研究所，如文学院的社会研究所，医学院的病理研究所和药物研究所，农学院的农林植物研究所、稻作研究所和蚕桑研究所等是。这些研究所的研究工作之积极及其成绩，并不减于研究院所属各研究所。如梁伯强教授所主持的病理研究所和陈焕镛教授所主持的农林植物研究所，甚成绩之辉煌，不特见称于国人，而且蜚声于国际，中华文化基金委员会因此特别给予他们以经济上的帮助。除了以上这些研究机关之外，在各院系，又有各种研究会，如文学院中文系有中国文学研究会，史学系有史学研究会，法学院经济系有经济研究会，法律系有法律研究会，其余院系类推。这些研究会纯由学生发起组织，研究的方式为集体的，而非个别的，研究的问题为一般的也有，特殊的也有，与各研究所的工作又截然不同。我认为学术的进步，要依靠互相观摩，所以自由研究精神的提倡，实不可缺少。也只有尊重研究的自由，才能够养成蓬勃的学术风气。全校员生数千人，各种理论，形形色色，无不具备，凡能"持之有故，言之成理"者，我不特许其畅所欲言，而且极力提倡。这种自由研究的精神，后来逐渐由校内而扩展至于社会。我又认为学术是天下的公器，学术研究的成果，应当尽量贡献于社会，同时多多发表，也可藉以与国内外学术界交换意见，益求进步。所以若研究机关或团体，凡具有优良成绩的，都由学校补助经费，创办刊物，尽量发表他们研究的成果。当时校中定期刊物，举其要者，研究院有《文史汇刊》《文科研究所季刊》《史学专刊》《民俗季刊》和《教育研究》等；文学院有《文学院专刊》《文史专刊》《现代史学》《社会研究》和《文学生活》等；法学院有《社会科学论丛季刊》《社会知识月刊》等；农学院有《农声月刊》、《农林植物研究所季刊》（英文）、《琼农半月刊》和各种专刊，如各县土壤调查报告、各县农村经济调查报告等；理学院则有各种研究报告和特刊及英文的《年报》等。两广地质调查所复有《两广地质调查专刊》。此外，我还订了两种有系统的出版计划。第一种是关于研究总理遗教。我以为学校所教授的党义，获益实微，无裨于总理遗教的阐扬。而总理的理想与计划，博大精微，包含各种学科，非将总理遗教由各科分别研究，不足以发扬其微，付诸实施。于是乃将总理遗教分门别类，编入各科，由各科教授就其学科，加以研究，镕遗教于各科之中，而各科皆可以研究所得，作为教材，见诸实用。学生研究一科，即有遗教一部的精神存于其间。这样即无教授党义之名，亦可得全部遗教的真谛。这计划业经几度讨论，订定具体办法，卒因抗战发生，未能全部完成。第二种是中大丛书计划。办法是请各科教授提出专门著作及讲义，组会审查，认为有学术价值的，即列入丛书出版，以补充一般大学教本及参考书的不足。当时各教授均极努力，凡重要科目，已成书的有二百多种，但因抗战起后，学校搬迁，经费困难，未能出版，诚为遗憾！

其四、提倡军训及体育。学校军训既可使学生整齐而有纪律，又可使学生皆知军事学识，尤其在国难期间，遇必要时可执干戈以卫社稷。所以广东大学时，即有军训一课，由蒋先生派黄埔军校教官担任。及至中大时，学生入学以前，先受若干日军训，由我每日训话。其后教育部令全国中学以上普遍军训，宿舍亦军事管理；中大已有根基，举办至为便当。至于体育，我更竭力提倡。因为我国人民日趋孱弱，寿命亦日渐减短，不讲究体育，实其重大原因；且鉴于第一次大战时，美国常备兵不过数万，但战事爆发，立刻就可以大量增加，亦由于其国体育普及之故。然自广东大学以来，提倡体育，及养成运动选手这种特殊阶级，只为竞赛之用；而多种体育器具，且专供他们享用。一般学生虽有锻炼身体之心，想学习各种运动，反有困难。当时校址在城内，体育场不大，球场尤少，一时亦无法改善。因此在五牌建新校址，我特建体育馆，复在校门之内，辟极大的运动场，并在理工两学院之间，设立篮球场十二所，而各员生宿舍及各公共场所，各种球场无不齐备。还将原有的大水塘，改为游泳池，并拟凿一小溪，直通珠江，可为赛艇之用。珠江上面，亦拟设校外游泳场，加以校内及林场农场各马路，长至数十里，其中有一小部分，宽及一百二十尺，而各种建筑，均依山坡天然的形势，尤便于走路越山等运动。员生因体育设备已多，运动亦易，于是体育遂日渐普及，即昔日以运动员为特殊阶级的恶习，亦为之一革。

其五、增添图书仪器。本校由高师、法政、农专、公医各校合并而成，其中历史悠长者，有四五十年，集各校所有的图书仪器，为数已经不少，我在广东大学校长任内时，又积极筹划添置。除于学校经费中指定图书仪器的款外，又特别在中法庚子赔款拨助本校经费内拨出一部，专在北京购置图书。此后历任校长，也陆续添置不少。我既重长中大，就定充实图书仪器为主要方针之一。一面增加图书仪器的经常购置费，一面

远眺珠江

另设法筹募专款添置，及劝人捐赠图书。其后因添加院系，图书仪器愈与日俱增，除校内有总图书馆外，各院系亦有分馆，理学院则每系均有图书室。至于工学院一院的图书仪器，全部都是新购的。就我们所知，全国大学中，如以学校做单位来比较，则本校图书仪器之多，似应首屈一指。举例言之，图书方面，如教育研究所所藏的外文教育图书杂志，至为丰富完备，仪器方面，如医学院共有显微镜两百架，亦为国内各大学所罕见，标本方面，如生物系有动物标本六万余件，植物标本二十余万件，其中大部分为员生之自采自制，尤为珍贵。

其六、调整与充实学校机构。我接任时，校中大学部只有文、法、理工、农、医五学院，而各学院的学系，大都尚未应有尽有，我就积极调整和扩充。先把理工学院分为理学院和工学院，而工学院除原有的土木工程系和化学工程系外，另添设冶矿工程、机械工程和电气工程三系，于二十二年度开始招生。其他各学院，则视国内的需要而添设学系，如农学院的蚕丝学系、文学院的社会学系等。二十四年成立研究院，这是前面已经叙述过的。二十七年又奉教部令，增设师范学院。于是本校组织系统，益告完备。纵的方面说，自幼稚园、小学、中学、大学而至研究院，均已成立；横的方面，凡文、法、理、工、农、医、师范七学院，以及各院所应有的学系，几无不具备。当时全体教职员合计八百余人，学生近五千人。

其七、使学校负起社会事业的责任。我素来主张学校和社会，应该发生密切的联系关系；同时学校必须生产化。重长中大后，我便先把广东通志馆接收过来，准备编纂适应时代的省志。当时拟订省志的总目如下：列传、外交、古迹略、教育、金石略、宗教、艺文略、物产、宦绩略、职官表、财计略、舆图、矿物地质、民族略、风俗、灾变、公路、林业、航政等二十余门类，分别聘请人员及由有关教授分别负责编辑。在二十七年学校西迁前，全部已告编成。但因经费缺乏，只先印了列传四本。其他稿件，由于学校搬迁，能否保全，诚属堪虑。其次，我又接收两广地质调查所，由学校负责办理。该所依研究性质，设立矿物、岩石、古生物、化验、试金、陈列、储藏、制图、摄影、仪器等十室及地质图书馆一所，以供员生实习之用。二十四年底，广西的地质已初步调查完竣。二十六年后，广东的也调查完毕。凡是一个地方的调查工作结束时，都有一本报告书出版。再次，农学院的土壤调查所，也有很好的成绩。广东各县的土壤，已由该所调查清楚，详细化验后并制成许多土壤图，还有报告书出版。至于稻作研究所，则成效尤著。据报告，它所出的改良种，能够增加收获量到百分之三十。最初我半信半疑，后来我道过东莞，访蒋光鼐先生，他极赞中大在该县所设稻作试验场的成绩，并说该县附近的农田，都已采用中大试验场的改良种，收获量的确有百分之三十的增加。茂名也有中大所设的稻作试验场，成绩也和东莞的一样。并据林云陔先生说，当地农田，都已采用了中大的改良种。其他如广州附近，以及西江、北江、南路和海陆丰各县，也都大量采用。甚至江西亦有中大改良种的种植。二十七年我道经广西，据当地服务的中大学生报告，广西在二十六年曾从各省采取百余种稻种来选种，结果认为优良的三种都是中大的改良种。还有蚕桑研究所，也有显著的成绩。广东的蚕，每年八造，但蚕茧只有小指那么大，经过本校改良后，便大如中指了。此外尚有：（一）民众法律顾问处。凡是民众对于法律事件发生疑问时，都义务助其解答。（二）经济调查处。它以调查本省经济状况和研究本国经济的变迁情形为目的。当时广州市的物价指数，就是该处调查编制的。（三）乡村服务实验区。这以推进乡村教育和辅导乡村建设为职责，并为乡村义务种痘。这三个机构，都由教授领导学生来主持。（四）医学院附设之第一第二医院，一方面可为社会上医病人，一方面教授可率学生实习。结果不但师生的关系更为密切，学生的实际经验增加，而社会也获得其益。

除以上所述者外，还有几桩事情，不妨顺便提及：（一）当时中大附中升入大学的，为数颇多。我既然要提高新生的程度，那么自己的附中附小，当然要加以整顿。从前附中附小的教员，尤其是附小的，大都是普通师范的毕业生。他们的学识，由于那时普通师范的一般情形，似乎很难使人满意。于是我把附中附小所有的专门科目，都改由本校专门科的毕业生去担任。因此附中附小学生的程度，也与日俱进。因为这事，使我对于本校教育系的科目，发生一个疑问。本校教育系所注重研究的都是方法，学生毕业后，都感觉到没有实在的科目可以担任。我便请教育系的教授来商量，都公认以后当多添些实在的科目，以增进学生的知识和经验，庶可胜任毕业后的职务。以前师范学堂的办法，就着重这点，我很赞成，后来政府办理师范学院，也符合我那时的这种理想。（二）当我办理广东大学的时候，就招收了许多台湾、朝鲜的青年来校读书。对于这些学生，除免费外，其余一切必需的应用品，也由学校供给。其目的在培养台湾、朝鲜解放运动的青年干部，以便将来共负维持远东和平的责任。我重长中大时，便立即继续办理。抗战以后，他们相继离开学校，参加抗日工作，不负我当时的期望。再者，广东的海南岛和北江有黎、苗、瑶等族。除少数已同化者外，其余甚少和汉人往来，仍然保持着半原始的生活，文化的落后，自不待言。我感到他们是中国民族的一分子，开化他们，使之共同进步，实我们应尽的责任。所以在广东大学时代，我早就订定优待办法，鼓励黎、苗、瑶青年来校就学，造成开化的干部。这次重长中大，仍然继续办理。所有黎、苗、瑶学生毕业回去后，对于开化工作，都能各尽其力。可惜人数不多，未能收到显著的效果。（三）我为奖励学生及预备养成教材起见，多派优秀而研究有成绩的学生出洋。前在广东大学时，我就将以前留法勤工俭学的学生，政府不能接济经费的时候，全部由校接济，特设一海外部属校主持，以后陆续有毕业，人数日少，我就决定额为六十名，不足时，随时由校派学生补足。民国十四年缺额十二名，我就由校补派十二名往补。原想各国都续派往，后来离职，也就作罢。重长中大后，我仍抱着已往的办法，但因建筑校舍，外汇又高的关系，一时未能多量派出，却是派到德国学医的，派往美国、日本学农的及派往日本学理科、文科、法科的，亦为数不少，惜二十五年我出国，二十六年以后抗战，我的主张，可说是大部没有做到。

下

当民国十三年，国父命我创办广东大学的时候，他就觉得学院散在各处，管理上十分不方便，而且校舍毗连市区，车马喧嗔，也不适于修养及求学，就命我另觅新校址。我多次查勘，最后选定了广州东郊外的石牌。但是当时军事倥偬，财政困难，无法进行建筑事宜，只决定了在那儿成立一个农场，先行垦殖。嗣国父北上，忧劳成疾，旋即逝世，我也离开了学校，继任者对于这桩事情，虽然注意，而在十八年中央党部第三十七次常会曾有一次拨足建筑费国币二百五十万元的决议案，但是始终没有着手进行。

自决定以石牌为新校址之后，我就有建筑新校舍以完成国父遗志的决心。这次重长中大，看见学生数额与日俱增，非特原有校址不敷分配，而且多已陈旧不堪，时虞倾圮。于是就开始实行筹建石牌新校的计划，为中山大学奠定永久的基础。

我拟订了一个六年建设计划，以两年为一期，预计全部工程分三期完成。我公布整个计划的时候，正值经济不景气的狂潮泛滥于全球，国内党政军各方面的急需都陷于极度窘迫的境地，因此许多好友都劝我暂缓开始，以免半途而废，徒劳无功。建筑费固然浩大，看起来似乎没有办法筹足，可是我向来做事，相信只要有决心，愿意埋头苦干，一切困难，并非无法克服，我遂毅然进行。先请求中央按照民国十八年中央常会的决议案，一次拨足国币二百五十万元，并且以后按月由粤海关关余项下拨给十万元，同时又请求西南政务委员会设法拨款。当时虽没有圆满结果，但我志已决，仍然放手做去。

第一期工程是二十二年三月开始的，预算费用约二百万元。但当时可靠的款项，只有西南政务委员会拨给的舶来肥田料捐及洋米捐的一部，共计十万元，不敷至巨。于是由本校在粤各董事发起向海内外募捐，承各界人士和侨胞的热烈赞助，结果非常圆满。是年十二月起，又得财政部长孔祥熙先生允每月拨助五万元或拾万元。第一期建筑费就完全解决。而第一期建筑工程，也于二十三年九月全部竣工。这期完成的工事，计有国父铜像一座，农学院的农学馆一座，简易蚕室、调桑室，及附属房舍数座，稻作场办公室及附属房舍数座，理学院的化学教室一座，工学院的电气工程、机械工程教室合一座，土木工程教室一座，男宿舍六座，女宿舍一座，膳堂二座；另开公路七十余里，尚在建筑中的，有发电厂和自来水厂。

民国二十三年秋，农、工、理三学院遂先迁入新校开学。当时除举行新校落成及文、法两学院奠基庆祝典礼外，还开十周年纪念大会，情况热烈。我并撰了一篇《国立中山大学新校舍记》，说明建筑石牌新校的目的和经过，立碑纪念，原文如下：

中华民国十三年春，吾党总理孙中山先生命鲁创办国立广东大学，是年秋成立。总理以原有校舍散处市区，不适藏修，尤难发展，复命得择定石牌为新校址。甫事经营，而总理英逝，本校遂易今名，以资纪念。十四年秋，余以清党事去职，自是新校建筑，虽有计划，莫之实行。二十年冬，曾兴筑农学馆，未三月而中止。二十一年春，鲁复长本校，以新校计划亲受命于总理，不敢不勉力筹建，终始其事，乃先后请准西南政务委员会，拨舶来肥田料捐及洋米捐之一部为建筑费，复与本校在粤董事发起募捐，遂于二十二年三月兴工建筑，于十一月十一日本校九周年纪念日行奠基礼。由是年十二月始，财政部复按月拨款补助。迄本年九月止，先后竣工者，有总理铜像一座，农学院之农学馆一座，简易蚕室，调桑室，及附属房舍数座，稻作场办公室及附属房舍数座，理学院之化学教室一座，工学院之电气工程、机械工程教室共一座，土木工程教室一座，男宿舍六座，女宿舍一座，膳堂二座；除缘附建筑物之公路外，全校可通车之公路凡七十余里，发电厂及自来水厂，则尚在建筑中。农、工、理三学院则于本年秋季迁入新校焉。现复兴工建大门石牌坊一座，文学院全座，法学院全座，农学院之农林化学馆一座，园艺温室一座，农场总务股办事处一座，森林股办事处一座，农场贮藏室一座，蚕学馆一座，乳牛房一座，理学院之数学天文物理教室共一座，生物地质地理教室共一座，工学院之化学工程教室一座，工厂数座，宿舍数座，计期明年七月可以竣工。若夫礼堂、图书馆、博物馆、天文台、体育馆、总办公厅，农学院之林学馆、农林植物研究所、蚕种冷藏库、教职员宿舍等，兴工建筑，则有待于明年。全校建筑物之位置：礼堂居中，左为文学院，右为法学院，礼堂正北为农学院，其东南为理学院，西南为工学院，礼堂之南则总理铜像，巍然在目，像东为图书馆，西为博物馆，礼堂东南高峰为天文台，其西南则为大门，门之左为稻作场，礼堂之西北隅，湖光潋滟，湖之东为女生宿舍，湖之西南为蚕学馆、调桑室，男生宿舍则居礼堂东北隅，据数平冈，错若置基，教职员宿舍则攒据图书馆东南隅，运动场、游泳场则散居各处。凡兹计划。使各学院等自成一区，分途发展，而不相妨焉。以言形势，则白云山环其侧，珠江绕其前，校内冈峦起伏，池沼荡漾，分割区段，以我国诸行省分为其区，复因各区之冈峦池沼，附以行省内山川湖泽名号，使入本校者，悠然生爱国之心，即毅然负兴国之责。全校占地万余亩，除建筑物外，均为农场，凡植竹木果树二百万株有奇；复辟道路至白云山林场，联贯为一，林场种树约一百六十余万株，是不特可增河山之美丽，而资全校员生之修养，亦有足多焉。预计五年后，有收益者，可得五十万株，每年每株以一元计，则年可得五十万元；十年后三百万株，皆有收益，每年每株以一元计，则年可得三百余万元，畜牧园艺尚不与焉。盖欲使向来消费之教育，化为生产之教育。此后理工医各科，亦将分门计划，达此目的。是则鲁积年来之教育主张也。溯总理之创办本校也，除广州一隅外，四境皆敌，当日财政复为军人所据，终排万难而创立本校，且画定石牌为新校基，其高瞻远瞩，为何如哉！余素承总理之教，复受命计划建筑新校，故不惮于世界经济不振、广东经济不振之今日，毅然决然兴工建筑，幸获在粤诸董事及财政部长之助，得以经营有成；而个人忍辱迈进，降心从事，每当困难纷沓之际，辄绕室彷徨，寝不安，食不饱，岂有他哉？亦欲完成总理之付托，为党为国，树一最高学府，以救中国救民族而已！但作始甚简，若本总理创造本校之旨，发扬而光大之，则其责又诸同志及国人所应共负者也。兹乘本校成立十周年纪念，又庆新校落成，农工理三学院迁入，及文法两学院奠基之时，综厥始末记之。已告成事，且督后功。

第一期建筑费本来没有把握，可是结果却顺利完成，实给我无限的安慰和鼓励，于是就接着进行第二期建筑计划。这期的预算约三百万元，而投标的总值仅二百四十余万元，比预算还低，这使我对于本期工程更加乐观。不料进行起来，事实刚刚相反。当初预算的大概情形是这样的：中央每月补助大洋十万元，每年可得一百二十万元，伸为小洋加水最少以二五计，共为一百五十万元；肥田料捐和生豆捐总共可得六十万元；拍卖旧农学院校址可得数十万元；拍卖旧附中校址也可得数十万元，总计约在三百万元以上。如是，建筑费用当无不敷之虞。

但是中央的补助款项，后来全年实际上得五十万元，肥田料捐和生豆捐降至三十余万元，农学院和附中旧址又都卖不掉，所以已开标的二百四十万元工程费，及临时增加之工程费，只能付出八十余万元。其余约二百万元，完全没有着落。然而工程业已开始，无法停止。当时焦头烂额的情形，真非笔墨所能形容。我曾对学生说，为了筹款，除没有叫人爸爸和向人叩头之外可说一切都已做到。这并非戏言，而是实在的情形。我不得已，在西南政委会提出比例捐资的办法，卒得通过，而交通银行和国华银行复慨然借款五十万元，才使我安然渡过这个难关。这期工程，遂于二十四年秋完成。建筑物计有：大门石牌坊一座，文学院全座，法学院全座，农学院的农林化学馆一座，园艺温室一座，农场总务股办事处一座，农场贮藏室一座，蚕学馆一座，乳牛房一座，理学院的数学天文物理教室共一座，生物地质地理教室共一座，工学院的化学工程教室一座，工厂数座，宿舍数座；另增筑公路五十余里。文、法两学院亦于是年秋迁入新址，而我使中山大学全体在同一环境中藏修的计划，遂得初步告成，我复撰《国立中山大学新校舍后记》，立碑以为纪念：

去年今日，国立中山大学新校第一期工程告成，农、工、理三学院迁入，余既综其始末记之矣，今年今日，第二期工程告成，文、法二学院迁入，余更不可以无言。盖第一期工程开始于经济困难之中，余毅然进行，其无负于总理之付托，卒赖众助，获观厥成。故当第二期工程将开之际，乃预计资源，方始招工，自谓当减困难。孰意期之中央拨款，期之肥田料捐，期之卖地及募捐者，综计减至二百万元，而第二期之工程，几陷于不振者屡。幸赖广东党政军机关按薪捐资，及银行之慨然借款，仅克成之，文、法二学院得继农、工、理三学院迁入其中。形神俱瘁，苦辱交加，虽同事亦有莫知其百一者。今则大学全部俱迁入矣。教室、研究室、试验室、办公室、各处所办事处、教职员宿舍、男女生宿舍，与工厂、电灯厂、自来水厂、蚕桑馆、试验场，乃至鸡舍、牛房、猪房，莫不成备。去年公路筑七十余里者，今筑至百余里；去年农场林场之植物三百余万株者，今至四百五十万株。三年前荒芜之山丘，至今轮奂一新；觇国者，至目之为文化城。虽一草一木，皆经心血之灌溉，在人莫不以为可喜，而余于此乃有三惧焉：宏伟之校舍，所以充实光辉，发扬学问，以贡献于国家社会，若虚有物质，而无精神，是上之为虚糜国帑，下之为徒竭民膏，可惧者一；校舍之适宜，为学生便于藏修，倘安于舒适，此后不能刻苦耐劳，甚至从田间来者，不复能再归田间，则此校舍之设，无异养成残废之人，可惧者二；多量之种植，为生产教育也，或不加爱惜，予以摧残，或管理不善，所入不如所期，不特此后生产教育不能完成，人将视生产为畏途矣，可惧者三。本校建筑时之困难，渐成过去，本校建筑后之忧惧，正在未来；万一不幸所惧之事不能免焉，则余艰难困苦以建此校，实适成为罪过矣。瞻望前途，中心惕虑！愿与我员生互相策勉，凛承总理创办本校以救中国之旨，日就月将，俾文化发扬，人才蔚起，则余亦少减罪戾焉！是则余之厚望也夫。中华民国二十四年十一月十一日邹鲁撰并书。

　　第二期建筑工程完毕，石牌新校的规模业已初具，当初荆榛遍地的荒野，突然变成堂皇瑰玮的大学区。当我前次游历海外，经历二十九个国家，每到了一国，必定去参观有名的大学，现在根据这种经验来观察本校，自觉其规模，不但求之中国不落后，即求之世界各国中亦不落后。而国内外人士前来参观的，都和我有同感。例如意国公使，便亲自对我这样说过。他于赞许之余还向其本国建议，赠送本校一个讲座；德国领事曾偕同亚力山大学会的代表来参观本校，亦极称赞规模的伟大，亚力山大学会自是年起，即赠送本校免费学额一名，本校即选派了医学院一位研究小儿科的同学前往攻读；在英国领事和香港大学副监督先后来本校参观的时候，看见这种完美的设备，都愿意代本校争一笔"庚款"做建筑费，虽然没有完全达到目的，但已允助十二万元的补助费，及答应补助工学院讲堂一座经费。还有，那年有一位意大利罗马大学的教授并代表热那亚大学来本校参观之后，就提出交换学生和教授的建议，依照他的办法，关于学生，除免收学费外，船费减十分之三，车费减半。当时我即允诺，并计划每学院至少选送一人到意大利去。这种交换，在国内还是创举。至二十六年夏，罗马大学的交换教授已到，本校亦正选教授前往，卒以抗战发生，罗马大学的教授即起程回国，本校教授和学生赴意的事也就中止。不过，当时我并不因为外间的赞扬，就以为满足，仍然继续进行第三期建筑计划。

　　第三期建筑的工事，计有工学院强电流实验室一座，锻冶镀金实习工厂一座，木工实习工厂一间，电话室一座，热力机实验室一座，研究院一座，天文台一座，观测所一座，图书馆一座，体育馆一座，教职员会食堂一座，桑蚕馆冷藏库一座，医学院细菌学研究所一座，附属第一医院院舍一座，护士宿舍一座，农场猪舍一座，稻作试验场堆肥室一间，铜钢室一间，工人宿舍二间，邮政局一间，停车场一间，候车室一间，教职员住宅大小共四十六间；并兴筑校门大道蜡青路，工学院前南堤三合土路，法学院三合土路，学生宿舍三合土路等。截至二十七年本校西迁时止，已完工的有体育馆一座，研究院一座，天文台一座，教职员宿舍一座，木工实习工厂一座，锻冶镀金实习工厂一座，教职员会食堂一座，教职员家属住宅数十幢，其余的则未完工。第三期建筑经费，因五全大会决议拨壹百万元，故减少困难甚多。

我素来感觉到生产对于国家非常重要，因此提倡生产教育。在计划石牌新校址的时候，我便决意把这种理想付诸实施，结果面积四万余亩的石牌新校址（连林场计算在内）除建筑物外，其余都成为农场、林场、果园和花圃。以二十五年所得的统计字数来说：栽培的农作物，如稻、茶、山薯、草棉、甘蔗、粟、笋、蔬菜等等，约占地六百亩。果树如荔枝、龙眼、凤眼果、蕉、橙、柑、柠檬、沙梨、枇杷、桃、李、橄榄、黄皮果、柚、栗、菠萝、人面子、葡萄、番石榴、杏、杨桃、芒果、柿、加梨果等，占地约八百亩，共四十余万株。桑占地约二百亩，共二十余万株。树木如柏木、麻黄、油桐、杉、红豆树、木棉、石栗、银桦、台湾相思等，约占地五千亩，共七十余万株。此外地亩，则种赤松、黑松和器用竹，共数百万株。饲养的家畜家禽，如纯种力行鸡、本地鸡、北平鸭、军用鸽、肉用鸽、力行改良种鸡、鹅、观赏鸽、荷兰乳牛、印度乳牛、耕牛、约克西改良猪、本地猪、羊等，共七百余头。只就果木言，预计五年之后，有收益的，约有五十万株，每年每株以一元计，便可得五十万元。以后陆续增加，十年之后，每年有收益的，可有二百万株，即每年收入可达二百万元。其他如农场、畜牧、园艺等的收入，还不计算在内。

我想照这样逐步顺利发展，中大就不难实现自给自足的计划。因为在事实上，本校除盐、煤两项外，其他物品都有生产。例如米，除本校附近的农场外，尚有东莞农场、茂名农场、计划中的海陆丰农场，所入当能勉强敷用。他如蔬菜，遍地皆可种植，供给有余，肉食也可自给；而校内所出的牛乳，除供给全校需要外，还可销于校外。这些还只是初创时期的情形，以后盈余更多，当可补充本校消费部分的开支。不料二十七年十月，敌军由大鹏湾登陆，十日而陷广州，本校仓猝之间，迁至罗定；继以敌人将沿江西上，广州湾情势又急，乃迁至广西龙州；随而敌人由广西南部侵入，乃又迁至云南的澄江，我因为身体有病，未能亲自前往主持，当时内心的悲痛，实不可以语言表示。所幸员生能整个成行，未遭伤亡，而图书仪器亦运出八成以上。

现在我们中大的石牌新校舍仍在敌寇蹂躏之下。回想当年建筑的艰难，诚然有无限的悲怆！但是我相信，我们如能本着国父的精神，努力奋斗，则非特国父所手创的学校不致毁坏，并且一定能击溃敌人，复我失地，复兴我们理想中的中山大学。这是中大同事、同学人人应有的责任，愿共勉之！

选自《邹鲁回忆录》东方出版社，2010年11月版

孙中山先生就非常大总统职纪略

罗翼群

孙中山先生

今年（一九六一年）五月五日是孙中山先生在广州就非常大总统四十周年（一九二一——一九六一）的纪念日。我虽老病侵寻，亦愿强起执笔而略记之如下。

一九二〇年（民国九年）十月，援闽粤军奉中国国民党总理孙中山先生命自闽回粤驱走桂系军阀广东督军莫荣新，并瓦解了以岑春煊为首的"七总裁军政府"。中山先生遂以中国国民党总理名义任命陈炯明为广东省长兼粤军总司令，旋即自沪返粤，决心以广东为根据地，出师北伐。当时陈炯明及其所部将领（邓铿、许崇智等除外）阴持反对，其"理由"谓：一、粤省一隅之地不足以敌北京政府及其所属军阀；二、联省自治可以相安而进于长治。实则若辈欲苟安于粤而初无远见大志也。中山先生极不谓然，乃曾集合粤军在省官兵演说，晓以大势，并谓中国如欲求富强康乐，必须统一建设一个三民主义的新国家，及分析北伐必可成功之理由。随又个别召见各将领，详加辟喻，各皆无词以难。中山先生又以北伐必先正名分，以堂堂正正之旗鼓以与北京政府抗，方足以树风声而资号召。于是以一九二一年四月六日由国会选举中山先生为大总统，授予北伐全权。正筹备就职间，桂系军阀广西督军陈炳焜发出青电（四月九日）反对。陈炯明便以此为借口谓：力量不足不宜北伐，目前如抽兵北伐，桂军必将收集余部反袭报复，更不宜就总统职以树全国之敌。中山先生乃亲至省长公署向陈炯明当面解说，陈炯明答容考虑数日并与各将领商之。越数日，消息杳然。当时余任粤军总司令部及省长公署参议，每天与参谋长邓铿、政务厅长古应芬及秘书黄居素陪陈炯明同桌用膳，遇事间进谠言，

孙中山手书同盟会政治纲领

尤其邓铿于孙陈间多所弥缝。一日，中山先生召余询问究竟，余答陈炯明仍无决心，似有畏怯患失之意。中山先生乃曰：我由国会选出为大总统已逾半月，决不能不就职，形同儿戏！尔告竞存（炯明号），我必须于本四月内就职。余谨述以转告陈炯明，陈炯明戚然曰：我已商之各将领，皆谓中山先生必欲就大总统，亦不过是一时的广东总统而已，万一北京政府及邻省借词出师声讨，彼等实难负战守之责云云，言下似有恐吓之意。余当时闻此，窘极，只得回复中山先生略谓：竞存意仍请稍缓，俾其饬所部于粤桂边境布防就绪，再行奉陈等语（其实当时部署进攻广西桂系已将就绪，不日下令总攻）。盖余实欲以此婉转之词，稍迁延时日，留磋商余地耳。中山先生乃曰：

我被选为大总统，举国皆知，只要我一出师，长江及华北军民甚多欢迎归附者，北洋军阀决无力来犯粤省，桂军残部惩于侵粤之败，那还敢再向粤谋，请竞存放心，我必须于本月内就职并速行北伐，成功自不用说，万一事败，则我出走，粤省任由竞存去和人家妥协，我可不管，这样好吧！余复以此中山先生切直的话，原原本本转告炯明。至此，炯明亦再无词可推。翌日，炯明乃语余曰：中山先生必要做广东总统，请其于五月五日就职何如？盖距国会选出之期亦尚未逾一个月，中华民国国庆为"双十"，今孙总统就职为"双五"，亦是恰好之纪念日也。余遂以走报中山先生。中山先生微笑，徐曰：好！我是广东总统，竞存是广东皇帝，皇帝开了金口（广东谚语），我遵命就是！遂定于"五五"就职。是日举行阅兵典礼，仅有粤军第一师邓铿所部参加（第二军许崇智部驻北江一带，其他各部队亦多已开赴前线，故概未参加），该师旅长梁鸿楷任指挥官，师长邓铿随同大总统检阅，炯明借故未到。余当时在场目击，心窃讶之！不图翌年三月乃有邓铿被刺殉国之恸！中山先生在桂林闻耗，遂决定改道北伐，行抵肇庆，下令免去陈炯明广东省长及粤军总司令职（另命伍廷芳为广东省长，裁撤粤军总司令部，所有粤军统由大本营直辖，仍留炯明陆军、内政两部长职，以策后效）。炯明愤，走惠州，而阴令叶举率驻桂粤军东下。盖此时炯明已与洛阳吴佩孚、湖南赵恒惕通，故未几，遂有乘北伐军攻克赣州之际而发生六月十六日围攻总统府，请孙下野之叛变。中山先生登军舰，击叛军，苦斗两月，直至闻得北伐许崇智军回师戡乱不克而转攻福建，始离舰赴沪。此为一九二二年八月九日也。是役中山先生虽告失败，而深得中外人士之赞佩，故不半年即一九二三年一月，滇军杨希

闵、桂军刘震寰、粤军一部分举行白马会议，率部东下击走叛
军而克广州，中山先生才复回粤就大元帅职。躬自东征北伐，
竭蹶两年多，大功未竟而卒病逝于北京。鸣呼！可哀也已！然
而北伐统一之初基，实肇始于"五五"。

一九六一年五月五日于广州

原载《广东文史资料》第1辑

孙中山先生轶事十则

罗翼群

一 学习和救人的负责态度

一八八六年孙中山先生年二十一岁，在广州长堤博济医院（今为中山医学院第二附属医院）学西医，当时校长是美国人嘉约翰。该校规定男学生不能到产房看产妇分娩。中山先生认为这种规定是不合理的，向嘉约翰提出要求改革，要求学校准许男学生到产房学习接生手术。当时嘉约翰以中国礼教载明男女授受不亲为词，予以拒绝。中山先生便严正地问他：如果学生肄业后行医救人，遇有产科病症，是否要诊治？如果要诊治的话，未经实习是不妥当的。为了使学生获得医学技术，将来能对病者负责，学校应当改革这种不合理的制度。结果嘉约翰无话可说。从此以后博济医院的男学生准许参加产科的临床学习。从这件事我们可以看到中山先生在青年求学时代，便有极严正的实事求是的态度，便表现出对人民的强烈的责任心。

二 喜食猪红粥和牛肉饭

中山先生肄业博济医校时，晨餐喜食猪红粥（以米粥和猪血煮之，为旧日苦力及一般平民早餐之用），以其价廉味美而营养丰富也。当时，猪红粥一碗，价不过铜仙一枚而已，每晨吃其两碗，便足以果腹。但正为其价廉，一般人多贱视之而不愿吃，且谓猪红为不洁之物，唯下等穷人喜吃之，盖以其价廉，荷包上算，味亦可口，固不知它含有丰富而极有益于人身之铁质也。又广东地方通商较早，西人来粤见此者，曾鄙中国人食猪血以为粗恶野蛮（作者按：后来中山先生著《孙文学说》阐述"行易知难"之旨，其第一章以饮食为证，详言猪血之好处者以此），故中山先生当时力辟中西人士见解之谬。而毅然倡食猪血。

又中国当时所谓上流社会的人，往往不食牛肉，亦以其价贱，且以为伪善者谓牛为耕田卖力，不忍食之。当时菜牛确是极少，所宰的大都为老病的牛，故亦有谓食牛肉不合卫生者。当时太平沙有间太白楼，专营牛肉食品，弄得非常可口，价又便宜，每味不出一角钱，牛肉饭每碗不过五个铜仙。但当时所谓"上流人"者，没有去问津的，唯一般平民则趋之若鹜。中山先生当时是学生身份，不管人家讥笑，午餐常去食其两碗，每星期还邀同学去笑叙。初时同学们尚多不愿去，后来觉得味美价廉，着实不错，也就不少自动前往了（在一九一七年中山先生率海军南下护法时，帅府曾赁长堤照霞楼为招待之用，我和朱执信常出入该处，以地近太白楼，每市该楼牛肉饭以充午餐，每碗价一角，今匆匆四十余年，太白楼亦已杳矣，每一念及，食指还动）。

以上两则是一九五六年中山先生后一班的同学刘谦一先生（名嘉福）对作者面谈而由作者采入本人《逸庐笔记》的。刘先生那年是八十六岁，还很健康，步履如常。

三　好学不倦举例

一九一六至一九二四年，我常在上海或广州，当时每因公入见或随侍中山先生，我见到他无论在燕居之暇或是在行营办公之余，都从不虚度时光，每每手不释卷或披阅图表。先生很喜研究各种海陆地图，每因著作需要，常命我代为收集购买。先生对地理特别是对中国地理极为熟悉，所以在他著《建国方略》时，提出了修建全国铁路二十万里，公路百万里的伟大理想，以及疏导黄河，治理淮河的水利工程与如何建设各个大港等等一套完整的实业计划。从这一计划中可以看到中山先生对祖国地理了如指掌；又在这一点上可以看到中山先生的学问，不独是广博而且是专精的。而其所以博而且精，则是由于好学不倦所获致的。

四　治学精神举例

中山先生治学精神，亦值得学习，他阅读书籍，经常有札记，虽在百忙中，每每在书本上端加有眉批。一九二二年六月十六日陈炯明叛军炮击总统府，中山先生的书籍全被毁于炮火，间有些少散佚，事后有些烬余为人拾得。据曾经收藏过中山先生阅读过的书籍的友人告诉我说：他收藏过中山先生阅读过的《大学》一册，书头上就有中山先生不少的亲笔批注，特别是在"明德亲民""格物致知"那一段的上面。据友人说，这本有中山先生手批的书籍是在抗日战争时才失去的。我们在这里可以看到中山先生不独是一个伟大的革命家和政治家，而他对于中国古代的书籍也是认真加以研究的，这更说明中山先生对于祖国固有的文化遗产是极其珍视的，也是一位热爱祖国而有远大眼光的大学问家。

五　宽宏大度　薄于责人

中山先生平日是多鼓励人，少责备人，且从不念怨。即使有负他甚至骗他的，先生见到他也只是婉言讽喻，从不令人难堪，这是他深得我国古贤"恕"字的精义，也是使人感激效忠之一法。例如陈炯明叛变后，吴稚晖以陈盘踞东江，实为北伐之害，请于中山先生，拟往海丰说陈归顺，问先生有何条件？先生谓：不要什么条件，只要炯明一纸悔过书便足。惜陈不能悔祸，致劳中山先生迭次亲自东征，潜受疾病，而不能见到北伐成功，实在是一件很痛心的事。

又一九二三年夏秋间，我任大本营兵站总监时，曾一度因公赴港，见及陈军守惠州之军长熊略，熊表示愿意归顺，要求给予港币十万元为清发该军欠饷，并请先给半数以示劳来之意。我以熊"态度诚恳"，当非欺我，惠州坚城不费一兵而能得到，总算便宜，况熊部尚有兵八千，敌损八千，我益八千，等于我方增了万六千兵力，殊为合算。我便擅交港币三万元与熊，回来面报中山先生，先生只说"恐靠不住"一语。过了一月，熊尚无反正表示，我始觉上当，不得不面陈中山先生，承认上当，请给处分。先生亦只说了"尔够目光"一语，虽无责罚，亦已令人愧极，无地自容矣。

六　自奉俭朴

中山先生一生俭朴，平日起居饮食，力求简单。他早年在日本，因事外出，有时在外间用膳，亦只系在普通食堂取一份"定食"（即客饭，日本人叫"定食"）。曾有一次，先生在横滨金陵楼进餐，亦系叫"定食"一份。店主人华侨潘君见先生自奉太薄，心里难过，特地为他添了两碟好菜。起初，中山先生辞谢，后来见店主一番诚意，才没有推辞。吃完结账，几乎不够钱，可见中山先生个人生活是十分廉俭的。

中山先生奔走革命几十年，除由先生胞兄德彰和一些革命同志不时给以生活资助外，常在艰难困乏之中。我曾亲听见先生说过，他在伦敦蒙难后，滞留在欧洲两年，每天都是在图书馆里研究有关革命和建国的学说。当时所住旅馆，每天所费约合当时的银元八角，连饭食什费每天不过二元，仅仅和一个当时俭朴的留学生费用相等。又中山先生对于衣服也是很简朴的，即在辛亥光复以后，无论冬夏，总是以穿中山装为常，很少穿西装，更没有华贵的西装，其安于俭朴可想。

七　无私人　无私蓄

中山先生一生用人，只问其对革命有无贡献，能从其革命的，即量材器使，故无论留学生、华侨，及各界人士，间至国际友人，都愿为先生效命。但如无实学真才，虽其至亲，亦不愿大用。如一九二三年大本营筹设中央银行时，有人推荐宋子文为行长，先生不同意，其后委任林云陔为行长，而只给宋子文以副席，其他非亲非故而对革命有所贡献甚见信任者，就难以悉数了。

当中山先生就任临时大总统的半年前，因住在南洋庇能的家属家用缺乏，贫病交迫，先生在旧金山写信给邓泽如，请他在同志中设法每月筹集一百元接济家人。先生在卸任临时大总统后，袁世凯授予大勋位，并附送年金若干，先生辞而不受。先生一生对其个人方面，从不考虑金钱财物，凡不应得的，一介不取。还有，先生一生革命，从未置有住宅，又因先生搞革命，往往有房子的人怕牵累，不愿意租房子给他，于他工作上是有不方便的，因此，华侨同志中捐赠他上海一所住宅（即今上海香山路之中山故居）。这所住宅，还曾因革命事业有急需时，由一向经营党内财务的廖仲恺用来押款济急。直至先生临终时给家人的遗嘱还说："余因尽瘁国事，不治家产，其所遗之书籍、衣物、住宅等，一切均付吾妻宋庆龄以为纪念，余之儿女已长成，能自立，望各自爱，以继余志，此嘱。"我们从先生这短短的家事遗嘱中，可以看到先生至死亦无余财，无私蓄，实在是一个清廉的典范。

八　坚持反帝的大无畏精神

中山先生在领导革命，指挥革命战斗中，固然临阵异常勇敢（镇南关之役，东征梅湖炮兵阵地及石滩麾兵前进等）；而在反帝方面，更处处见到他的坚决与大无畏的精神。像在一九二三年冬天，因粤海关抗交关余，便下令强制接收海关，这是当时任何外交人员所不敢做的。当时帝国主义的炮舰云集珠江河面（英炮舰四，美、法炮舰各二，日炮舰一），卸下炮衣，声言如敢来接收海关，当即开炮向大元帅府轰击。先生除据理驳斥外，并警告帝国主义者说：如敢恃强开炮，我立即派兵占领沙面。当时军政府外交部长为伍朝枢，广东交涉员并粤海关监督为傅秉常，恐酿大事，迟疑不敢奉接收海关之前。适有少壮党员罗桂芳（顺德人，曾任桂军总部参议，大本营东江兵站支部长，诨名"大炮罗"），进谒先生说：请给我十支驳壳（盒子枪），我便可把海关完全接收过来，遑论关余。先生壮之，即任以粤海关监督。罗带兵十名前往接收，海关无敢抗者。盖当时海关职员除税务司及一二高级职员外，其余尽是华人，平日受外国人气受够了的，当然同情本国此举。因此，接收非常顺利，关余也便如数收回过来。帝国主义理屈气沮，"炮舰政策"没有吓倒中山先生，反而被中山先生的大无畏精神吓缩了。事后，中山先生常对人说：谁谓罗桂芳"大炮"，其实他是有胆有识，只是你们怕惯了洋人吧！

还有，一九二四年秋，广州商团受帝国主义指使，勾结东江陈炯明叛军，企图倾覆当时的广州革命政府。中山先生在韶关大本营电令广东省长胡汉民决以武力镇压商团叛变。当时帝国主义者亦同样以其"炮舰政策"出面干涉，想威吓先生，先生仍以同样方法对付之，卒将谋叛的商团武装，很快地解决了，而帝国主义者亦无可如何。

从这两件事，又足见中山先生严正地维护国家主权和人民利益，坚决反击帝国主义的威吓和干涉的一斑。古语有说：唯大仁才有勇，由于中山先生热爱人民，就是他的大仁，因为能为大仁，故任何恃强干涉恐吓，都不能吓退他，所以说中山先生具有大无畏的精神，是以其具有大仁大勇的崇高品质。

九　晚年胃病喜食鲍鱼抵抗

一九二二年夏间，中山先生改道北伐，师次韶关大本营，时我任广东宪兵司令，因公赴韶晋谒，中山先生留我共进午餐，同座为孙夫人和文官长胡汉民。四菜一汤，其中有红烧鲍鱼一盘，始初我以为是中山先生特别饷客的，我三人不过吃了一小半，而中山先生个人几吃了一大半。我惊讶地问道：先生不是有些胃痛么？竟吃如许多的鲍鱼，诚恐消化不易，对胃痛不会影响么？先生笑说：我正是要这来治疗我的胃痛，鲍鱼营养丰富，味道可口，可以增加食欲，自不消说，正因为它不易消化，我的胃气弱，要和它抵抗，若只是吃容易消化的食物而不抵抗，胃气将日益衰退下去，更不易治疗了。因此。我亦笑说：先生是"大国手"，治病如此，治国的道理也是如此吧！弱国遇到强国，还是要抵抗，不能持不抵抗主义而至不可救药！先生说：正是如此！饭罢，更出一大盘荔枝，先生个人亦吃了一大半。当时我心里虽然很欢喜先生啖量好是健康的象征，但亦不禁笑问：先生也喜欢苏东坡"日啖荔枝三百颗"的诗句吗？先生明白我问的意思，便说：我饭后多吃水果，水分已足，不喝茶，即日常亦不喝茶水，而于卫生较为有益。中山先生所说如此，我是不懂医学的，平常总是听见中西医生都说：患胃病的人，应以吃比较容易消化的食物为宜。今写此出来，质之高明医学专家有以见教。

十　难忘的回忆　深刻的教育

在中山先生尽瘁革命四十余年的过程中，其丰功伟绩，嘉言懿行，已史不绝书，无待小子赘述。即其生平轶事，亦非浅薄如小子所能一一悉举。今再将当日我所亲历或亲见亲闻而至今还深刻难忘的两件补述如下。

一　先生谦虚诚恳和爱护后进。十数年来，无论何时何地，在我所看到中山先生见客的场合，亦不论党员或非党员，总是和颜悦色，亲切有如家人，从未见过他有疾言厉色。他的谦虚态度与教导后辈的诚恳，特别使人感佩。我记得在一九二三至一九二四年间，大本营有个参议会议，这个会议是讨论当时的军国重事，总参议为胡汉民，参议先后二十余人，大都为各省老同志，现在还健存在广东的只有姚雨平和翼群本人了。每周开会一次，由中山先生亲自主持（中山先生公出时由胡汉民代）。有一次我因事忙，即席请假，我对先生说：我现在兼任大本营军需总局局长，广东全省筹饷总局总办，广东省长公署总参议等职务，每天事情很忙，拟请今后免予参加会议。先生听了不同意，但却诚恳而慈和地教导我说：人生过程是战斗，战斗必须要有枪，更要有子弹。人的身体，也犹如一杆枪，学习和经验就是子弹，枪杆缺少子弹是没作用的，人生缺少学问和经验，也就空虚了！尔还在壮年，学历未充，应当以参加开会作为学习的机会，在会议上收得的一切知识和经验，就等于补了尔的子弹。同时尔报告所得各方面的事情，也像带子弹来给我补充，对我也有好处，所以尔以后要来参加会议，而且要常来；还要知道，没有子弹，空枪上阵，是不能打仗的。我听了之后，非常感动！从此不唯不请假，并深感先生对后进之诚恳谦虚，使我一生感奋。

二　先生对革命建国的见解和谈话。先生对祖国、对革命的忠贞和他百折不挠与大无畏精神是举世皆知，无容多说。先生对于建设国家，认为先培育建国的人才，因此，他非常重视培育革命人才的教育。试看中山先生在一九二一年致苏联外长齐契林信中有几句话："我非常注意你们的事业，特别是你们苏维埃的组织，你们军队和教育的组织，我希望知道您和其他友人在这些事情方面，特别是在教育方面所能告诉我的一切"，便清楚了。早在一九一九至一九二〇年间，拟派朱执信前往苏联考察，奈朱于一九二〇年秋因公死了。后至一九二三年始派蒋介石去考察了半年。于是在一九二四年中山先生在广东亲自创办了两间有名的学校，一间是黄埔军官学校，一间是广东大学（就是以后纪念他的中山大学前身）。先生回顾他以往在无数次的革命斗争中，深深感到军阀之不可靠，他说：南北军阀是一丘之貉，认为必先建立革命的武装，这是他创办黄埔军校的动机。先生又认为建设富强康乐的中国，就要先有高深学术修养的人才，因此，将当时的广东高师、广东法科学院、广东农专、广东工专和广东公医等校合并和充实它成为一个综合的广东大学。这两间学校的确是为我国革命建设事业培育了不少人才，尤其是黄埔军校对当时的革命贡献很大。但黄埔军校筹办时的经济情况是十分困难的，我回想起当时的情况，一开始是中山先生命廖仲恺筹办，苏联政治顾问鲍罗廷和军事顾问也是极力赞助，我当时也奉命参与筹集部分军校开办经费的工作。是时我兼任广东省筹饷局总办，开始筹了三万元帮助开办，后来因扩充关系，经费亦常在困难之中，曾有一次学校当局对我说：学校款绌，连伙食常成问题，请我设法每月筹助一万元充伙食费。我便将筹饷局承商以往每月送总办之五千元上报大元帅府，请拨给军校补助（如此亦仅解决一半，至筹饷局结束时为止）。先生对这一事十分奖勉，并这样说：一个革命者，应该随时牺牲个人利益来贡献革命事业，倘使人人如此，革命事业没有不成功的，而且会成功得很快。先生平常教人也爱发挥"天下为公"的道理。从我所经历的这件事，又说明先生见到人们有一点一滴的好处，都毫不埋没，并极力奖勉，对教育后进，真是无微不至。人们有求先生写字的，先生也常常爱写"天下为公"四字。真的，用这"天下为公"四字来象征中山先生一生崇高的品质，也是最恰当的。

一九六一年

万木草堂忆旧

卢湘父

康简知名

予年弱冠后，即闻康、简两先生之名。时科举方盛，学者必先应童子试，得入学为博士弟子员，然后得与乡试。故童子试谓之小试，如不入选，则虽老亦称文童也。康先生以年壮，即不应童子试，唯以监生资格应科举。向例凡应乡试之诸生，须先由本省学政，先考一次，谓之遗才，取录后，乃得入科场。凡在廪增附诸生，及恩、拔、副、岁、优诸贡生入选者，十得其九几；唯由监生考遗才，则百仅得其一二。乃康先生辄列第一，盖试官素仰其名，故表异之。试场传为佳话，故予已心识之。简竹居先生名朝亮，为顺德简岸人，早游庠。向例学使每岁考，必试诸生一次，分一二三等，其取录一等之前列者，得补廪生。廪生者，凡童子应试，必须由该县之廪生保送，乃得入场，国家给以廪禄，谓之廪保，而考童亦须由廪保处填册购票，乃得投券入场。故廪生之正项入息，每遇岁科两小考，亦可得百十金。至于营私舞弊，如滥保、枪替等等，花样百出，则非正宗收入，不在此例矣。时简先生岁考取录一等第一名，应补廪生，唯取录后须覆试作实，乃可照补。简先生不赴覆试，试官慕其名，使人召之，亦不往。其言曰："岁试所以应功令，非以谋利禄也。"由是试场又传为佳话，故余又心识之。两先生虽未达，而其学问气节，名动公卿若此。宜夫论者谓广东近代学术，以陈东塾、朱九江为两大派；而九江之学，又有康、简两支云。

初游康门

予家贫，不能常具修脯，故予兄弟从师，时有作辍，唯得力于庭训者居多。年二十六，与衮裳兄在乡，各为童子师，藉羔雁以赡家费。衮裳兄已游庠，而予则文场蹭蹬，尚不能掇一芹。乃兄弟私议，非求学无以进取。时有崔、方、吕馆者，崔则磐石太史，方则默谷，吕则缉臣两孝廉也。于是请愿于先府君，欲就学于崔、方、吕馆。府君以吕缉臣为拔湖太夫子之子，与有世谊，因俯从所请。予兄弟得所愿，以为从此致力时文，取青紫如拾芥矣。陈子褒者，与予有戚谊，且为同谱。癸巳恩科中式，与康师为同年，康师第八名，子褒第五，为五经魁之一。榜发后，同年大会，子褒与康师会晤，一见倾倒，即执贽为弟子。盖子褒与任公为友，任公先从康师游，时述师训，子褒已心仪之矣。至是子褒以予有求学之志，乃致书引与共砚。予犹豫未决，还问康师何如。子褒复书曰："上下三千年，纵横九万里，康先生尽之矣。"余乃转计，与衮裳兄分道而驰。盖予兄弟始终共师，未尝分砚，至是乃各行其是。又以此商之府君，亦欣然许诺。盖府君为九江弟子，与康师先后同门，亦有友谊也。余既游于草堂，而康师或北上会试，或远游山水，在堂讲学之时间甚少。唯是同门多绩学之士，大率读书已多，然后来学者，故虽为朋友，而实皆我师也，同门亦绝不客气。直、谅、多闻，兼兹三益，故予虽离师傅，而师傅更多也。

草堂徒侣

康门弟子，其全盛时，数以千计，盖遍于各省矣。然在光绪甲午、乙未两年，仰高祠共学者，则约为五十人而已。原有同窗录，唯因咸虾栏之事，恐被株连，故急毁之；其后有无复辑，则未知也。仰高祠情景，至今犹历历在目，诸同学之姓名，尚能约略记忆，今述其梗概，则有如下之诸君：梁任公（名启超，时号卓如，任公则其更字）、仲策（启勋）、麦孺博（孟华）、曼宣（仲华）、曹仲俨（硕）、著伟（泰）、刘青崖、孝实诸昆仲，而仲麟（启麒）、君力（启田）亦任公之从昆弟也，林慧儒（奎）、徐君勉（勤），韩氏同学者，亦数人，韩树园（文举）、云台、叔河、菱甫诸韩皆番禺之古坝人也；陈子褒（荣衮）与予有戚谊，引予共学，予又引容任秋来学，黎砚诒（祖健）原为子褒弟子，亦引为同门；陈荫依（和泽）与师戚好，康同和、同勤，皆康师侄辈；张伯荫（祖诒）、张砚瑜（达琼）亦从兄弟，草堂中戏呼为大将军、二将军，盖以粤语张、将同音，砚瑜长而伯荫次之也；欧榘甲（云樵）、王镜如（觉任）、陈礼吉（千秋）、潘镜涵、潘梦岩（炎熊）、钟玉文（宝华）、邓仲果、李镇坡、杜乐三、许作韶等。及甲午秋，康师在桂林讲学，有龙伯纯（泽厚）、龙赞侯（焕纶）、程式榖（更名大璋，字子良）、况仕任等，皆同时徒侣。其余或先或后，其数不可胜计，多未认识，更非记忆所及。唯近年如伍宪子（庄）、郑韶觉（洪年）、张智若（学璟）、江霞公（孔殷）、邓元翙、陈介叔辈亦时通闻问。在日本同事，有钟卓京、劳伯燮、李绶卿、罗孝高、罗伯雅等，别后亦少见及。六十年人事多变，杜少陵云，"访旧半为鬼"，而"惊呼热中肠"矣。乙未以后，学徒尚多，而陈重远（焕章）独专力于孔教，尤为特出。当其由进士馆游学美国，即以英文著《孔门理财学》，得哲学博士。世界宗教和平会开会于日内瓦，重远出席演说，并以国语读《礼运》"大同"一章，即推为副会长。上海尚贤堂教士延之演讲，其讲稿即成《孔教论》。所办《孔教（会）杂志》《经世报》，皆演孔之作。在北京办孔教大学，创孔教总会，其支会遍布于各地者百三十余处，一时称盛。其后在香港创孔教学院，余与共事多年，志同道合。此又草堂之特殊人物，尤不能忘怀者也。

草堂学风

朱九江先生之学规四条，其一曰"检摄威仪"，草堂亦以此为训。《诗》曰："朋友攸摄，摄以威仪。"故威仪尤为朋友所当注意也。万木草堂之威仪，有足述者。凡上堂必穿长衣，虽祁寒盛暑，无短衣露足者。尔时之蓝夏布长衫，散裤脚，为康门之寻常装束，俗人一望而知其为康门也。康师每次讲授，必先标讲题于堂上。届时击鼓三通，学生齐集，分东西鹄立成行。康师至，左右点首，乃升座。学生依次分坐，中为师席，两旁设长桌东西向。时大馆之讲学也，每击木梆，如乡间之击柝然。而草堂则击鼓者，以"大胥鼓徵""入学鼓箧"，俱见于《礼记》，"鸣鼓而攻"，又见于《论语》，可知击鼓集众，亦犹行古之道耳。康师讲学不设书本，讲席上唯茶壶茶杯，余无别物。但讲至及半，馆童必进小食，点心、粉面不等。盖康师娓娓不倦，辄历二三小时，耗气不少，故须食料以补充之。诸生听讲，各携纸笔以记口说，或交易以通有无，盖各人之所记，互有详略也。甲午春，先生公车北上，乃将《书目答问》，择讲一过，俾学子求学，自识门径，可以归而求之。康师所讲，多为学术源流，然亦偶及八股，尝讲管韫山及袁太史两稿。学生各设日记簿，内分专精、涉猎两门，学者各以当时所读之书，或质疑问难，或发为言论，每星期缴呈。先生为之批答，又时分班召见，考问所学，而谆谆训诲。《论语》谓"有酒食先生馔"，朱子释"先生"为"父兄"，康师则先生、父兄，合而为一矣。康师好游，若在寻常书馆，则诸生之放荡可知；而草堂则不然，师虽不在，而诸友之讲贯不辍，或聚而会讲，各就所得以演述。予浅陋无所发明，主讲者多为同学之前辈，如君勉、镜如、慧儒、任公等，予则唯有听受而已。时康师方著《孔子改制考》，诸生分任编辑，各就所读之书，按类采录，故康师集其大成，而蔚为巨观。学生有读书之益，而康师亦得著书之便利焉。康师博闻强记，迥异寻常，然亦非全恃天资，其学力实有大过人者。尝命门人为之检拾丛残，予见其手录之资料甚夥，而其所弃置之稿，亦盈两大圆箩，随即以付灰烬。乃知古人所谓"过目不忘"，所谓"一目十行"，或"五行俱下"者，殆亦涉于夸张耳。康师举动严重，未尝见其交足叠股。上堂讲授，历时甚久，而八字着脚，到底仍不懈也。先生掌软如绵。予尝在私室习字，先生忽至，予急起，先生止之，即把予手教我，以此知先生之掌特异。予尝闻相士言："掌软如绵，一生衣食无亏。"相法殆有验欤？总之草堂学风严整，无当时陋习，故咸以为怪。盖少见则多怪，实则无他异也。予尝任教于日本横滨之大同学校，时生徒尊师，或相遇于道上，必旁立垂手，俟先生已过，然后敢行。予每出游，亦须注意，遥望有成行排列于道左者，则必与之点首为礼。遭先生于道，正立拱手，先生与之言则对，不与之言，则趋而退。大同学生之此种仪节，盖受礼教之熏陶欤？然时事万变，不知今复何如也。记曰："礼以安上下，定民志。"又曰："有礼则安，无礼则危。"又曰："败国、丧家、亡人，必先去其礼。"故礼教一去，则秩序大乱，上下不安，而民志不定，而败国、丧家、亡人随之。不知当局者，其亦深长思否也。

轮值书藏

万木草堂藏书，凡数万卷，分贮百余箱，藏之一室，加以扃鐍，由同学次第轮值，管理其书，专供同门之借读而参考焉。例以一人每月轮值，借书者向当值人声请，借取某书，由当值人检出交付之，借书人则书名于书藏簿记上，还书时，则注销之。每月终，例将各借书一律缴还，检查书藏一次，如欲续借者则重新登记，而轮值者即于此时交代焉。书藏各书多善本，半由康师借出，其余康师之友好，亦多贻赠，历年同学诸君，各有捐送，故集合而成钜观。轮值者颇负重责，盖污损或遗失，当值人均不能辞咎，且事颇烦琐，又妨碍自修，故多不愿当值者。予则乐此不疲，盖幸借此机会，以窥中秘。盖各书多为市肆所无者，唯于此中得之。同学多闭户自修，唯予则于书藏中自修也。李谧有言："大丈夫拥书万卷，何假南面百城？"予则有百城之乐矣。古人有耽读而玩市者，今则市肆所无者，予更得之，其为幸更何如也！岂知予离校数年，经戊戌之变，康师被抄没，而书藏亦散。然秦焚之后，如梁之广陵，隋之嘉则殿等，书籍之厄不少，万木草堂之书籍，特其小焉者耳。

公祭陈曹

陈礼吉（千秋），曹著伟（泰），为康门高足弟子。予初入草堂时，礼吉已患病，似是肺痨，而著伟固精神奕奕，而议论风生也。不意未几著伟作古人，而礼吉亦随之而长逝耶！两君于师门从学最早，天资绝特，师常有"助我起予"之叹。《新学伪经考》，两君赞襄编辑，得力甚深。礼吉更以整顿同人局事，积劳成疾。今先后凋谢，康师伤之，乃为位于草堂，率同门而公祭。先生素服摘缨（时戴红缨帽，凶事则以白布覆缨），读祭文，凄怆欲绝。同门林慧儒、梁任公、徐君勉、王镜如等，均号哭。盖诸君为长兴里同学，交谊更深。余则交谊虽浅，然为所感动，亦不知涕之何从也。昔者颜渊死，子哭之恸，曰"天丧予"；子路死，有覆醢之事，亦曰"天祝予"。古人师弟之感情，有不能自已者。忆予先府君（讳骧，字达渠）与堂兄端臣（楷），均尝从朱九江游，与同邑唐杰卿（元俊）、朱缉卿（文熙）、刘云樵（观成）、容汉三（思济）、容子麟（祖仁）、区鹤洲（德霖）、区琼石（鸿瑶）、潘次岩（宗传）、潘紫珊（耀墀）、诸世文俱同时共学于礼山，其后结为同谱。及朱九江先生之丧，康、简两先生，固极致力，而先府君与同门诸君子，亦为之助，如营丧葬，立碑记，辑遗书，建祠堂等事。时予年尚幼，亦有所闻焉。今之公祭陈、曹，亦是师友之厚谊，可以振厉末俗者。著伟与兄仲俨（硕）俱同学，然皆寒素。著伟家徒四壁，遗一妻一女。女幼稚，不能自存，林慧儒慨然抚其遗孤，妻乃佣力自给。其后闻并以其女为媳。夫童养媳固非雅事，而兹之义举，又当别论者耳。

辅仁精庐

甲午、乙未，万木草堂同学，尚不满五十人，徒侣未盛。君勉、任公、慧儒、镜如、树园等，欲开讲学风气，以期得朋，因为科举时代，故仍以会文为名，用"辅仁精庐"名义，号召各校，假座于西湖街之某书室，开会聚谈，来会者百余人。时韩云台与梁任公合馆于卫边街，生徒数十，亦在会中。惜事属初办，未有条理，徐、梁、王、韩、林诸君，八面周旋，唇焦舌敝，其结果命题会文而已。题为"乃所愿则学孔子也"，文卷近百，汇送潘峄琴太史（衍桐）评阅。太史不列次第，唯选其佳卷，以九州名号列其卷首，余则不复列号。九州之次序，原为冀、兖、青、徐、扬、荆、豫、梁、雍。予卷列一"冀"字，置之卷面，殆即首选矣。君勉得"徐"字，徐而得徐，亦巧合也。时以前列数名，刻板印赠诸友，惜久已散佚，予之原文，亦已不知去向。而辅仁精庐，如昙花一现，未几而风流云散。此则乙未之事也。

庆吊定例

《蓝田乡约》，有"礼俗相交"一条，盖从礼从俗，皆必有交际往来之事，人情之所不能免者。康先生以为同门日众，则朋友往还，庆吊必不可少。然人有贫富，性有奢俭，若漫无规定，则厚薄相形，殊为未便；且或有艰于资，而竟至废礼者，亦非朋友之道。乃为之规约：凡庆事则每人半角，吊事则每人一角；遇有吉凶，则同学汇集致送，而当事者亦无庸答礼。于是一律奉行，而庆吊不废。窃以为草堂此例，大可推行。曩时物贱银贵，此一角半角，自可照办。今虽时势不同，亦宜酌量变通。总之从廉做去，使普通人家，亦不至十分吃力。凡事相形优绌，则难以为情；若一律若此，则虽薄亦不以为异。近时风尚，日趋奢华，婚丧之事，莫不夸多斗靡。富者作俑，贫者效尤，在富者仅拔其一毛，而贫者已竭九牛之力。如欲还淳返朴，宜先从各社团各自定例，以为倡始，则附和者必多。有心世道者，其亦有同情欤？

讨张弘范

万木草堂，在广府学宫之仰高祠。祠为奉祀广东名宦，如吴隐之、宋璟等辈，凡木主数十，即在讲堂中，同学不甚留意。一日诸友聚谈，梁任公徘徊瞻眺，注视神座，忽哗曰："张弘范乃在此耶？"众趋视，议论纷起。任公弟仲策，年方十八，少年气盛，跃登神楼，将木主摔下，急觅厨刀欲砍之。陈子褒止之曰："勿尔。彼未知罪，俟我宣布其罪状，然后行刑。"乃援笔大书曰："尔张弘范，以汉族之子孙，作胡奴之牙爪，欺赵氏之孤寡，促宋室之灭亡；犹复勒石崖门，妄夸己绩。陈白沙曾以一字之贬，严斧钺之诛。乃复窃位仰高，滥膺祀典；若非加以显戮，何以明正典刑！尔肉体幸免天诛，尔木主难逃重辟，尔奸魂其飞于九万里之外，毋污中土！"此文草毕，子褒向众朗诵一过，仲策手起刀落，木主立碎，等于分尸。众议将碎片，交厨人付诸烈焰，以示化骨扬灰之意。此事虽近游戏，然亦有教育意味。朱九江学规，有"崇尚名节"一条，康先生亦以此为训。九江之名节，在登第时，不肯屈节而完卷，以致三甲；出使蒙古有功，不受蒙古礼物；又不受督抚之保举，已可见端。张之洞请康先生勿攻古文，愿养弟子以万钟；又某党欲引与共事；及袁世凯之利诱，康先生均不为动，亦可表见一二。故其讲学，于党锢、东林，极力表章，以重气节，同门亦以此相砥砺。戊戌政变，六君子之不屈不挠，遂至殉难。同时被捕者，有钱维骥、程大璋。提讯时，有工人谓可诱捕康先生，程蹴之曰："汝卖主耶？"承审官愕然，曰"此必康党"，欲杀之。或曰："此疯汉耳。"遂释之。其余如徐君勉与诸同门之种种救国义举，与夫唐才常之起义，蔡锷之倒袁，皆任公弟子，而皆受康师崇尚名节之教者也。

著书被议

先生著《新学伪经考》一书，提倡今文真经，而排斥古文伪经，以为西汉皆今文，古文出于东汉，皆刘歆所伪造，借以谄王莽。莽改国号曰"新"，故谓之新学，非新旧之谓也。盖自郑康成说经，糅杂今古，故经之真伪，久已不能分辨。自《新学伪经考》出，通儒多赏识之。俞曲园得见此书，尝致书与先生，谓"论孔门，不在禹下"，其推许极矣。此书初出，海内风行，各有翻印，凡五版。徐仁铸督学湖南，以之试士。然笃信许、郑者，则大肆攻击。汪鸣銮侍郎，于典粤试者，授以此书，属凡持是说者勿取。张之洞请勿攻古文，愿养弟子以万钟，先生不为动。御史褚成博，草疏付给事中余联沅劾奏，谓为"惑世诬民，非圣无法"，且谓"取字长素有长于素王之意"，其徒更有"超回""轶赐"等号，请下今毁板，并禁其讲学云。有旨着粤督李瀚章查办。幸李文忠、翁文恭、黄绍基、文廷式、沈曾植、曾广钧等为缓颊，于是李瀚章覆奏，为之辨白，谓"《新学伪经考》一书，大旨以古文经为刘歆伪造，欲以诏附新莽者，多引证据，尚非非圣无法；至'长素'二字，实取《文选·陶徵士诔》'弱不好弄，长实素心'之意，非谓'长于素王'；其徒亦无'超回''轶赐'等号"。于是得旨毁板，不复深究。时徐琪为广东学政，粤督覆奏，闻撰自徐手云。当先生之被劾也，谣言纷起，先生乃漫游桂林。奏禁其讲学，而先生乃在桂讲学，从学者甚众，龙泽厚、龙焕纶、况仕任、程式毂等先后从游。先生于讲学之际，成《桂学答问》一书，而桂林山水，亦多其遗迹焉。是年更游罗浮，同门叶湘南，在酥醪为道侣，先生乃与之偕，携一仆自随。湘南以与师长同行，其旅费应由学生供给，乃将旅费交仆人，属勿动先生囊橐。而先生以为此游为自己主动，赖门人向导，不宜令门人破钞，亦属仆人支给，勿问湘南。岂知仆人两听命，乃从中而渔利焉。师生各行其是，不相关照，久之乃觉，而仆已他往。先生叹曰："上下相蒙，难与处矣。"《新学伪经考》至丁巳重印，只称"伪经考"，不复用"新学"二字。其题词曰："光绪辛卯，初刊于广州，各省五缩印；甲午毁板，戊戌、庚子两毁板；丁巳冬重刊于京城，戊午秋七月成。"然以消流甚广，至民国二十年，文化学社乃重印，仍其名曰《新学伪经考》。钱玄同为之序，多所称许，亦间有辨正。文长凡四万余言，自言在俞曲园处，得读此文，即大佩服云。

妇孺韵语

万木草堂学徒，每轻视八股，于考据训诂，亦不甚措意；唯喜谈时务，多留意政治，盖有志于用世者。余无大志，唯日与陈子褒讲求蒙学。子褒尝编有《妇孺须知》《妇孺浅解》等书，以便儿童识字。余亦编有《妇孺韵语》，以各字分类，编成四字之韵语。先生见而善之，曰："蒙学亟须改良。汝能为此，亦大好事。今为蒙学假定书目，为之发凡起例，汝试为之。事若有成，亦无量之功德也。"乃援笔写成一纸以授我，其言曰："中国文字，苦于太深。童蒙幼学十年，有不解文学者，皆由童学无书，遽读经史，宜其久无所入也。今拟编蒙学书，以惠天下，俾我中国黄种四万万人，立加十年学问，十倍知识，岂不要哉！仁术觉心，莫大于是。愿编者皆定功课，以孙武令、商君法行之，期于期月必有所成。一、先编《童学名物》一书，著一实物之名，下绘图，俾一望易晓。以童子至近之物为主，不得过万。二、次编《童学南音》一书，以南音之体，发名物稍深者。约四本，用《廿一史弹词》改定。三、编《幼雅》，照《尔雅》《广雅》之例，分十余类，辅以各歌，如天文、地理、宫室、亲属、权量、度衡、虫鱼、草木等类。四、编《童学或问》，以《公羊》调行之，亦照《幼雅》分类。五、编《小说》，用回合行字；编《童歌》；编《文字童学》，照《文字蒙求》，删定为三千字，先实字，后虚字，合《说文句读》《段注》《通训定声》，并《六书略例》，加变改。六、编《文法童学》，实字联虚字法，读字成句，续句成章，续章成篇，皆引古经史证成之。七、编《读书入门》，编《古今事理训诂》，令可以读吾之《大义微言》《改制考》《孔子纪年史》，及《史记》、《汉书》、《通鉴》、西学。"以上所述之书目条例，皆先生之率臆直书，意到笔随者。余以此略试为之，以授儿童，则殊不适用。盖先生天分太高，视事太易，不能为低能之儿童设想。如中国儿童所读之《三字经》，乃顺德区适子所著者，流行已久。章太炎以为简略，而增订之，以期美备；余亦病其太繁，非儿童所能任受。古人谓"干将补履，不如两钱之锥"，乃知大才之不可小用，而理想之事，又往往不切于实际也。

《妇孺韵语》一书，雅俗杂糅，浅陋已甚，不过游戏之作。当先生问及时，予甚忸怩，不意竟蒙嘉许，且即执笔书此。先生之不遗小善，而诲我谆谆，故此纸今尚保留，以志师训。其后先生尝以书来，中有句云："弟久以教育闻，想近益进也。"则先生似尚未忘此事也。先生之女同复，尝来就学。先生谓"此女甚钝，幼时尝教以数目字，至数遍尚不能记，余即厌恶之"。同复之来学也，只是随班受业。其后先生又欲令其子同箴来学，谓须如何教法。时男女生徒数百人，不能为之特别教授，则敬谢不敏矣。盖先生天资卓绝，而所见同门，又皆一时之秀，故不知低能者之苦；又岂知近时机器式之学校，旅进旅退，万不能因才施教，而个别讲授耶？

满城风雨

岁乙未，衮裳兄辍学返里，复为童子师，余则仍留学于万木草堂。时孙文在广州设农学会，名为讲求农学，实则召聚党徒，阴图革命。同门崔洞若，未知底蕴，遂加入为会员。是年秋，官方侦缉，知咸虾栏某处藏有军械，乃大加搜捕。于是谣言纷起，人心惶惶，一若大乱将至者。全城戒严，白昼闭关，出入多方盘诘。旗人则登城守陴，夜则军队梭巡，通宵达旦，路上行人，几于绝迹。事初起时，崔洞若仓皇走告。同门以其加入农会，恐被株连，草堂原有同门录，至是亟焚毁之，以其内有崔洞若名字也。于是风声鹤唳，一日数惊。余因此返乡暂避，事平乃返广州。所惜者，时同门方共习西文，延师教授，余亦从学，刚读完花士卜，即遭此变，而西文之局遂散。若无此次乱事，则或继续学去，可以稍识西文，不致如今日之熟视无睹矣。崔洞若当时虽受惊险，然自民国成立，则又为革命之先进。祸福倚伏之数，诚有不可测者哉！

选自《万木草堂忆旧》，卢湘父老师文存编纂委员会编，香港文化服务社有限公司代理发行

广 州

倪锡英

一　历史上的广州

　　盘据在罗浮山脉之西，大庾岭以南，而紧握了珠江入海口的，这就是南方的第一大都市——广州。

　　广州是一个全年和暖的地带，冬季没有堕指裂肤的寒风，也没有阶前盈尺的白雪，像永远拥在春天的怀里似的。每当春

珠江上的船只

光明媚、鸟语花香的时候，就不禁使人联想起这个近热带的南国的都市来了。

这个美丽的都市，虽不会像南京、北平、长安那样，做过帝王之都，或者像杭州和扬州那样，被诗人词客作为吟哦之地，可是它近年来在南方的地位，无论在政治上或经济上，都占着非常重要的位置。不论是中外的人士，如果要游览南部的中国，那么，广州是非去不可的。

历代的帝王们虽往往视广州为"南蛮之地"，但前汉时的南越王赵佗，却也会盘据在这儿建立王业，五代时的南汉王刘隐，也尝据着广州的一隅之地，建立兴王府，虽然在时间上都极短暂，而这两位王者，却独具只眼地选了这个美丽的南国，建立他们的伟业。

历史在中国几乎只是历代帝王的年谱，从来没有不是记载帝王和朝廷的事迹的，广州即是没有历代帝王建过长久的京都，在正史中自然像是被遗忘的了，只有从民间的传说和地方的通志里，可以隐约地窥见历史上的广州。

广州的命名是在三国以后才出现的，以前是叫作羊城或穗垣，而羊城及穗垣，在传说中却是这么的一个来历：当周夷王时，南海有五个仙人，穿着五色的衣服，骑着五只五色的羊，来到了这个地方，随后以一种壳穗（这穗是一茎六出的）留给地方上的人，并且为他们祝福道："愿此富贵，永无荒饥！"

这五个仙人就腾云驾雾地跑了，遗下的五只羊也变成了化石。所以后人就在坡山上建立五仙观来奉祀着这五个仙人。羊城和穗垣，也就是从此而得名的。这一段传说的年代已是很久远了。

广州的城垣是周赧王时由粤人公师隅所建筑；随后南越王赵佗又相继增修，到宋朝庆历年间，经略使魏瓘再加筑一度子

五仙观（一）

五仙观（二）

城；熙宁年间，吕居简和程师门完成了东西二城，这样就成为广州三城了。到嘉定三年，复在城上建了两座高楼，东面的叫作"番禺都会"，西面的叫作"南海胜观"，大概就在这个时候起，把双门底以东属诸番禺，以西属诸南海两县治了。

这城垣，在明初朱元璋做了皇帝，就大兴土木，从事拓建。那时朱亮祖被封为永嘉侯，他在朱元璋登极的十三年，就开始把广州三城相连为一大城，而且更扩展到东北的山麓以外。开了七个城门，名为正东门、正西门、归德门、正北门、小北门、正南门、定海门（就是小南门）。随后在万历年间，又增开文明门。这就是普通人叫作老城的了。

老城是别于新城而言的。新城建于嘉靖四十二年，是都御使吴桂芳所筑。城墙自西南角楼和五羊驿绕到东南角楼，城门也开了八个：东是永安门（又名小东门），南是永清门（辛亥革命后改为永汉门），西为太平门，此外是永兴门（即便门）、五仙门、靖海门、油栏门、竹栏门。除新城和老城而外，更有一座鸡翼城，是清顺治年间总督佟养甲所筑的。可是这三座城垣，到民国八年（一九一九年）之后，就完全拆除了，市政公所（即现在的市政府）就沿着旧城基来改筑马路，这就是今日的广州市之雏型。现在在盘福路一带，还可以看得到城墙的遗迹呢。

广州在从前统称为南越古地，到三国时，然后才分置广州和交州，没有多久，又合并而称为广州，如是分而复合者，在三国时竟有三次。到了五代，南汉的刘隐，就盘据而称为兴王府了，可惜这个王府存在得不久。宋朝时候，这儿一带被称为广东南路，随后一直自元、明降至清朝，以迄目前为止，都是叫作广州。这些朝代中，广州除了换过"州""府""市"等名称而外，并没有过什么大的变动。

　　广东是临海的省份，与西洋人往来最早，广州是广东省的首邑，自然与外人的往来之间，占着很重要的地位了。

　　最先和中国通商的是葡萄牙人、荷兰人和西班牙人，随后就有英吉利人。当外人来中国通商的时候，欧洲各国大抵已经离开封建制度的胚胎，而走到资本主义的轨道上了。产业革命和新式机器的出现，使资本主义的经济战胜了陈腐的封建性的生产，英国就首先以这柄锋利的剑刺入了印度，领有了这东亚第二古国为自己的商品市场。接着，这支资本主义的前锋军队，又策马东指，来觊觎我们这个还在睡梦中的古国了。

　　英国以东印度公司征服了印度，于是他们更想以同样的方法来征服我们中国。十九世纪的四十年代，这公司的鸦片开始在广东及南方各省畅销着。清朝道光年间，林则徐任两广总督，就采用严厉的手段禁绝鸦片，焚毁进口的烟土数万箱，引起英帝国主义的恐慌和愤怒，遂酿成一八三九年的鸦片战争。鸦片战争的导火线，正就是起于这南方的大都市广州。当时，在林则徐的守御下，英国虽挟有锐利的新式战舰和武器，却竟攻打不进；后改道攻打福建、浙江沿海一带的口岸，才因当地的官兵防守不力，给英兵攻陷了。清廷大为震动，罢免林则徐职，订了丧权辱国的条约。从此以后，广州更深一层地陷入英帝国主义者的势力之下了。而中国反对英国和反满清的革命运动，常常以广州为主要的发动地，最重要的如一九一一年农历三月二十九日黄花冈七十二烈士的殉难，以及一九二五年六月二十三日的沙基惨案等，都是历史上最有名的事件。国民革命军北伐、东征，也是从广州出发的。

　　广州在近代史上，实在是一个极灿烂光辉的地方。自然外人通商的数十年来，已渐渐改变旧日的风气，成为一个现代化的都市了。当你看到马路上熙熙攘攘的往来着的人群，以及那些高耸的洋房大厦时，那里还会相信它昔日原是一块"南蛮之地"呢？

二　广州的形势

广州虽为"南蛮古地"，可是在地势上，它仍不失为南越的天险，所以历来南方的战争，总以广州为策源地。

它是广东省会的所在地，南方政治经济的总枢纽，在东北面倚靠着白云山，好像屏风一样，作一度天然的屏蔽，南面临着南海口，扼着了珠江的咽喉。当着珠江入海口处，是一座巩卫着广州的虎门要塞。

虎门要塞正如广州的门户，鹄立在珠江口的东岸，塞上建筑着一座很牢固的炮台，派有军队常川驻扎着，在南方的国防上是占着很重要位置的。

在一八三九年的时候，两广总督林则徐，曾经把英国运来毒害我中国民众的鸦片二万箱，在虎门焚毁了。林则徐的这么一炬，就掀起我国近代史上那次有名的鸦片战争。因此，虎门不特在国防上是个要塞，在历史上还是一个战争纪念地。

在广州的东南面有一条曲成直角形的铁路，一直伸展到九龙半岛去的，这便是中英合办的广九铁路，乘这一路的火车，可以在三四个钟头内，到达英帝国主义在远东的大本营香港。这条铁路，也可以说是英帝国对华经济侵略的一支急先锋。当我们看到南海上那些外国军舰在耀武扬威地行驶时，就不禁痛心着我国国土的沦丧了。

与广九铁路鼎足而立的，在广州之北是粤汉铁路，西是广三铁路，这三条铁路，组成了广州和各地陆路交通的主要系统。

粤汉铁路从广州市西郊黄沙一直展延到广东北隅的重镇韶

关。这条铁路，本来是接连着平汉铁路而完成南北交通的铁路干系的。平汉铁路自北平以达于汉口，粤汉铁路就从汉口以达到广州。现在已经全线通车，人们从南方到北方，或从北方到南方去，就十分便捷了。

广三铁路可以说是粤汉铁路的一条支线，从广州经过我国四大镇之一的佛山镇而到三水河口，但是这条铁路并不很长，所以在广州以西的交通，还是西江这条河流比较占着重要的地位。

西江的上流是郁江、柳江、红水江、南盘江和北盘江，从云南的东部，折向东流，经贵州、广西一直到三水，汇合了北江而注入于珠江，是珠江三大支流中最大的一道河流，沟通了广州和西南三个边省的经济、政治、文化的关系。

与西江成了相对的地位的是东江，它从江西边境的九连山脉向东南流，入广东省的龙川县境，叫作龙川水，再经惠州一直西下，然后流至广州，与西、北二江交流。当东江流入珠江口的地方，有一个南方重要的军港黄埔，在这儿是一个小岛，当一九二五至一九二七年的时候，黄埔的名字是曾经喧腾一时的，黄埔军校几乎成为每一个革命青年憧憬的所在。

北江与东江、西江恰成一丁字形，位于二江之间，是广州北面交通的主要河道，可是因为有了粤汉铁路，在运输及军事上，这条河流反而不显得重要了。它发源于大庚岭的南麓，向西南流，到韶关而称为曲江，一路容纳武水、湟水二江南下，与西江汇流。在古时候，这条河流是叫作浈水。因为地势上的关系，所以常常发生水患，有时把沿江几县的田陇屋宇，都冲成一片汪洋，浩浩荡荡，多么令人惊心动魄啊！

三江的合流，到广州而灌注入海，就是我国第三大川的珠江，也叫作粤江，在南方是一道极重要的水道。

广州在形势上，真有点像一只蜘蛛，周围交织着繁杂的蛛网，东西北三面各吐着一根蛛丝样的铁路和河流，它就俨然地居处在这个网的中间。东北和西面有白云、西樵二山作屏障，北面更有粤秀山（亦称越秀山）为之镇摄，门口有虎门和黄埔作两重的守卫，较远还有韶关拱卫于北，惠州拱卫于东，肇庆拱卫于西，这个南国的首府，美丽的都市，也就可以有恃无恐地安然矗立于南海之滨了。

在广州的东北郊，人们一抬头便可望见那雄壮的白云山昂然地直立在眼前，右边伸出一只臂膀在环抱着粤秀山。苍苍的白云散布着那么升腾的朝气，在山麓间，间杂着一些绿树和苍松，山坳里蜿蜒着一条环迴曲折的汽车路，一直通到市中心。从白云山俯视着市内，那些高低不齐的屋宇，尽入眼帘。远远地可以看到两支像石笔一样插入云霄的，正是法国在广东传教的最大教堂——石室。

这石室的地面，以前本是属于我国管辖的，可是不知在什么时候给法国占有了，所以好些年以前，在广州市上曾经有过

越秀山

一度收回石室的呼声，可惜不久就沉寂了。现在，法国的教士们，还是很威耀地从这完全是石建的教堂中进出呢。

再朝西南望去，那儿有一列很高大的洋房，就是全市中最热闹的地带——西濠口。在正西面，屋宇比诸市内任何区域都要稠密的，是曾经有过一个时代，被誉为全市富庶之区的西关。以前的达官贵人，多数择居此地，可是近年以来，这儿的富庶之家，就多数没落了。

像蛇一样盘绕着西关的，有一条小江流——其实是小溪——荔枝湾。据说此地在以前的年代中，曾发过一些"瑞气"，因为"瑞气呈祥"，所以许多富贵的人们，就卜居于此地了，不然，恐怕西关到今日也许没有这么繁密的住宅呢。

在此如果再回首东望，便可看到一些很新式的洋房：有西班牙风的，有法兰西风的……那里便是新兴的达官、贵人和买办、商贾们的住宅区的东山了。这儿与西关恰成一个对照，西关的住宅是繁杂的，这儿却是异常的疏落；西关的富庶之家已经渐渐的没落，这儿的达官贵人却正在红极一时呢！

俯视着白云山麓之下，那座巍峨的自由神像鹄立中，便是"三·二九之役"的殉难战士的归宿，黄花冈的墓地了。

再回转看北面的粤秀山，那山上有一口巨炮，它睁大了如炬的眼睛，似乎在留心着：谁敢来侵犯我们这个美丽的广州市呢？

三　珠江景色

珠江是南方最大的河流，在广州汇合了东、北、西三江，而向东南流入大海，把广州分隔成河南、河北两块陆地；正像上海给黄浦江分成浦东和上海一样，无论是往来内河或海外的轮船，都是要从这里进口的。

　　当晨光荡漾的清晨，我们徒步在珠江的堤岸上走，迎面吹来一阵轻盈的江风，满怀好像给一只纤柔的玉手所抚慰，顿时感到轻松和愉快。

　　太阳从广州市东面的邱岗——东山升起，照着这珠江浩漾的景色，从东山与东堤的接连处一直向西望去，那一道修长的堤岸，像永无止境样伸长下去，河床在西首的尽头处，紧接着苍茫的天空。宏伟的珠江铁桥，如一张弓似的跨于南北两岸之间：北岸是维新南路的末端，南岸则是河南。

　　东堤上嘈杂地扬起一些人力运货车的车轮声，沿岸的画舫，在清晨里反而沉寂地隐息了，茶楼上扰嚷着一大群饮早茶的人，一声尖锐的汽笛声喊破了清晨的冷寂，从轻盈的江风里，透来一阵隆隆的机械声，第一批从广州到九龙去的火车又在开动了。

珠江上的运输船

东堤的东南角，那一个小屿便是大沙头，浴在淡淡的阳光下，格外显得清幽和美丽。

颐养园建筑在大沙头上，映在绿油油的江心，遥对着西堤左边的沙面，十分静恬，是广州内唯一富庶的医院，也就是达官贵人们疗养的所在。

江风吹起河面的微波，混浊的河水，在机轮的翻动和船桨的摇荡中，刻划出粼粼的水纹。南岸那边，工厂里的烟囱吐出浓黑的烟气，太阳把炊烟映成微红色，很是美观。

沿着东堤西行，江岸边停泊着无数轮船、汽船和小艇子，船上的桅杆，一杆杆地向天空直立，排列在江边，远远望去时，恰似一柄梳子。船只不断地在江心摇来摇去，轮船的浓烟把半个河面的空气都弄得污浊了。

从东堤到南堤是必须经过海军舰队司令部的，那里是永汉南路的末端，也就是普通人叫作南堤和天字码头的。一到晚上，就有招呼客人宿艇的珠娘出现，看起来到有点像是秦淮河畔呢！

晚上，一片苍茫的夜色，笼罩着珠江的两岸，远远的天际放射出一道银白色的月光，修长的堤岸上熙攘着如潮水般的行人，从东到西，也从西到东，汽车的喇叭特别响亮。

许多艇子停泊在南堤的岸边，这里并不像西堤的那么热闹，幽静地——几盏淡淡的路灯——合着月亮的残照，点缀着南堤的夜景，不时也听得到珠娘的笑声。

步过南堤，便是壮丽的广东省立银行，在北伐时代，这银行是革命政府所有的唯一中央银行，到奠都南京以后，才因为要别于上海的中央银行，然后把它更名为省立银行的。

在省立银行的门前，两只石狮伏卧着，如炬的眼睛，好像在睁视着这流荡不息的珠江河面。

从珠江铁桥向西遥望，当着那沙面的沿岸和白鹅潭之间，都停泊着好几艘悬着异国旗帜的军舰，那些旗帜很得意地随着江风飘扬，卸了炮衣的巨炮在甲板上鹄立。然而，西堤的马路上却依旧是流动着那些潮水一般的人群、汽车、黄包车、运货车……不断地穿插着，茶楼里、天台上，飘扬着一阵阵清脆的歌声，似乎谁也没有留神到那鹄立在江头的巨炮，谁也没有留神到那一艘艘的异国军舰。

西堤是一个不夜的市集，从清晨到夜半，复从夜半到清晨，灯红酒绿地群集着许多"不知亡国恨"的人们，悠然地度着长夜的欢乐。

江心中行驶着过海的轮船，彻夜不绝，画舫很忙乱地赶集夜市。珠江铁桥上流散着清闲的人们，凭着桥畔的栏干，眺望河边的夜景。

江水里反映着红灯，波光闪动，视着一轮银月，更显得珠江的夜的美艳！

回头望望那月亮光下的大沙头，听听东堤传来频繁的管弦之音，点点灯火在画舫间掩映，使人仿佛投身在秦淮河畔——这里正是南方的秦淮河啊！

四 租借地沙面

沙面是广州唯一的外人租借地，这是一个很幽静的地方，位于广州市的西南，南临着珠江，东面便是西堤的末端，西面就是黄沙，周围绕着一道河水，独立地成为一个小小的岛屿，从西面来的轮船进口的时候，是必定要经过这个小屿的。

沙面的北面是沙基，同沙面只隔了一湾河水。沙基和沙面

沙面河及岸边林立的商铺

的交通，只凭了东西两座桥梁，东桥属于法界，西桥属于英界。

　　沙面被划为英国和法国的租界，是由于一八五七年（清咸丰七年），英国藉口"阿罗船事件"，法国藉口广西杀教士案，而酿成那次"英法联军"，中国不幸而失败，才将沙面租借给英法。为了"英法联军"的事件，中国蒙了很大的损失，像割九龙，许可法教士在各地建造房屋，规定领事裁判权，外国在中国内河的航行权等，兼之，还要赔款，订立不平等条约，中国自鸦片战争后，南方屡次受到列强的侵略，于此可见一斑。

　　沙面租让给英法之后，他们两国就大事建设，环海都以石砌堤，这一笔建筑费共用了三十余万，其中英国占了五分之四，法国占五分之一，所以沙面的领地，也是英国占了大半，法国不过领有东桥一带三分之一的土地。

　　沙面虽毗连西堤，然而却与西堤处在相反的地位。西堤是喧闹的不夜市集，而沙面却静谧得像世外桃源。无论朝夕寒暑，沙面总是幽静轻美，江风轻轻拂过，老大的树上立刻发生沙沙的响声；高崇的洋房顶上飘着各色的旗帜，有米字形的，有太阳形的，有繁星的……每杆旗帜都像显着胜利者的微笑，这微笑，刻印在半殖民地大众的心里是一种可怕的侮辱，也是一个沉痛的创伤。

　　洋房里传出清脆的打字机声，网球场几个西洋人在拍网球，一些西洋的孩子在草地上跳，几个保姆在推着小孩子坐的摇篮，给孩子们咿咿呀呀地玩笑，此外就只有一片宁静和阴森的气息。

　　有时，沙面附近停泊了好几艘老虎似的外国军舰，而且舰上常常卸去了炮衣；再朝远一点望去，那儿也停泊着好些外国军舰的是白鹅潭。

　　白鹅潭位于珠江口，是广州领海的一个重要港湾，可是外国军舰却任意在这里停泊着，想起当年（一九二五年）的"沙基惨案"，再看到外国军舰在我国领海中随意行驶，多么地使人痛心啊！

　　说到白鹅潭，在广州的民间传说中，却又有一段有趣的事迹。据说在清朝顺治入关后不久，那时是旧历丙申年五月，有两只白鹅游于河面，随波逐流，船家即以小铳追逐它们，于是它们就立刻飞起，可是飞不到几百步，就沉落于海底了。在这两只白鹅被发现以前，这儿的河面常遇狂风暴雨，有许多白鹅出来飞扰着，舟楫时常肇祸。到后来发现了白鹅以后，就风平浪静，永无祸事发生，所以这个地方，在以前的广州人看来，是很有些神秘的，甚至于有些人说，在"黄萧之乱"时，船经此间，都是白鹅妖怪作先导呢。其实这些不过是无稽的传说，不可信实的。

现在，白鹅潭是外国军舰的停泊地，也就是他们的海军根据地，用以监视着中国南方的重要的都市——广州。

沿沙面堤边西行，可以看到广州市的西郊黄沙，黄沙以西还有西村、芳村等市辖的村落，有名的广雅书院，就是在西村那儿的。粤汉铁路南段的终点，也就在黄沙。

黄沙的西首是一所日本人办的小学，这小学在外边有一道围墙，在外面望去，便可以看得见那些日本小学生在活泼地跳跃。

沙面完全是外国人住的地方，中国人无论势力怎么大，也不许在沙面居住的，听说以前有过一家商店要建筑在沙面，而且也买好了地基，后来沙面的工部局不允，会酿成很严重的国际交涉，结果自然是我国失败。现在住在沙面的人，除了很少数的为外国人作工者外，也许找不出我们中国的人来了。因为沙面是英法二国的租界，所以各国的银行、洋行和外国的领事馆，也都是设立在那里。

从沙面西首转一个湾，那儿有一座矮小的炮台，周围还密布着铁丝网，再过不远的地方，也是同样地布置着。沙面周围的小型炮台，为数很多，这些炮台完全是建筑在"沙基惨案"以后，无疑地是为了戒备我们中国人而设的。

在西桥向北来，是我们中国的地界沙基，在西桥的左侧处，有一座小小的"六一三沙基惨案"的纪念碑，上面刻着"毋忘此日"四个大字。这座纪念碑的体积虽小，然而在广州，在过去的历史上的义意，可说是十分伟大，很能引起人们的无限的伤心和沉痛的凭吊。

五　广州市区一瞥

假如乘轮船进广州，首先看到的热闹街市，便是长堤。

长堤在广州的南面，凡进口的轮船，一定要停泊在这条堤岸边的。长堤是综合了东堤、南堤和西堤的总称。东起自大沙头的西首，隔了一座小桥，就一直伸展到沙基的东面和沙面只隔着一座东桥。

东堤在长堤中是最偏僻最冷落的一角，都是工人居住的地方，以前据说在东堤这一带的歌女是很负盛名的，现在虽也有些流风余韵，可是已经比从前沉寂得多了。东堤河岸，珠娘卖笑的兴盛，不亚于南堤，每当皓月初升，电炬闪耀的晚上，这儿的堤岸就有一些艳装的珠娘出现了。

东堤河边一带是酒绿灯红的卖笑之区，然而在八旗大马路转入去的一带，却纯是蓬头垢面的工人住宅区。

这一带工人住区，在一九二五年"省港大罢工"的时候，是罢工工人的驻扎地。这次罢工坚持十八个月之久，那时几乎把香港弄成一个荒岛了。

在东堤的东北，有一个已经毁废的花园的遗迹，那就叫东园。东园是从东堤去广九铁路大沙头站所必经之路，以前是一个很有名的花园，不知从什么时候起，就只剩下一片碎瓦颓垣了。

东堤一直向西，便是南堤，南堤再向西，其中有一段叫作长堤，是比较繁盛的地带，越向西行，越显得热闹，而最热闹和繁杂的地方，就是西濠口，它简直像上海的南京路一样，整天到夜都是川流不息的车辆和行人，什么大公司、戏院、酒家、旅馆……几乎完全集中在这里。

西濠口是西堤的俗称，这地名是由于旧日的西濠，相沿而来的，和东濠、南濠、清水濠这四个濠沟，同是古代的县丞所开凿用来通舟楫的，那时候大约是用来作防御城垣的工具，可是至今日就只成为废圩了。

西堤是广州市水陆交通的枢纽，也可以说是广州的外滩，像上海的黄浦滩一样。它有着好几路长途汽车（也就是公共汽车）联接着各处的交通，又有过海轮船在码头接运着，加以往来各地的轮船、小汽船、民船……都停泊在这儿的堤边，所以就成为广州市交通的总汇了。

介乎西堤与南堤之间，也就是在长堤的中段，有一座接联珠江南北的大铁桥——海珠桥，在北岸是维新南路的末端，一直可以通到中央公园，在南岸就是与长堤遥遥相对的河南了。

河南是广州市直辖的一个最大的住宅区，在海珠桥没有完成以前，只靠着艇子和过海轮船来作为南北两岸的交通，所以很不方便，商业也不很发达，地方却是很僻静的，只有一些普通的小商店、茶楼……之类，可是"番摊"和赌博，却成了河南的特色。

河南附近都是村落，所以近郊的农民多以种蔬菜为业。沿着江岸有好些工厂，像有名的士敏土厂及好些织布厂、树胶厂等，都是在河南区内的。

在河南，除了工厂、赌博和大部分的住宅而外，最引人注意的便是岭南大学和仲恺农工学校了。

这两个学校，都是在河南以西的岭南港的，在南堤附近有专轮直接通达。

岭南大学是很有历史的一所教会学校，以前是由美国人所主持的，所有一切教育、设备完全美国化，学生必须诵读圣经。现在虽已由中国人来主持，但是校内的气味还免不了有些教会化；因为这学校隔离市区太远，所以很有些同外间隔阂似的，但在设施上还算完备，校舍也建筑得很辉煌，在南方是有数的大学。

仲恺农工学校是为纪念先烈廖仲恺而设的，也在岭南大学附近，校舍的建设，在市内各学校比较起来，也堂皇而美观。里面的设备，以农科为主，尤其注重的是蚕科；学校的范围虽小，可是在教授和设施上说来，总是比较进步的，学生也很能刻苦。在我国寥寥可数的农业专门学校中，此校是一所很值得称赞的。

近年来，由于海珠桥的完成，河南的住宅更繁密起来，而且还有些人在近郊建造起新村来；以前的新村只有基督教立的基立村，现在则在基立村的近旁，又多一座素社新村了，将来待河南的马路开得更错综时，住宅一定还要不断地增加呢。

河南周围五十多里，四面都环绕着河水，确是一个水洲。广东虽连年变乱，河南因独处一隅，所以影响极小。

至于河南这地名，据说并不单只是因为位于珠江之南而起的，在史籍上这样记载着：

> 汉章帝时，南海有杨孚，字孝元者，举贤良对策，上第拜议郎，其家在珠江南。岭南天暖无雪，孚尝移洛阳松柏种宅前，隆冬蜚雪盈树，人皆异之，因目其所居曰河南，故河南之得名，自孚始；盖以洛阳之河南拟之。粤志所谓河南之洲，若方壶者是也。

在广州市，最热闹的市区是长堤，其次就是市心的双门底。双门底是从前的老城，自拆卸城垣以后，就把永汉门（即清朝之永清门）一部分的街道开辟为马路，直通至江滨的南堤。并把马路分为南北两大段，南段属于旧日的南关，名为永汉南路；北段才是旧日的双门底，叫作永汉北路。

永汉北路的末端是一座新式的洋房，那便是广东省财政厅，所以也有人名这一段马路为财厅前的。

和永汉北路成为十字形的是惠爱路，这里是双门底最热闹的一段，行人、汽车、黄包车、货车……的往来，异常拥挤。有大新公司（广州、香港的大百货店和先施公司是并称的）的支店，有天台游乐场、有戏院，同时也是书店的荟集地，简直和上海的四马路差不多，如商务印书馆、中华书局、世界书局，新文艺的书店如北新书局、开明书店、现代书局等的分店，都开设于此。所以双门底可说是广州的文化街。

至于交通，这里也就是城内交通的总枢纽了。公共汽车（即广州所谓长途汽车）一共有四路可通达东西南北各市区：一路是经南关、长堤一直到西濠口；一路是经惠爱东路，大东路、百子路到东山；一路是经惠爱西路、丰宁路，而到西关的荔枝湾；一路则是经永汉北路、惠福路、丰宁路，而到西关的第九甫，以迄十一甫。其余经双门底而通到别处去的，还有好几路公共汽车，由此，可想见这里交通的繁密。

双门底以北是越秀山。介乎越秀山与双门底之间的一条马路，是越华路。以前的国民政府及现在的广东省政府，即建立于此。可是近年来省市政府都在着手建筑合署，这里的旧址恐不久就将迁移了。

省政府的东首是昔日"非常会议"的遗址，南首是宪兵司令部的驻扎地，前面的一条马路叫广卫路，广东省建设厅即位于此，此外还有财政厅，以及西首的维新北路的省会公安局，都荟集在这一带，所以双门底，又可称为广州的政治区。

这里的省政府，是以前孙中山先生南下护法时代，当作

"非常大总统府"的，后来陈炯明叛变，造成那次"炮轰观音山"（即越秀山）的事件，也正是这个地方。为了纪念孙中山先生这次的蒙难，所以在北伐成功以后，就在省政府后面的西北角，当观音山麓底下，建造了一座宏伟的中山纪念堂。

在中山纪念堂以西，那是德宣西路，这一带就比较冷落。德宣西路的尽头是盘福路，在这儿，可以看得到好些旧日城基的遗迹。而广州唯一的贫民医院，以赠药施医而闻名的方便医院，也就在这里。

由盘福路一直向南行，经过一条很宽大的马路，就是丰宁路。在丰宁路上，两旁很多是私人设立的医院，再南，就是太平路，这里是昔日新城的太平门了。

从这里再折向西，就是靖海路，靖海路也是旧日新城的靖海门改建的。复从靖海路西行，可以达到繁盛的首区西濠口。

旧日的新城一带，自改建马路以后，商业也很发达，而每条马路都独特地经营一种行业，这是此间的特色，像大新路都是金铺，将栏马路都是参茸药铺，十三行马路都是银行、银号等。

若以丰宁路及太平路为界，向西瞭望，那一块很广大的市区，就属于西关了。

西关是市内人烟最稠密的地方，也是旧日达官贵人的居处，在没有拆造马路之前，许多旧式的住宅上，还可以见得到一些"××第"之类的匾额的，不过自市里日益繁盛之后，好些旧宇已经改作了商店，有些纵然保有旧观，可是这种"××第"之类的匾额，也就不再悬挂了。但是西关的街道、住宅、风俗、习惯，却还是坚持着很浓厚的封建性和保守气味的。

西关包涵着很广阔的领域，在广州，河南的地域面积最大，其次便是西关了。在往日，本有上西关、下西关之分，但自从拆了马路之后，界线也无从分起。不过，第一甫到十八甫的界限，到现在还划分得很清楚。

关于第一甫到十八甫，在民间的传闻中，又有着一段很悲惨的事迹，照事理来推想，这段事迹确有若干可信。

这故事是说在一个不知什么朝代，驻广州的一个武将反叛朝廷，因此朝廷便派兵南征广州，结果那位武将失败了，随后朝廷的军队就在广州大屠杀，从第一甫一直杀到十八甫。这所谓"甫"，就是当日分段杀人的标记。这么一来，被杀的无辜的人民，自然很多了，杀到十八甫以后，始有人向朝廷奏免，屠杀才宣告终止，所以除了这十多个"甫"外，还有一条"谢皇上大赦之恩"的谢恩里。

从第一甫到十八甫，最繁盛的地方是十八甫和下九甫一带。

下九甫是绸缎店最繁密的一条马路，十八甫是大商店云集的地方，热闹颇不亚于城内的双门底。

广州有一个与上海不同的特色，就是大公司和大商店并不完全集中于一处，像上海的先施、永安、新新、大新这几家大公司同聚在一条南京路上，在广州是没有的。广州的大公司似乎分配得很均匀，每一个热闹的市区都有，像大新公司在西濠口，先施公司在长堤，大新公司的支店在双门底，而现在这个十八甫，也一样有一家安华公司雄据着，一样有天台游乐场，也有影戏、平剧等的表演。

横在下九甫间的是光复路，也就是第七甫的旧地，这一条马路也有特点，就是全市的报馆完全荟集在这个地方。每当清晨拂晓的时候，这条马路就几乎完全给报贩们占据了。

西关以西，是最荒僻的黄沙了。

黄沙遥对着广三铁路的火车站石围塘，石围塘在南岸，黄沙就在北岸，除了去韶关的火车开行时，使得黄沙车站比较热闹些以外，黄沙实是寂寞之地。黄沙西面还有些小村落，也属于广州市辖的，如西村、芳村等，可是那里除掉一些中等学校外，也就是和黄沙一样荒凉的。

东山和西关刚巧遥遥相对，各据广州市的东西二角隅。东山是达官贵人和富人的住宅区，有各种新式的洋房，它的左旁横过一条广九铁路，铁路之西是国立中山大学农学院的旧址，铁路之东是有名的退思园。

说到退思园，这是留心南方时事的人所熟知的地名了，在报纸上，这个地名常常随着时局的变化而出现的。在表面上，退思园只是一个普通的花园而已，可是实际上这儿却是南方时局的会议厅，南北要人的招待所，所以，在广州的人看来，这里是南方政治上的一个集中点。

东山在浮面看来，虽则也和黄沙一样陷于僻静，可是东山毕竟是一个有朝气的地方，汽车自早至晚不断地在东山道上驰奔，柏油路上纵横交错地剩着车轮的遗痕，两旁的树木发出清新的芳香，这一切，在荒凉的黄沙就找不出来了。有人说东山很有些近代的西洋风味的，你只要观看东山道上那些流线型的车辆，以及那一座座小型的新式洋房，就可以体味出这句话的确是很对的。

东山的近郊也和河南、黄沙一样，新近建了不少的新村，可是这些村落并不像芳村或西村那样，只是学校的集中地，它倒纯是现在南方要人的住宅区。

这里的新村，最有名而且富丽的莫过于模范村，这模范村，普通人是轻易不得进去的。

从东山折回来，如果要到双门底去，那是一定要经过大东门的。这城门，现在也已经被拆卸了，余下的只是一条大东路。

大东路是衔接着惠爱东路的，和越秀路刚成一个丁字，由越秀北路向北，再折向西，就是越秀山。大东路的东首又和东山的百子路相接，所以，大东路是显得很短小的。它的中段与广东省党部的左侧，有一条马路可通到红花冈和黄花冈去，这一个转湾处，是一些赁马给人骑着玩的马厂。省党部的对面就是全市最大的运动场，普通人叫作东校场，全省运动会、全市运动会以及全国运动会的预选会，都是在这里举行的。

大东门的一带，商业并不发达，所有的住宅都是旧式的屋宇改建，住民也是质朴的居多。

从大东门经越秀路向西北，就是大北和小北了，人口很稠密，以前的许多东北的满洲人（旗人）住于此，广东人多呼之为"旗下佬"。据说广东有一种流行的糖果（食品），就是名为Shachima的，译出来很有些"杀旗下"或"杀旗马"的谐音，这就是当时对满清的仇视的表现。

满清鼎革以后，在广东的"旗人"日少，就算有，也多数同化了。住在大北、小北的人，就渐渐是"客籍"占多数了。由于织布业兴盛的缘故，这一带的小型织布工厂也日益增多，德宣东路一带，更有不少的土布工厂。

小北和大北的住民很复杂，所以像河南一样，开设着秘密的"番摊"和赌馆也不少。近郊一带却开设着一些村宅式的茶寮，衬托在青山绿野之间，颇觉雅致。

与小北路相接的一条仓边马路，是和惠爱东路成丁字形的，而惠爱东路又同时和文德路成丁字形。文德路口正对着广州新近改建为国货推销场的城隍庙。

各地城中的城隍庙，本是中国旧式的天然百货商场。广州的城隍庙内的杂景，大致也与各地相仿佛，里面有小型的照相馆，有测字摊、批命馆，有小食物店等。可是最特别的是，那十多家补皮鞋的摊子，人们在那里经过，充满着牛皮的腥味。

在文德路以南，永汉南路一带，就是南关，商业颇发达。

因为接近双门底，交通也较方便。

文明路和文德路交叉成了一个十字，这两条马路，旧日是府学东街，商业虽不发达，但它的旧书店之多，也可以说是为南关显出一个特色。

总观广州的街市，每一市区都显然有许多不同之处的。在行政上，现在的市政虽已分成许多警区，可是市民还是相沿着旧的习惯，把它分为上面所说的西濠口、河南、东堤、南关、双门底、大北、小北、大东门、东山、西关、大沙头、黄沙等的区域。

在广州市的幅员看来，虽没有上海的那么广大，可是像开辟了这么辽阔的市区，错综的马路，也可算是中国有数的都市了。

由于广州当局的积极建设，广州市的街道也渐趋于近代化了，许多旧式的屋宇都换上了新式的洋装，马路的两旁尤其特异地排列着在上海和北方的都市所没有的骑楼，无论在雨天或猛烈的太阳底下，人们都可以毫无难色地从骑楼底下进出了，而且，高入云霄的大厦、摩天楼，也堂皇地在市内各处出现着。

六　建设中的广州

一提起广州的建设，首先就应得说到横跨珠江南北的海珠铁桥，这铁桥可说是近年来广州建设（也许可说是广东）中最浩大的工程，足足花了三年多的时间，用了很大的财力，才在一九三三年的春间完成的。

海珠铁桥在广州的南面，从市心维新南路的末端，一直伸展到隔海的河南；乘轮船进口时就会看到的。它是贯通珠江南北两岸交通的唯一要道。

　　这座巨大的桥梁，由美商马克敦公司所承造，建造期间，长堤电灯局以西的一段马路完全禁止行人往来，一直到铁桥完成后方再行开放。

　　这座横跨珠江两岸的海珠铁桥，在北岸衔接着维新南路，南岸与河南沿岸的一条大马路成丁字形，北岸的桥底有一大洞，横跨着长堤，所以往来长堤的车辆，依旧可以无阻地进出。

　　从维新南路看来，桥的两边是一些石级，中间是广阔的汽车路。沿着石级拾级而上，两旁是很美丽的路灯，是用铁杆直竖着的，每隔一二丈远就有一杆。上了桥面，那"海珠桥"三个大字就显在眼前了，这三个字是胡汉民所写的。在桥的西首，有间小小的房子似的，就是这桥的开合的机关。

　　桥的中段是用木板造的路，所以，经机器的旋动，就可以把这一段路朝天空举起，让轮舶在下面驶过。

　　至于桥的开合的时间，平常是每天两次，以便较大的轮船进出。当开放时，两岸的车辆，就要暂停行驶。

　　凭着桥栏，可以眺望珠江两岸的景色。西面从黄沙、沙面一直到西濠口；东面从大沙头、东堤一直到南堤，都历历在目。在海珠桥上俯视河中鲫鱼似的舟楫，一来一往，两岸的车辆飞驰于烟尘之中，可以感到人群生活的忙碌。

　　自海珠铁桥完成后，广州市当局又计划在黄沙与石围塘之间，再造一座"西南铁桥"，以沟通粤汉路干线与广三铁路支线的交通，而且这工程据说也由海珠铁桥的建造者马克敦公司承造。将来这座铁桥完成，珠江河面就更热闹了。

　　西南铁桥的建造，是被列入广东的"三年建设计划"之内的。"三年计划"的开始是自一九三三年，在大街和马路上，甚至政府机关所出版的刊物上，关于"完成三年建设"的口号，是随时都可以见得到的。

除了西南铁桥外，"三年计划"中最重要的建设，要算湛洲兵器厂。湛洲是滉湛洲之简称，在广东颇显得重要，风景也好，所以"羊城八景"，也有"湛洲砥柱"一景在内。

为着建设湛洲兵器厂，广东省政府曾派邓演存到欧洲各国去考察了许久，特别是留心德国的军火工业。

在湛洲兵器厂没有筹办以前，广东本来已经有了一个石井兵工厂，出品也很精良，与湖北汉阳的兵工厂并称；可是这兵工厂只制枪械炮弹，没有制造大炮等重要利器，而湛洲兵器厂之设，正是为着弥补这个缺陷的。当革命军北伐时候，石井兵工厂曾在军械的供给上，尽过很大的力量。

与湛洲兵器厂一样，特别引起当局注意的是官办的士敏土厂的改善。

士敏土是近代建筑中顶重要的原料，而广东近年又在不断地建设中，士敏土自然是非常需要的。

士敏土厂设在河南，是民国初年就有的，在孙中山先生就任陆海军大元帅时，这里曾经作过大元帅府的办公厅和参谋处。士敏土厂的产量每年很不少，在南方，只有英国人开办的青洲水泥足以与之抗衡。为了便于管理的缘故，广州的士敏土厂是由广东省建设厅所直辖的。

自海珠桥完成，省市政府决定建设合署，河南就立刻被省政府择为合署的建筑地点。

省府合署建筑在海珠桥的南端，正面对着北岸的维新路，图样已经打好了，此地原是旧日的警察区署，现在已经开始拆卸。

市府合署正与省府合署遥遥相对，一个在南，一个在北。因为市府合署建筑的时期较早，所以在一九三四年间就已完成。

市府合署建筑在维新北路的末端，前面是中央公园，后面是中山纪念堂和越秀山。沿着维新路一直南去，就是海珠铁桥，过了桥，就是省府合署，所以省市两政府是面面相对的。

市政府的建筑，是采取中国古代宫殿式，里面的设置则用西式，很是堂皇美丽，在外观上看来和上海市政府的建筑很有些相像。所有市辖的各局和重要机关，完全是在合署内办公的。

市府前辟一马路，刚与中央公园相隔，这条马路是很短的，所行驶的车辆都是市政府的汽车，它的名字就叫作市府路。

市府的后面是越秀山，山麓之下就是中山纪念堂。越秀山的最高处，还建了一座中山纪念碑，正对着纪念堂的后面，这纪念碑，在市内很广远的地方都可以看得见，由此，可想见它的高大。

纪念碑下有一道很长的石级，相沿而下，一到纪念堂的后面，就分成左右两道石级。石级每隔几级之处，两旁就设了几张石凳，以便行人休息。在这一道修长的石级中段，以前是孙中山先生的读书治事之处，所以在东边又建了一座小纪念碑。石级的两旁，是一列古铜色杆子的路灯，这一列路灯，比之海珠铁桥的路灯，更来得美丽。

纪念碑的最低层是一座很坚牢的围墙，游人只可到此而止。虽有门，但常开着，所以碑的顶端，是不能上去的。

与纪念碑一样，矗立于越秀山上的还有一个大圆球形的绿色水塔，这水塔建造于越秀山之西，建造的工程也很浩大，为全市饮用自来水的命脉。

水塔的球形，高挂在绿树云霄之间，极引人注目，好像一双绿色的大苹果。水塔上有一座弓形的扶梯，可以直上塔顶，塔下是一个大水洞，从塔上朝那个大洞看去，一片黑水潺潺地流动，很是危险。

中山纪念堂在越秀山下，建筑上比市政府还要宏伟得多，图样也是古宫殿式的，由南京总理陵墓的建筑师吕彦直所设计，可惜这座浩大的工程还没有完成之前，那位建筑师就先死了。

中山纪念堂也是外面中式，里面西式的。中座是容得数千人的礼堂，设备很壮丽，一九三二年的中国国民党第四次全国代表大会，就是在这里和南京两地分别举行的。

在纪念堂的前面，是一座胡汉民写的"总理遗嘱"的石墩，隔数丈之处，还有两杆很高大的石柱。前面接着德宣路的地方是一座前门。环绕纪念堂的周围还有很大的空地，地面是石砌的，沿着马路与纪念堂的界线，满植着花卉。纪念堂的左右前后，各建有一座小洋房，是用以办公及管理之用的。

除了这座宫殿式的中山纪念堂之外，还有国立中山大学和市立中山图书馆，也都是为纪念孙中山先生而设的。

国立中山大学从以前的广东大学蜕化而来。旧校址在大东门文明路与惠爱东路之间（前门是文明路，后门是惠爱东路），里面分设文、理、法、工等学院，此外还有农、医两学院设在东山，附设第一、第二两医院在东山和西堤，附属初级中学在法政路，至附属小学及高中，则和大学本科同在一校。在南方诸大学比较起来，国立中山大学算是最完备的学校了。

自一九三二年，邹鲁接长该校之后，就打算把校舍迁到市的东郊外去。随后在南洋及国内各地募捐并得了教育部的补助后，新校舍就在东郊的石牌建筑起来了。

石牌离市区很近，中山大学自迁到那里之后，所有电灯、自来水等，都独自经营。学生的出入，也有专备的校车，交通非常便捷，而且，石牌并没有如市心那样尘嚣和热闹，对于读书是很适宜的地方。

市立中山图书馆，建在文德路，是市内公众图书馆中最完善的一所，外观很庄严，馆前空地种着花卉。自市立中山图书馆完成之后，原有广东省立图书馆里的书籍，就完全移到这里来，省立图书馆的原址也改为广东省通志馆及两广地质调查所了。

广州的图书馆并不多，除市立的这一所之外，要算是仲元纪念图书馆了。仲元图书馆是纪念为陈炯明所刺死的故上将邓铿（邓铿字仲元，广东惠州人）的。图书馆建在越秀山之东北角，为私人所管理，藏书虽不及中山图书馆的多，可是建筑上也不亚于中山图书馆。

为了纪念邓仲元上将，最近在大沙头广九车站邓氏被刺处，还建了一座高大的铜像，塑像者是李金发氏。

广州的建设在这几年来真是飞跃突进，像上面所述的不过是其荦荦大者，其他还有两种特项的建造及伟大工程，一是迎宾馆，一是填塞新堤。

迎宾馆建在中华北路的净慧公园内，是一座挺新的建筑物，是专为迎接招待重要军政人员及外国使者之用。同时和迎宾馆在一起的是新建的广东民众教育馆，在民教馆内有市内最新式的话剧场。

政府为了发展市面的繁荣起见，就把海珠一带的堤岸填阔了，这就是普通人名为新填地的。海珠以前本是一个小屿，近来已被填成与长堤相连的陆地。新填地填好后，新的商店就在上面建筑起来，长堤的屋宇更臻于繁密，而广州的市面就更兴盛了。

七 羊城八景

说到广州的名胜，为人们所熟知者，当首推"羊城八景"。

羊城是广州的旧名，我们在上面曾经说过，是从传说中得来的。

那八景是：

粤秀连峰　　港洲砥柱　　五仙霞洞　　孤兀禺山

浮邱丹井　　镇海层楼　　西樵云瀑　　东海鱼珠

（一）粤秀连峰　　"粤秀连峰"就是指粤秀山，在城的北隅，因为这里曾是南越王赵佗盘据的旧地，所以也称为越王山或越秀山。山顶上有观音阁，故俗人又多唤作观音山。在观音山的东北，是昔日越王台的旧址。临山俯视，下有半山亭。南汉时的刘龑，曾叠石为呼銮道，两旁栽植金菊芙蓉，现在则已失传了。折向北面，是歌舞冈，也叫作越井冈，这就是从前越王登高之处。

越秀山上游玩的地方很多，风景幽美，而且地势高耸，在市属的群山说来，它的地位之险要，仅次于东北隅的白云山而已。

山的正面对着中山纪念堂的背后，最高处竖有中山纪念碑，远近可见。山上有茶楼、酒家，有仲元图书馆，山坳更有广大的运动场。山麓是新建的市立第一中学。

上山的途径很多，在正面，可由纪念碑的石级大道相沿直上。左侧当市立第一中学之旁，也有一条石级的小道可走，两边绿树阴深，盛暑天时，可免暴日的毒晒，是一条最幽雅的道路。更左，有一条黄泥的汽车路，路旁是一个大运动场，每当清晨傍晚，常有好些市民在这里踢足球和做各种游戏的。在东面和小北路相接之处，有一条柏油路直上，可经越秀酒家而到仲元图书馆，再盘旋而达山上各柏油路。至于西首，有一条黄泥的汽车路，路成斜坡，颇不易于行驶，所以汽车行人，都不大从这条路上行走的。

由于越秀山风景的幽美，且接近市心，所以政府就特别把它辟为公园，名为越秀公园，与中央公园、永汉公园、净慧公园并称，归市工务局的园林管理处所管辖。

从正面向着纪念碑直上，再折向西行，那儿有一个给牵牛花攀满的竹棚，里面有一尊生了锈的巨炮，炮口是向着西北的市郊外的；这尊巨炮，大约在以前也曾经尽过一些攻守的作用，可是现在就只成为一块废铁！再打一个湾，朝西去，那就是一个绿色的大苹果般的水塔了。

水塔与纪念碑，分据着越秀山的两座高峰，在这儿朝北望，还有好些峰峦起伏着，它们比之越秀山的主峰，就不啻是一群缠绕在膝前的孩子，主峰则像是一个庄严而又美丽的母亲。

在水塔和纪念碑所分据的两峰之间，有一片小草坪，上面以红花种成"越秀"两个大字。从山坳间望去，可以隐约在绿叶中窥见一座红砖绿瓦的启秀楼，据说这儿也是孙中山先生曾作政余攻读的地方。由此再转向北行，在纪念碑的左侧，有一座巍峨的高楼，就是有名的五层楼了。

在五层楼侧绕着一条小径东走，那儿有一座海员亭，亭子虽小，然而所表彰的意义却非常伟大，这就是为了纪念那次轰轰烈烈的"海员大罢工"而建立。"海员大罢工"是我国海员反对帝国主义运动中最光荣的一页。事后为了表彰这次海员工友的战绩，政府不特准许建筑了这座海员亭，而且还把越秀山麓的一条马路，命名为海员路呢，不过这路名在一九二八年之后又改换了，只有这座小小的海员亭则巍然独存！

海员亭再东，就是仲元图书馆了，到这儿，可以沿着一条黄泥的汽车路直下，转过左手那边，就是成为一个圆圈样的运动场。

因为越秀山地带的广大，风景的雅致，所以广州市展览会，也是择了此地作场所。那次展览会包涵的范围很广，从国货、时装、美术，以至于游艺、演剧……各式各样都有，会期开了一个多月之久。

所以，越秀山从此就不仅是一个风景区，不仅是广州的险要地带，而且，成为含有商业性质的广告场和国货运动的陈列所了。越秀山既是这样的繁盛，怪不得前人要把它列为"羊城八景"的第一景呢。

（二）滠洲砥柱　滠洲是滉滠洲的简称，离城东南四十余里，在江心中兀然突起，高十多丈，其中有三个小阜，好像琵琶一般，于是得名，地位很是险要，我们上面所说的滠洲兵器厂，就是建立于此。

洲上有海龟寺、海龟塔和北帝宫，都是明朝万历年间，由光禄卿郭棐、寺丞王学曾、主事杨瑞云请准院司所筑。据说是为了壮大形势和培通省垣气脉而建的。

海龟寺在滠洲的东南，共茸三进，中座是知府戴耀生祠，寺产有香灯田八十多亩。

海龟塔在海鳌寺之侧，北有北帝宫为之镇摄，这大约是"风水家"所玩的把戏，塔共九层，屹立海中。据说常有金色龟鱼，浮游出现，虽在晚上，也发出皓白的光；这自然也是神话迷信的传说，不足征信的。

滠洲上还有二座小山连缀着，中间有一座石塚，可是没有什么奇观。这洲虽然被誉为胜迹之地，列入"羊城八景"，其实并没有什么可以赏玩的所在，兼之以离市区数十里，市民虽欲往游，亦多以路远而中辍。兼以现在设了兵器厂，除掉这些机器、工人而外，更难得有人来看这"滠洲砥柱"了。

（三）五仙霞洞　这个胜迹的由来最古，五羊城之所以得名，也是由于这五仙腾空而下的掌故。五仙的掌故起自周朝，距今已经数千年的历史了。

五仙就是我们上面所说过那五个穿五色衣服，骑五只五色羊腾空来邑的仙人。他们惠下了一茎六出的壳穗而去，并祝此富贵永无荒饥，邑人自然要建观来奉祀他们了。这观初建于番禺的十贤坊，到了明朝洪武十年的时候，布政司赵子坚，把十贤坊的观址来改作广丰库，就在城垣西南的坡山上，建造通明阁，以奉祀五仙。阁中塑有五仙人像，少者居中，手执壳穗；四老者均分居左右，各持黍稷；阶下有五只石羊，并且还有一块四五丈宽的巨石，石上很神秘地有一个拇迹，迹中碧水泓然，虽旱不涸，因此，广州人格外奉之若神明了。

这里除掉五仙观（即通明阁）而外，还有参政在汪广所建的钟楼，名为"岭南第一楼"，楼顶上有炼丹炉，无非都是仙骨仙气的地方。最特出者是那个穗石洞，也许这就是"五仙霞洞"的所在了。

坡山兀立江干，高四五丈，相传是晋朝时的渡口，所以又叫作"坡山古渡头"。可是这山上只有五仙观是唯一的胜观，古渡头最多也不外给后人凭吊而已。

"五仙霞洞"虽享有八景之盛名，其实除去传说的神秘的遗迹，就一无可观，比之越秀山之仪态万方，风景幽雅，就有些相形见拙了。

（四）孤兀禺山　至于说到"孤兀禺山"，那更是显得其孤苦寂寞，我们只要看它的命名，就已经会心地明白了。有一个测字的说："偶字无边人弗见，孤独也。"这倒也是一个幽默的讲法。

其实禺山在地势上并不孤独，它和番山对峙于南北，番山在南，禺山在北，大家都分据着城之北隅，联接着的山脉，约一里许，俨若一道长城。番禺之所以得名，就是由于这两座名山。南汉时的刘龑，曾建了座沉香台在禺山上，周围多种松柏，可是到现在则已一无所存，禺山也就成为废圩了。

（五）浮邱丹井　这也是一个神秘的所在，浮邱本是一个修道的地方，相去城西一里许，邱上有朱明观，下有浮邱井。相传晋朝时的葛稚川曾在这里炼丹，且尝饮这里的井水，所以这井就为丹气所及，顿时变为仙泉。"浮邱丹井"，也就因此而成为广州的名胜了。

要是你真的打算去看看那"浮邱丹井"，那么，游罢归来必然大失所望！那儿不过只是一个供人凭吊的古井，那里会有什么奇观？反之，倒不及"镇海层楼"好看得多了。

（六）镇海层楼　"镇海层楼"是在越秀山上的，通称为镇海楼，是明朝洪武年间，永嘉侯朱亮祖把三城联为一气时所建造。据说在这楼未建筑之前，海潮常常呼啸，建后就停止了，所以因而叫作镇海楼。也因为在楼上可以眺望珠江，又称为望江楼或望海楼。楼高五层，墙垣粉以红色，市民多唤作五层楼，楼西就是观音阁。

越秀山上的镇海楼

这座楼曾被毁过两次。初次是为火所焚，一直到了明朝嘉靖年间，方由提督张经重建。随后到清朝顺治入关的时期，城内遭两次的兵燹，这楼又复遭火毁而化为平地了。随后，虽然又在顺治年间，由平南王尚可喜兴工再造，可是已无复原日的旧观了。

重建后，尚可喜禁止游人登楼，于是这楼就光只成为他个人的游乐之地。及中法战争起，衡阳彭刚直以兵部尚书来粤筹划防务，才又把它重为开放。当时并在楼上大设盛筵，吟哦竟日，颇不亚当年王勃与会的滕王阁呢。那时，相国陈榕门，并给它（五层楼）题了一副楹联：

> 岁登大有，人乐春台，览胜直穷千里目；
>
> 海不扬波，山均献瑞，筹边时上五层楼。

可是到了龙济光来做广东都督的时候，五层楼却又陷于孤寂的境地，游人重被禁止登临。随后复经多年的变乱，五层楼更是没人去顾及它了。迨北伐军克服北平，国民政府奠都南京之后，五层楼才复被市政当局辟为博物馆，供市民作观赏游览的地方。

（七）西樵云瀑 西樵是市西的一座高山，说到高，自然不及东北隅之白云，然而却是广州有数的山脉。这山离城约有一百二十里，接连环峙着七十二个山峰，大科峰是它的最高处。

往游西樵山的人很多，尤其以学生为最多，每届清明节及假期，常常有学校的旅行团结伴而来的。山上以瀑布著名，所以有"西樵云瀑"之称，而最著者，则为翠岩、朱坑、白云诸洞。白云洞是昔日何白云读书的地方，山幽水冽，瀑布在高高的双壁悬着，直穿石桥底飞涌而出；石下有洞，聚成湖泊，是"西樵云瀑"最好看的地方。

但是往游西樵的人，每每喜在夜半登临，以观明早的日出，这很有些像在泰山观浴日的那样有趣。

（八）东海鱼珠 东海离城很近，是位于东郊的海滨，四面都是环绕着河水的，中间有一拳石，好像璧玉的那么圆净的。北面有一座小山，却又像一条大鱼那样，向这一颗海里的明珠张着口。于是"风水家"又在那么样传说着了：假如这颗鱼珠被鱼吞食了时，广州一定会有什么大灾难的。这正如有人说长堤堤畔的海珠是镇压广州水患的胜迹一样，完全是无稽之谈。

不过，不管鱼珠的传说是怎样，它倒底总是一个险要的地方，以前曾经建有炮台在那里，名为鱼珠炮台。然而，游人却绝少到那里去游玩的，它只不过是徒拥虚名的"羊城八景"之一罢了。

八　广州的胜迹

广州的名胜古迹之多，颇不下于国内的通都大邑，除了我们在上面所说的"羊城八景"之外，可述者还有十多处。我们现在且分为山水、寺院、园亭三项来叙述。

一　山水

说到山，在广州，无疑地是首推白云山，它在广州为群山之冠，峰峦高耸，直入云霄，在山上可以鸟瞰广州市全景，不特在军事上是掩护广州的屏障，而且在风景上也是绝顶幽美的地方，山脉从大庾岭逶迤而来，接连着有三十余峰，都是非常崇峻而巍峨的，离市郊仅十多里，山间有汽车路可通，游玩至为便利。每当秋霁，山顶的白云翁郁而起，以至半壁尽成素色，很是好看，就是在平时晨曦初上的时候，白云也一样是很美丽地霏散开去的。白云山之所以成名，大约也正是为了有这葱茏的白云的美景的缘故。

登临白云山是很有意思的事，沿着阡陌的小路，经过多少疏落的农家，周围是一片绿油油的田亩。踏上了山径，就毫不费劲地依着汽车路走，在谈笑间，已不知不觉置身在山中了。

在山麓间，有一间庙宇，那是濂泉寺，寺左，就是有名的蒲涧，这里是秦时隐士安期生的旧居。据说秦始皇曾派人来访问过这位居士，随后李白也有诗说到，其中有两句是："秦帝如我求，苍苍向烟雾。"

由诗人的口里，也隐隐显出昔时的隐士之高贵和飘逸的地方，我们从别的人名志中找不到这位隐者的事迹，所以也不明白秦始皇的遣人访他，到底是怎样的一个来历。而蒲涧确是一个幽雅的地方，白云苍苍，富有诗意，虽然不是隐士，一定也会领略到这儿是一个不俗的境界的。

涧左，是云泉山馆。馆后是安期仙祠，相传是郑安期飞升之处。祠建于清朝嘉庆十八年，建者为羽士江瀛涛和粤诗人黄培芳。从这里向北，行约一里多路，就是白云寺，寺里有茶寮，是供游人歇息和品茗的，不过所卖的点心却比市内贵得多了。寺前有小摊，寺内佛像很多，善男信女，时往拜祀。出了白云寺，可以从小径向景泰寺进发。

景泰寺在九龙坑，是宋代景泰和尚修道的所在，旧日是分为上景泰寺和下景泰寺的，现在只有一间下景泰寺了。

在白云山，游人最旺时是郑仙诞日，郑仙就是郑安期，俗传旧历七月二十四日是他的飞升日，那日，善女男信往安期仙祠焚香礼拜的很多，沿着山坡直上，总是行人不绝，很是拥挤。

山坡有石级两层，各三百多级，当第一层的尽头处，转向右方的谷里走去，就是能仁寺，据说是旧日玉虹洞的遗址。到了第二层，就是龙果寺了。这里有刻的大字在题着："天南第一峰"。

转入里面，有一座檀越楼，楼下又题着："云岩第一峰"。

看了这两块题字，便可知白云山的显赫和重要了。"天南"是指南岭山脉一带而言，而白云山居然被誉为南越的第一峰，就地势上言，这当然也不见得是过分的话。

除白云山而外，要说山，本来就要说到越秀、西樵二山了，可是这二山在上面都已经说过，所以在这里我们就说到比山峦稍低下的邱冈。

邱冈在远者以漱珠冈为胜迹之地，近者则以黄花冈及红花冈最为著名。

漱珠冈在河南的下渡头村，离岭南大学不远。据说就是从前晋代卢植的故城，宋朝的时候，名之为万松冈，及至清朝嘉庆年间，羽士李青来始把这里建为道院，阮芸台给他题额为"颐云坛"，并时相过从。据说李青来很精通算术及天文学，所以在南方文化上，是很有功绩的一人。

从河南的瑶头村进去，转几个湾就到漱珠冈了。冈是一座高邱，邱下一湾溪水，溪旁有茶居和种花的农居，爆竹花攀在溪边的竹棚上，开着红色的花朵，很是好看。花田常常种着四季不同的花，美丽而香艳。人们只要从田边经过，一阵芬芳的气息就向鼻孔里吹进来了。

踏上漱珠冈，沿着冈峦下边有许多嶙峋而又古怪的石，周围种着许多松树，也有矮小的不老松。苍翠的树荫间映出了一座庙宇，那就是纯阳观。

纯阳观是奉祀吕纯阳而设的，吕纯阳是广东人奉为药仙的神，传说是曾降临于广州，为人治病，很奏奇效，所以好些迷信的人，常到这观里来求药方。神殿前很是阴沉，并不宽大。

由纯阳观直上，内进是空洞的，墙上乱七八糟地写满了一些题句，有些是歪诗，也有的是很令人费解的名为"雪泥鸿爪"的词章，更有慷慨激昂的标语，不伦不类的句子，复有感慨悲歌的题词，雄图抱负的章句，甚至也有画些下流的画的……就从这个空洞的后座沿石级直上，就到纯阳观顶的露台，可尽览河南的景色。满郊清新的田野，怡然地映进我们的眼中来了。

漱珠冈上唯一游玩的地方只有纯阳观，此外就没有什么可观。

至于红花冈和黄花冈则有些不同了。在一条修长的东沙路上，你可以仰望白云山的远景，近则凭吊和瞻仰革命战士的墓茔，看看东沙路上的园林景色，并且，假如你愿意的话，还可以参观那座建筑得像皇宫样的执信女子中学校。

执信学校是纪念朱执信而设的，由朱执信的夫人杨道仪任该校的校长。校舍建筑的宏伟，为全市中等学校之冠。它是仿照中国古宫殿式建筑的，红墙绿瓦，辉映在山色绿野之间，特别显得堂皇而美丽。到黄花冈去，这里是必经之路。

红花冈离市郊较近，是埋葬温生才、陈敬岳、林冠慈、钟明光四烈士的地方。冈上种着一些高大的树木，周围是一些幽静的民居；在这里，比之黄花冈就疏落得多了。

黄花冈是东沙道上最有名的胜迹，其实在这条路上，有名的胜迹是很多的，然而都是昔日轰轰烈烈的殉难者的墓茔，像史坚如墓、沙基殉难诸烈士墓、邓仲元墓等，都在这一带。

在晚上，这里是非常阴冷的地方，小虫在田陇间啾啾地叫，嵩立的墓碑投放着一个阴沉的黑影，远远地吹来一阵阴风，把人的毛管也吹得有些憬然了。从澹暗的路灯里，可以隐隐地看得见那些树木的影在摆动，木叶在发着沙沙的响声。

这里就是埋葬着七十二个革命者的幽塚了。

说起黄花冈七十二烈士，是谁都知道的，那就是辛亥年三月二十九日，与清廷的军队激战而死的革命者。

这些战死的志士们，在清廷的暴压之下，尸体曝露在路上多日，还没人敢去把他们埋葬，随后才有姓潘的慈善家，声请恩准合葬于黄花冈，于是七十二烈士的尸骸，才有一个归宿了。及至民国初年，广东都督胡汉民及陈炯明先后倡议修筑，以慰忠魂，结果因为地方多故，没有成功。到了民国七年（一九一八年）秋间，滇军师长方声涛再议修葺，然后才算把它弄得有些规模了。后复因事停工，直至民国十年，参议院院长林森，才陆续劝募修理，把它完成。现在在那自由神像的下面，有林森撰署的石碑。

黄花冈是一座小邱，位于白云山麓之下，也就是七十二烈士的墓园，地方很阔，有特派的警察守卫。从东沙路直入，门口是一道铁门，上题着"黄花冈七十二烈士墓道"。两旁各有一座石墩，树木森然，青苍可爱，进门，左边是一列名人题署的挽词，是雕刻在石碑上的。

沿着一条柏油路进去，转一个弯向左，巍峨的自由神像就矗立在跟前了。

自由神像的下边有一座石亭，亭中有一块碑记，上面刻着"七十二烈士之墓"，这就是七十二个革命者的长埋之地。墓前有广大的祭坛，墓的两旁围着一盆盆的鲜花，周围有翁茏苍翠的绿荫，配合着崇高的碑铭，很觉壮观。每当三月二十九日，来致祭的人是非常拥挤的，所谓"年年春雨洒黄花"，这是何等的悲壮啊！

广州是一个山清水秀的地方，我们说过了山林的胜迹，现在该说到水的胜迹了。

水，自然是珠江占了广州最重要的位置，在上面我们已经说了"珠江景色"，把她的本身大略地画出一个轮廓来，所以在这里所要说到的，就只有靠着她的北岸边沿的海珠岛了。

海珠是一个极小的岛屿，周围仅百数十丈，位于长堤的中段，面积是比西堤附近的沙面还小，地质是石所构成的。相传有贾胡持摩尼珠到这里来，这珠随即飞入水中，夜发奇光，广州人多引为怪，及后珠化为石，就是后日的海珠，而珠江这水名的来源，也是由于这颗奇珠而来的。

据说在以前广州被水所浸，而海珠却独特地不为潦水所淹，所以邑人更视为奇迹了。其实在乙卯那年广州的水患，海珠又何尝不遭没顶呢！

海珠地方虽小，倒是一个很好游玩的岛屿，在长堤岸上有一座木桥可以通达。岛内有得月楼、有文昌阁、有文溪祠，在文溪祠前的东首，有海军上将程璧光的铜像。程璧光在民国初年，也是一个很有力的革命党人，后为人所刺杀。每当月白风清之夜，登临楼阁以赏玩珠江景色，极富诗意。以前在这里曾有"珠江夜月"的胜景，但自市府扩大长堤的堤岸，把这一带填成平地之后，海珠就不复存在，海珠的景色，自然也随之而失，不成为其名胜之地了。

水的胜迹虽然已经没有了海珠，然而在西关却还有荔枝湾可供赏玩的。

顾名思义，荔枝湾不用说是以荔枝见称的了。在双门底（永汉北路）可乘公共汽车直达。这儿有一湾很小的溪流，水源大概来自北江，据说从前南汉时候是王者设"红云宴"的地方，并称为昌华园；湾水很长，荡舟其间，两岸绿树浓荫，颇饶幽趣，相传苏东坡曾在荔香园左近题有一碑，上书"红荔湾头第一村"这七个大字。

荔香园以西，有彭园，是邑人彭光湛的别业。园内万松盘郁，小屋数椽，风景很好，门前题有一副对联，很有点像济南大明湖的那首：

四面荷花三面柳，一城山色半城湖。

一样，它是：

楼台三面水，花木四时春。

可是它的对偶，却不如大明湖的那首来得工整。

雇艇漫游荔枝湾的，以夏天为最盛。岭南是以产荔枝著名的，而这里的红荔的出产，每年为数也很多，且价格极廉；人们一面在绿荫桨声下漫游，一面又饱啖着红荔，那是多么有趣和写意的事情呢。

距荔枝湾不远，有天庆寺，那里有东坡泉的胜迹，相传是苏东坡在这里凿得一石，形状好像一只大龟，石内有泉涌出，所以就叫作龟泉，因为是苏东坡所发现，故也称为东坡泉。随后在宋淳祐年间，经略使方大淙护以铁井栏，并有《铁井栏铭》。这里的东坡泉，其实也和其他的胜迹（如"浮邱丹井"）一样，只是一个"有名无胜"的地方。

二 寺院

广州的寺院很多，这里只能说其荦荦大者，或是较著名的胜地。

波罗庙 波罗庙在市东的波罗江岸上，离黄埔不远，是梁代时候建立的，相传是波罗国贡使达吴司空，曾在这里种波罗树，可是还没有种好，载他来的船就驶去了，司空被遗于庙左，即立化为石，翘首东望，所以后来凡经过这里的船舶，必要到这里来参拜他，然后才敢驶去的。前有望江楼，并有浴日亭，在唐、宋、明三代封神，司空被封为"南海洪圣广利王"，所以又有南海神庙之称。

金花庙 金花庙有两个：一在河南，一在仙湖街，但是常人所指的都是仙湖街的一间，地界于南关与双门底，所以参拜的颇盛。相传是有个姓金的女子，自幼是做女巫的，终身不嫁，善能诮媚鬼神，随后溺死湖中，尸体数日不坏，且有异香，里人捞尸举殓，发现一个木香的女像，容貌与金氏女一般，因疑是神仙，乃设庙奉祀，并号那湖为仙湖，后来，妇人们便常往那庙祈求产子，故这金花庙竟成为迷信妇人的祈神的所在。到嘉靖初，像被焚毁，但妇人迷信者，仍广立金花会。仙湖街的庙宇比河南那间较小，河南的庙西近白鹅潭，三面环水，古木森然，每当神诞之期，参祀的人也很不少，邑人张东所曾有诗题这庙宇，那诗是：

> 玉颜当日睹金花，化作仙湖水面霞，
> 霞本无心还片片，晚风吹落万人家。

三界庙 三界本是自广西传来的，他是广西贵县的人，据说在梧州的三角咀显圣，群鹊绕着他的尸体，所以广西、广东两省，都建有这种庙宇。广州的三界庙建在城西中炮台上，庙里有一条青蛇，相传凡有争执，向三界求蛇判断曲直，很有灵验。这自然也是迷信的传说。

金山寺 在城西二十余里的地方，为宋绍兴年间所建，据说苏东坡被谪惠州时，曾泊舟于此，昼间偶得一梦，梦见一个和尚请他食麻糍，及醒来时，他就登山访寺，问寺里的僧人，僧人告诉他，他们的祖师得云，生平最喜食麻糍的，东坡因悟及他前身的事与这梦很有些相照，遂题一诗道：

> 海峰石上金山寺，白发东坡又到来，
> 前世得云今是我，依稀犹记妙高台。

不过这事到底是否真实，却还是一个疑问的。

光塔怀圣寺　这是一间回教的寺宇，建在光塔街内，是回教教主穆罕默德的母舅苏哈伯赛所建的，塔高十六丈五尺，轮围直上，形似一杆大笔，周围是光滑的，所以叫作光塔。塔外四周有苔萝攀绕，古色苍翠。这寺是广州回教清真寺的始祖，相传以前在塔顶上有一只金鸡，随风南北，可是到明洪武时，金鸡就被风吹落了，遂易以铜鸡，也为飓风所坠，及万历时重修，便以葫芦作顶，但不久又折，随后在康熙年间，才把它换上了风磨。

光孝寺　这寺在西门的光孝街，本来是南越王赵佗的王宫，后历代改为王园寺、万寿寺，今则为光孝寺。寺里有洗砚池，据说是东坡洗砚处，池水色黑，更有菩提树，树逾千载，其落叶可淘成菩提纱，明薄如纸，当中更有睡佛阁，里面有金身睡佛一尊。

光孝寺祝圣殿

光孝寺（一）

光孝寺（二）

大佛寺　大佛寺在大南门的惠福东路，是明代龙藏寺的旧址，寺旁是龙藏街，这寺后来曾改为巡按使的行署，班禅达赖喇嘛也曾到过这里念经。

海幢寺　海幢寺在河南，是万松岭的福场园地，明时是郭

海幢寺白塔

岳龙的别业，顺治初年，才由僧人光牟募捐于郭，更名海幢。寺宇宏敞庄严，为岭南古刹之冠。

花塔六榕寺　六榕寺在教育厅侧的花塔街，寺内有花塔，名舍利塔，高二十七丈，分八棱九级，下有鲁班像。这寺建于梁代大同三年，初名古宝庄严寺，南汉时为长寿寺，宋时改名净慧寺，及后才易名六榕寺。塔的顶层有很大的铜柱，上嵌金宝珠，周围镌以佛像，所以又叫作千佛塔。李唐时代，王子安曾撰有《千佛塔碑》。宋时，东坡南来，就住在这寺中；他最喜欢此塔，因筑潇洒轩于其旁，而"六榕"两字，也是出于东坡的手笔。相传六榕花塔，虽则矗入云霄，可是在广州市内，是见不到它的倒影的，有人说它的倒影远投到杭州的西湖去了，当然也是无稽的传说，所以广州的名胜中有"六榕塔影"之称。寺内有榕荫园、东坡亭、补榕亭等，在广州的寺院中，是最热闹的一所。近年广东的将官陈济棠、李汉魂更事修葺，六榕寺于是更为热闹，而且花塔也重新换上新装了。它正与怀圣寺的光塔遥遥相对着呢。

三　园亭

南方天气和暖，百花盛开，周年都像在春天里一样，花园自然很多，但是总是私人培植的，公共的园林，除了我们在上面说过的越秀山公园而外，就只有中央公园、东山公园、净慧公园和永汉公园了。

中央公园　中央公园又名第一公园，位于维新北路的末端，正门一直对去，便是横跨珠江两岸的海珠铁桥，公园的前面横着一条公园路，后面是市府路，正对着新建的市府合署；左是吉祥路，有两个横门，可通到越华路及广卫路。这公园是市内最宽敞的一个，而且近在市心，游玩的人很多。进门处有喷水池，人面兽身像，正中是音乐亭。向右边走，便是公园所附设的网球场，再转向左边走，在最末处便是播音台了。

在音乐亭的左侧不远，有一株古老的大榕树，树上用铁链锁着几只猴子，他们在树上爬行，很是有趣。树旁有一个大木笼，周围用铁丝网密织着，里面养着一只山狐，是黄绍雄所赠的，它是广西的特产。这只山狐日间不容易看见，它躲在笼里的木箱中，晚上才暗暗地在笼里窜来窜去，大约要找一个逃走的地方。

净慧公园　从中央公园西行不远，那儿是中华北路，净慧公园就是设立于此。这公园原是旧日法国的领事馆，几经交涉，然后方得收回，园中古树参天，石路纵横，虽然没有中央公园那么宽大，倒也别有风趣。

园里有假山、有小池、有小溪，坐在假山上，可以看见相去不远的六榕花塔。园的左边是新建的民众教育馆，馆中各种设备都好，特别是新式的话剧场，是广州从来没有的。

园中除了民众教育馆以外，还有一座建筑得很堂皇的迎宾馆。

永汉公园　永汉公园在惠爱东路和广卫路之间，它的横门与中央公园正是相对，是一个专置各种动物的公园，因为开放还不久，所以种类也不多，尤其是性情暴烈的兽类，在这里还不大可以看到。

园的前身也是英国的领事馆，一样是经过多次交涉才得收回的。园的前半部是公园，后半部就分成市党部和西南五省外交特派交涉员公署。

在财政厅左侧，是遥对着中央公园的横门，正中有一个小亭子。再向左转一个弯，成一个直角形的路，一直去便是狭小的前门了。这条路的两旁，有许多高大的树木，树下有些不甚整齐的石凳。那些用笼子养着的小动物，就是分置在这两旁的。出门口处的正中也有一个喷水池，池的左边有一条小径，从这小径转过去，也是陈列着动物的地方，绕完这条小径，整个公园就算走完了。它本身的面积比之中央公园就小了许多。

东山公园　东山公园比永汉公园更小，这也许因为住在东山的富人们，大家都有一个私家花园的缘故吧？这个小公园总是不大引人注意的。在东山，你总可以看得到一些门口的铜招牌或蓝底白字的匾额，上面刻镌着"×园"或"×庐"之类的，门外攀绕着一些绿藤或牵牛花，无疑的，这就是东山住宅区中的富庶的住宅和私人的花园了。然而，东山公园却冷落地居处在东山之一角，里面既没有参天大树，只是一些乱草和花卉，像这样的一个小小的公园，有谁会注意及它呢？

九　革命策源地的广州

讲到中国近代的革命史实，总离不了广州，近代革命的伟迹，在广东倒可见其大半。近代中国革命之父的孙中山先生，也是广东中山县翠亨村人，十六岁时，又曾在广州博济医学校学医，二十岁，毕业于香港医校，悬壶于澳门、广州两地，其自传中云："及余卒业之后，悬壶于澳门、广州两地，为革命运动之开始。"广州，正就是孙中山先生在中国首创革命的策源地。革命者在广州的流血事件，分述如下。

（一）广州新军之役　宣统二年正月，黄克强、赵伯先等，运动新军发难，于正月初二日早，藉故起事，闯入军械局取军械，营内枪声大起，各兵出营，分兵一队向北校场夺讲武堂军械，占据钱局后的小山及横枝冈等处；一路向东校场茶亭附近，进行均极闪缩。水军提督李准与张协统，即入城调大军登城守御。李准自守小北门，新军攻城不得，乃向燕塘退走。

李准率所部由大东门、小北门、小南门三路进攻，分占牛王庙一带山上，新军伏牛王庙前的两小山脚，两军开战，新军伤亡颇众，清军大获全胜，直追至沙河而止。新军再战再败，退至瘦狗岭。初四日，新军退守白云山石牌东圃，卒以弹尽粮绝，众寡悬殊失败。

（二）温生才刺孚琦　辛亥三月初九日，有飞行家冯如，在广州东门外燕塘，演放飞机，观者甚多。广州将军孚琦，也排道往观，被革命党人温生才侦知，待孚琦观毕返署时，行至咨议局前，该处为入东门总路，人最拥挤，生才就闯进孚琦舆侧，扳枪射击，护兵逃散，生才趁势再发数枪，从容而遁，适被警察窥见，跟踪至东校场厚新街，再至永胜街，协同岗警将生才拿获。粤督张鸣岐会同文武官吏，在督署二堂严讯，威逼利诱，生才均祇自承，问受何人指使，生才直指鸣岐道："是你教我的！"各官闻语失色，恐其信口指攀，酿出巨祸，鸣岐亦暗吃一惊，不敢再讯，故始终未牵累一人。十七日，生才被害于东校场。

（三）黄花冈之役　此役在中国及广州革命史上，最为伟大。革命党人因鉴于前数次的失败，孙中山先生在南洋筹得巨款，集合全部精锐党人，共图大举，以黄克强为统筹部长，赵伯先为副，其余购械、交通、调度各部，俱有要员，各司其事。

攻取计划既定，各地干部同志，所部敢死之士近千人，都已陆续到省，定三月二十九日举事，不意有奸细告密，粤督张鸣岐，水军提督李准等，已飞调军马警备，并搜捕党人，先后破获机关多处。克强愿以一死维护党人的名誉，以谢海外侨胞，并令各部先行退却，以保存实力为后用。

三月二十九日，粤督下紧急命令三道：一、预备开战；二、城外火警，不准开城救火；三、大索党人。克强闻讯更急，即在小东营机关内部署一切，预备进攻。这一天，克强所部闽湘两省同志及安南华侨，都到克强寓所，听候命令，下午三点钟，邻街机关又被清军围搜，捕去八人，大家恐快要搜到，便不及约期，克强就召集百余人，立时出发。

克强与谢梅卿由小东营出，进攻督署。督署要人已遁去，空无所有，及出时，清军援师已至；林时爽在东辕门招抚李准的先锋队，突遇冷弹阵亡，克强伤右手。徐维扬领导花县健儿四十人，于小东门死战，阵亡者二十四人；方声洞战死于双门底；喻纪云率七十人，战于龙王庙，卒遇害。其另一分队往据归德门的，行至高第街，遇清军，惜珠光里党军先行潜散，致此两队党军久战无援，卒归失败。往攻军械局一队，来至飞来庙，即为清军截击，几次冲锋，均不能入。当时河南及城外党军，多因事起仓卒，不及召集，未敢轻发。独东关的党军，一见城中火起，即拔队出据东濠口木桥，清军出于不意，误过其地，即被横击，伤者甚众。这夜，城中枪声卜卜，时断时续，和着兵舰探照的灯光，及督署的火光，上下交映，气象很是悲惨。到天明，清兵愈众，各队党军零星四散，独守东岳庙一队，闯入状元桥某米店，叠米作垒，尚与清军相持，抛掷炸弹，清兵不敢近。至十时，粤督鸣岐，下令焚烧，只罗稳一人逃出。

其余殉难而死，不知姓名的，粤同志有罗则军等九人，四川有饶国梁等二人，福建有林觉民等二十四人，尚有不知姓名者多人。

事后，其余党人，以无辫发而被搜遇害的不少，均慷慨就义，绝无惜命乞怜的。黄兴、朱执信等，负伤逃往香港。

有潘达微者，侦知各烈士遗骸，就和广仁善堂徐善董商量，在沙河马路旁购地一段，名为红花冈，因为潘嫌红花二字软弱，不如黄花二字的雄浑，于是便更名黄花冈，而称此次殉难的先烈为黄花冈七十二烈士。其标题为："咨议局前新鬼录，黄花冈上党人碑。"

那时水师提督李准，搜捕党人最力。六月十九日，李准道经双门底，为党人林冠慈狙击，连掷二弹，李所乘轿舆，立碎，但李准仅伤肋与手，林被卫兵乱枪击毙。同时，又有党人陈敬岳不约而同，亦入城伺刺李准，因见林弹已发，以为得手，遂不击，挟弹出文明门，以剪发见疑，为警兵搜出炸弹被捕。林、陈与温生才、钟明光，同称为红花冈四烈士。

革命党殉国之惨，以此次为最，轰轰烈烈，已震动全球了。

（四）陈炯明的叛变　辛亥武昌起义，清廷退位。后又经过袁世凯的妄行称帝，奉直战争，吴佩孚、曹锟的贿选，革命并未彻底。孙中山先生及陈炯明驱逐桂系军阀，奠定两广。孙中山先生即受任非常大总统职，令李烈钧、许崇智等北伐入赣；陈炯明受吴佩孚的指使，将自己部下军队全数退返广州，委叶举为总指挥，驻扎白云山，于六月十五日夜二时，围攻总统府。

孙中山先生连接探报，初不信，及夜间，此项消息，愈集愈凶，但他这时镇定如常。及闻各方面枪声，乃知陈军果已叛变，立命警卫团及府中卫士准备防御。秘书林直勉，参军林树巍等，以陈军来势太猛，强挽大总统出府，步行至长堤，抵海珠海军司令部，登永丰舰（后改称中山舰），召集各舰长，议戡平叛乱的方策。

次日的早晨，各行政机关，已尽为陈军占领。洪兆麟所部，向总统府包围，总统府警卫团坚守府门，陈军数次冲锋，不得入。相持至近午，陈军用快炮及煤油注射公府，毁烧粤秀楼及公府的栈桥，是时警卫团及卫士弹尽援绝，陈军得入府，方知大总统早已出险。

　　十七日，孙中山先生上军舰后，乃率舰队集中黄埔，并飞调北伐军回师平乱。先生自己即率永丰、永翔等舰出动，发炮向白云山、沙河、观音山等处陈军阵地射击。下午五时，复沿长堤向东游行，沿途发炮，击毙陈军数百人。驻防东关的陈军，大掠东鬼基、东市街至小东门、广仁路、社仁坊一带。至七月八日，海圻、海深、肇和三大舰，受陈军巨贿，驶离黄埔。先生即下令各舰驶往新造附近。九日下午，鱼珠炮台的陈军渡河袭长洲炮台，正在力战之时，不意海军陆战队一部反戈，遂失长洲。十日拂晓，下令向车歪炮台进攻，陈军还炮相击，交战良久，相持不下，至上午九时，孙中山先生以座舰当先，各舰随后继进，战争剧烈，更甚于前，观音山及海幢寺的陈军，亦发炮相助。陈军卒败退，各舰直驶白鹅潭停泊。时北伐军已返旆，前锋部队已与陈军接触，先生坚守以待北伐军收复广州。至八月九日，接前敌失败确耗，先生乃集诸将会议，离粤赴沪，再图补救，这是孙中山在广州的蒙难之役。

　　随后，孙中山先生知革命非重新从民众的利益上建立基础不可，乃有中国国民党的改组，改组后他即病殁于北平。至民国十五年，蒋中正等遂由广州北伐，得到最大的胜利。至于今日，广州仍是西南五省的政治重心。将来在中国的国防上，及国际间，如有警变，广州是一定会有伟大的事迹表现出来的。

十　广州生活速写

　　俗语说："生在苏州，住在杭州，食在广州，死在柳州。"这几句话其实是很对的。广州人之讲究"食"，是尽人皆知的事；就只要一踏进长堤，马路上就会有许多招展着的酒家的旗帘，映进你的眼中来，一直从西堤到南堤，从南关到双门底，从下九甫到十八甫，几乎无处没有茶楼酒家，至于那些小小的饭食堂之多，那更是言之不尽了。

广州人是很注意饮食的，食品也特别比外地鲜美，这也许就是广州生活之最特异的地方。广州人的习惯，大多数照例是每日要饮三回茶的：第一回是早茶，大约从清晨五六点钟至八九点钟；第二回是午茶，从一二点钟到四五点钟；第三回是夜茶，是从七八点钟到深夜十一二点钟。说到饮茶，他们对于茶味是十分讲究的，如龙井、杭菊、普洱、六安、香片，以及“菊井”（菊花与龙井拌合）等等，他们都随自己的嗜好去清赏。

茶楼分好几等，有所谓“三厘馆”“三分厅”“五分厅”……这是随着每盅茶及座位的价值而分别的。贫苦的人就多数进“二厘馆”，富裕的人当然是坐“五分厅”，更体面一点的人还可以进二毛（毫之简写，一毫等于一角）钱一盅茶的茶室。至茶室的布置，就比茶楼幽雅得多了。茶楼是非常嘈杂的，而茶室则巧小而清静，多是雅人们所闲谈舒意的地方。

广州“饮”与“食”之盛，非国内任何城市所能比拟。这些饮与食，并不只是茶楼酒家，街头的小担子、小摊也是很多的，像沙河粉、馄饨、绿豆沙、红豆粥、鱼生粥、莲蓉粽等等，真是不计其数。

除了熟食的东西之外，广州还有许多四季的时果，马路两旁的生果烟纸店很多。大约因为广州是近热带的都市的缘故，时果是周年不断的，而且价格极廉，尤其是荔枝，在广州费极少钱，就可以得到一大堆，任你大啖一顿。

谈到广州的花市（指娼妓），最盛的要算是陈塘。陈塘是沙基转入去不远的一个妓窝，里面妓寨林立，酒绿灯红，颇有类于香港的石塘咀。这里算是市内唯一高贵的淫乐场所，可是近年受了不景气的影响，广州的商业一落千丈，陈塘的花市也跟着冷落起来了。

比陈塘的妓女稍下流一点的是，在大公司的天台花园以及西濠口的马路上接客的私娼，但她们倒并不强行拉客。此外，像南堤和东堤的蛋家女（珠娘），也多有靠着卖笑过活的。

广州的赌风最盛的地方是河南。一走过海珠铁桥，那些"××银牌"之类的"摊馆"，就刺目地映入我们的眼中了。"番摊"是南方赌博中的一种特色，除了"番摊"而外，还有好些"牌九馆"之类。一有"番摊""牌九馆"，附近的当铺也就多了。在这里不特有日间的当铺，而且还有"夜押"。

除赌博之外，河南一带的鸦片烟馆也很盛，烟馆的门前大都挂着一些"戒烟室"的招牌，里面就是聚集着一些面黄骨瘦的人们，横躺在床上吞云吐雾。

在开辟马路的初年，广州是被称为"电灯不明，电话不灵，马路不平，自来水不清"的，可是广州在全国各大都市中，却首先创办了"自动电话"，比誉为"东方的巴黎"的上海还早；近年来电灯厂的马力也加大了；马路大都敷上了"地沥青"，马路两旁还有骑楼，虽则此刻还没有电车，可是交通之便，也不下于别的城市的。至于自来水，自从在越秀山上建了大水塔之后，也不像往日那样"不清"了。于是广州日益繁荣下去，人口也骤然增加起来，现在已成为百万人口以上的大都市。

生活在广州的人，自然是广州本省的人占多数，言语也是以广州话为中心，其他各省的人也有，不过比起广东人来，成数就十分小了。

广东人是素善于经商的，在上海"广东帮"即与"宁波帮"并称，可见广东人在经商上的特殊地位了。有许多早年从南洋或外国发了财回来的，即投资在香港或上海，广州既是他们的故乡，自然更是经营得不遗余力了。

　　广州的天气永远像春天一样和暖，冬天没有白雪和狂风。女子的装束，入时的也很不少，西洋化的也很多。少女们穿着长的衫袄，半高跟皮鞋，粗大蓬松的辫儿，活泼地拖在背上。在充满广东音乐的街上行走，在温和的太阳光下，你一定会觉得十分开心和舒畅。

庆祝沪宁克复的那一边

鲁 迅

　　在广州，我觉得纪念和庆祝的盛典似乎特别多。这是当革命的进行和胜利中，一定要有的现象。沪宁的克复，在看见电报的那天，我已经一个人私自高兴过两回了。这"别人出力我高兴"的报应之一，是搜索枯肠，硬做文章的苦差使。其实，我于做这等事，是不大合宜的，因为动起笔来，总是离题有千里之远。即如现在，何尝不想写得切题一些呢，然而还是胡思乱想，像样点的好意思总像断线风筝似的收不回来。忽然想到昨天在黄埔看见的几个来投学生军的青年，才知道在前线上拼命的原来是这样的人；自己在讲堂上胡说了几句便骗得听众拍手，真是应该羞愧。忽而想到十六年前也曾克复过南京，还给捐躯的战士立了一块碑，民国二年后，便被张勋毁掉了，今年顷又可以重立。忽而又想到香港《循环日报》上所载李守常在北京被捕的消息，他的圆圆的脸和中国式的下垂的黑胡子便浮在眼前，不知道他现在怎么样。

　　黑暗的区域里，反革命者的工作也正在默默地进行，虽然留在后方的是呻吟，但也有一部分人们高兴。后方的呻吟与高兴固然大不相同，然而无裨于事是一样的。最后的胜利，不在高兴的人们的多少，而在永远进击的人们的多少，记得一种期刊上，曾经引有列宁的话：

　　第一要事是，不要因胜利而使脑筋昏乱，自高自满；第二要事是，要巩固我们的胜利，使他长久是属于我们的；第三要事是，准备消灭敌人，因为现在敌人只是被征服了，而距消灭的程度还远得很。

俄国究竟是革命的世家，列宁究竟是革命的老手，不是深知道历来革命成败的原因，自己又积有许多经验，是说不出来的。先前，中国革命者的屡屡挫折，我以为就因为忽略了这一点。小有胜利，便陶醉在凯歌中，肌肉松懈，忘却进击了，于是敌人便又乘隙而起。

　　前年，我作了一篇短文，主张"落水狗"还是非打不可，就有老实人以为苛酷，太欠大度和宽容；况且我以此施之人，人又以报诸我，报施将永无了结的时候。但是，外国我不知，在中国，历来的胜利者，有谁不苛酷的呢。取近例，则如清初的几个皇帝，民国二年后的袁世凯，对于异己者何尝不赶尽杀绝。只是他嘴上却说着什么大度和宽容，还有什么慈悲和仁厚；也并不像列宁似的简单明了，列宁究竟是俄国人，怎么想便怎么说，比我们中国人直爽得多了。但便是中国，在事实上，到现在为止，凡有大度，宽容，慈悲，仁厚等等美名，也大抵是名实并用者失败，只用其名者成功的。然而竟瞒过了一群大傻子，还会相信他。

　　庆祝和革命没有什么相干，至多不过是一种点缀。庆祝，讴歌，陶醉着革命的人们多，好自然是好的，但有时也会使革命精神转成浮滑。革命的势力一扩大，革命的人们一定会多起来。统一以后，我恐怕研究系也要讲革命。去年年底，《现代评论》，不就变了论调了么？和"三一八惨案"时候的议论一比照，我真疑心他们都得了一种仙丹，忽然脱胎换骨。我对于佛教先有一种偏见，以为坚苦的小乘教倒是佛教，待到饮酒食肉的阔人富翁，只要吃一餐素，便可以称为居士，算作信徒，虽然美其名曰大乘，流播也更广远，然而这教却因为容易信奉，因而变为浮滑，或者竟等于零了。革命也如此的，坚苦的进击者向前进行，遗下广大的已经革命的地方，使我们可以放心歌呼，也显出革命者的色彩，其实是和革命毫不相干。这样的人们一多，革命的精神反而会从浮滑，稀薄，以至于消亡，再下去是复旧。

广东是革命的策源地，因此也先成为革命的后方，因此也先有上面所说的危机。

当盛大的庆典的这一天，我敢以这些杂乱无章的话献给在广州的革命民众，我深望不至于因这几句出轨的话而扫兴，因为将来可以补救的日子还很多。倘使因此扫兴了，那就是革命精神已经浮滑的证据。

四月十日

原载 1927 年 5 月 5 日广州《国民新闻》副刊《新出路》第 11 号

通 信

鲁 迅

小峰兄：

收到了几期《语丝》，看见有《鲁迅在广东》的一个广告，说是我的言论之类，都收集在内。后来的另一广告上，却变成"鲁迅著"了。我以为这不大好。

我到中山大学的本意，原不过是教书。然而有些青年大开其欢迎会。我知道不妙，所以首先第一回演说，就声明我不是什么"战士"，"革命家"。倘若是的，就应该在北京，厦门奋斗；但我躲到"革命后方"的广州来了，这就是并非"战士"的证据。

不料主席的某先生——他那时是委员——接着演说，说这是我太谦虚，就我过去的事实看来，确是一个战斗者，革命者。于是礼堂上劈劈拍拍一阵拍手，我的"战士"便做定了。拍手之后，大家都已走散，再向谁去推辞？我只好咬着牙关，背了"战士"的招牌走进房里去，想到敝同乡秋瑾姑娘，就是被这种劈劈拍拍的拍手拍死的。我莫非也非"阵亡"不可么？

没有法子，姑且由它去罢。然而苦矣！访问的，研究的，谈文学的，侦探思想的，要做序，题签的，请演说的，闹得个不亦乐乎。我尤其怕的是演说，因为它有指定的时候，不听拖延。临时到来一班青年，连劝带逼，将你绑了出去。而所说的话是大概有一定的题目的。命题作文，我最不擅长。否则，我在清朝不早进了秀才了么？然而不得已，也只好起承转合，上台去说几句。但我自有定例：至多以十分钟为限。可是心里还是不舒服，事前事后，我常常对熟人叹息说：不料我竟到"革命的策源地"来做洋八股了。

还有一层，我凡有东西发表，无论讲义，演说，是必须自己看过的。但那时太忙，有时不但稿子没有看，连印出了之后也没有看。这回变成书了，我也今天才知道，而终于不明白究竟是怎么一回事，里面是怎样的东西。现在我也不想拿什么费话来捣乱，但以我们多年的交情，希望你最好允许我实行下列三样——

一、将书中的我的演说，文章等都删去。

二、将广告上的著者的署名改正。

三、将这信在《语丝》上发表。

这样一来，就只剩了别人所编的别人的文章，我当然心安理得，无话可说了。但是，还有一层，看了《鲁迅在广东》，是不足以很知道鲁迅之在广东的。我想，要后面再加上几十页白纸，才可以称为"鲁迅在广东"。

回想起我这一年的境遇来，有时实在觉得有味。在厦门，是到时静悄悄，后来大热闹；在广东，是到时大热闹，后来静悄悄。肚大两头尖，像一个橄榄。我如有作品，题这名目是最好的，可惜被郭沫若先生占先用去了。但好在我也没有作品。

至于那时关于我的文字，大概是多的罢。我还记得每有一篇登出，某教授便魂不附体似的对我说道："又在恭维你了！看见了么？"我总点点头，说，"看见了。"谈下去，他照例说，"在西洋，文学是只有女人看的。"我也点点头，说，"大概是的罢。"心里却想：战士和革命者的虚衔，大约不久就要革掉了罢。

照那时的形势看来，实在也足令认明了我的"纸糊的假冠"的才子们生气。但那形势是另有缘故的，以非急切，姑且不谈。现在所要说的，只是报上所表见的，乃是一时的情形；此刻早没有假冠了，可惜报上并不记载。但我在广东的鲁迅自己，是知道的，所以写一点出来，给憎恶我的先生们平平心——

一、"战斗"和"革命"，先前几乎有修改为"捣乱"的趋势，现在大约可以免了。但旧衔似乎已经革去。

二、要我做序的书，已经托故取回。期刊上的我的题签，已经撤换。

三、报上说我已经逃走，或者说我到汉口去了。写信去更正，就没收。

四、有一种报上，竭力不使它有"鲁迅"两字出现，这是由比较两种报上的同一记事而知道的。

五、一种报上，已给我另定了一种头衔，曰：杂感家。评论是"特长即在他的尖锐的笔调，此外别无可称。"然而他希望我们和《现代评论》合作。为什么呢？他说："因为我们细考两派文章思想，初无什么大别。"（此刻我才知道，这篇文章是转录上海的《学灯》的。原来如此，无怪其然。写完之后，追注。）

六、一个学者，已经说是我的文字损害了他，要将我送官了，先给我一个命令道："暂勿离粤，以俟开审！"

阿呀，仁兄，你看这怎么得了呀！逃掉了五色旗下的"铁窗斧钺风味"，而在青天白日之下又有"缧绁之忧"了。"孔子曰：'非其罪也。'以其子妻之。"怕未必有这样侥幸的事罢，唉唉，呜呼！

但那是其实没有什么的，以上云云，真是"小病呻吟"。我之所以要声明，不过希望大家不要误解，以为我是坐在高台上指挥"思想革命"而已。尤其是有几位青年，纳罕我为什么近来不开口。你看，再开口，岂不要永"勿离粤，以俟开审"了么？语有之曰：是非只为多开口，烦恼皆因强出头。此之谓也。

我所遇见的那些事，全是社会上的常情，我倒并不觉得怎样。我所感到悲哀的，是有几个同我来的学生，至今还找不到学校进，还在颠沛流离。我还要补足一句，是：他们都不是共产党，也不是亲共派。其吃苦的原因，就在和我认得。所以有一个，曾得到他的同乡的忠告道："你以后不要再说你是鲁迅的学生了罢。"在某大学里，听说尤其严厉，看看《语丝》，就要被称为"语丝派"；和我认识，就要被叫为"鲁迅派"的。

这样子，我想，已经够了，大足以平平正人君子之流的心了。但还要声明一句，这是一部分的人们对我的情形。此外，肯忘掉我，或者至今还和我来往，或要我写字或讲演的人，偶然也仍旧有的。

《语丝》我仍旧爱看，还是他能够破破我的岑寂。但据我看来，其中有些关于南边的议论，未免有一点隔膜。譬如，有一回，似乎颇以"正人君子"之南下为奇，殊不知《现代》在这里，一向是销行很广的。相距太远，也难怪。我在厦门，还只知道一个共产党的总名，到此以后，才知道其中有 CP 和 CY 之分。一直到近来，才知道非共产党而称为什么 Y 什么 Y 的，还不止一种。我又仿佛感到有一个团体，是自以为正统，而喜欢监督思想的。我似乎也就在被监督之列，有时遇见盘问式的访问者，我往往疑心就是他们。但是否的确如此，也到底摸不清，即使真的，我也说不出名目，因为那些名目，多是我所没有听到过的。

以上算是牢骚。但我觉得正人君子这回是可以审问我了："你知道苦了罢？你改悔不改悔？"大约也不但正人君子，凡对我有些好意的人，也要问的。我的仁兄，你也许即是其一。我可以即刻答复："一点不苦，一点不悔。而且倒很有趣的。"

　　土耳其鸡的鸡冠似的彩色的变换，在"以俟开审"之暇，随便看看，实在是有趣的。你知道没有？一群正人君子，连拜服"孤桐先生"的陈源教授即西滢，都舍弃了公理正义的栈房的东吉祥胡同，到青天白日旗下来"服务"了。《民报》的广告在我的名字上用了"权威"两个字，当时陈源教授多么挖苦呀。这回我看见《闲话》出版的广告，道："想认识这位文艺批评界的权威的，——尤其不可不读《闲话》！"这真使我觉得飘飘然，原来你不必"请君入瓮"，自己也会爬进来！

　　但那广告上又举出一个曾经被称为"学棍"的鲁迅来，而这回偏尊之曰"先生"，居然和这"文艺批评界的权威"并列，却确乎给了我一个不小的打击。我立刻自觉：阿呀，痛哉，又被钉在木板上替"文艺批评界的权威"做广告了。两个"权威"，一个假的和一个真的，一个被"权威"挖苦的"权威"和一个挖苦"权威"的"权威"。呵呵！

　　祝你安好。我是好的。

鲁迅。
九，三。

原载 1927 年 10 月 1 日《语丝》周刊第 151 期

答有恒先生

鲁　迅

有恒先生：

你的许多话，今天在《北新》上看见了。我感谢你对于我的希望和好意，这是我看得出来的。现在我想简略地奉答几句，并以寄和你意见相仿的诸位。

我很闲，决不至于连写字工夫都没有。但我的不发议论，是很久了，还是去年夏天决定的，我豫定的沉默期间是两年。我看得时光不大重要，有时往往将它当作儿戏。

但现在沉默的原因，却不是先前决定的原因，因为我离开厦门的时候，思想已经有些改变。这种变迁的径路，说起来太烦，姑且略掉罢，我希望自己将来或者会发表。单就近时而言，则大原因之一，是：我恐怖了。而且这种恐怖，我觉得从来没有经验过。

我至今还没有将这"恐怖"仔细分析。姑且说一两种我自己已经诊察明白的，则：

一，我的一种妄想破灭了。我至今为止，时时有一种乐观，以为压迫，杀戮青年的，大概是老人。这种老人渐渐死去，中国总可比较地有生气。现在我知道不然了，杀戮青年的，似乎倒大概是青年，而且对于别个的不能再造的生命和青春，更无顾惜。如果对于动物，也要算"暴殄天物"。我尤其怕看的是胜利者的得意之笔："用斧劈死"呀，……"乱枪刺死"呀……。我其实并不是急进的改革论者，我没有反对过死刑。但对于凌迟和灭族，我曾表示过十分的憎恶和悲痛，我以为二十世纪的人群中是不应该有的。斧劈枪刺，自然不说是凌迟，但我们不能用一粒子弹打在他后脑上么？结果是一样的，对方的死亡。但事实是事实，血的游戏已经开头，而角色又是青年，并且有得意之色。我现在已经看不见这出戏的收场。

二，我发现了我自己是一个……。是什么呢？我一时定不出名目来。我曾经说过：中国历来是排着吃人的筵宴，有吃的，有被吃的。被吃的也曾吃人，正吃的也会被吃。但我现在发现了，我自己也帮助着排筵宴。先生，你是看我的作品的，我现在发一个问题：看了之后，使你麻木，还是使你清楚；使你昏沉，还是使你活泼？倘所觉的是后者，那我的自己裁判，便证实大半了。中国的筵席上有一种"醉虾"，虾越鲜活，吃的人便越高兴，越畅快。我就是做这醉虾的帮手，弄清了老实而不幸的青年的脑子和弄敏了他的感觉，使他万一遭灾时来尝加倍的苦痛，同时给憎恶他的人们赏玩这较灵的苦痛，得到格外的享乐。我有一种设想，以为无论讨赤军，讨革军，倘捕到敌党的有智识的如学生之类，一定特别加刑，甚于对工人或其他无智识者。为什么呢，因为他可以看见更锐敏微细的痛苦的表情，得到特别的愉快。倘我的假设是不错的，那么，我的自己裁判，便完全证实了。

所以，我终于觉得无话可说。

倘若再和陈源教授之流开玩笑罢，那是容易的，我昨天就写了一点。然而无聊，我觉得他们不成什么问题。他们其实至多也不过吃半只虾或呷几口醉虾的醋。况且听说他们已经别离了最佩服的"孤桐先生"，而到青天白日旗下来革命了。我想，只要青天白日旗插远去，恐怕"孤桐先生"也会来革命的。不成问题了，都革命了，浩浩荡荡。

问题倒在我自己的落伍。还有一点小事情。就是，我先前的弄"刀笔"的罚，现在似乎降下来了。种牡丹者得花，种蒺藜者得刺，这是应该的，我毫无怨恨。但不平的是这罚仿佛太重一点，还有悲哀的是带累了几个同事和学生。

他们什么罪孽呢，就因为常常和我往来，并不说我坏。凡如此的，现在就要被称为"鲁迅党"或"语丝派"，这是"研究系"和"现代派"宣传的一个大成功。所以近一年来，鲁迅已以被"投诸四裔"为原则了。不说不知道，我在厦门的时候，后来是被搬在一所四无邻居的大洋楼上了，陪我的都是书，深夜还听到楼下野兽"唔唔"地叫。但我是不怕冷静的，况且还有学生来谈谈。然而来了第二下的打击：三个椅子要搬去两个，说是什么先生的少爷已到，要去用了。这时我实在很气愤，便问他：倘若他的孙少爷也到，我就得坐在楼板上么？不行！没有搬去，然而来了第三下的打击，一个教授微笑道：又发名士脾气了。厦门的天条，似乎是名士才能有多于一个的椅子的。"又"者，所以形容我常发名士脾气也，《春秋》笔法，先生，你大概明白的罢。还有第四下的打击，那是我临走的时候了，有人说我之所以走，一因为没有酒喝，二因为看见别人的家眷来了，心里不舒服。这还是根据那一次的"名士脾气"的。

这不过随便想到一件小事。但，即此一端，你也就可以原谅我吓得不敢开口之情有可原了罢。我知道你是不希望我做醉虾的。我再斗下去，也许会"身心交病"。然而"身心交病"，又会被人嘲笑的。自然，这些都不要紧。但我何苦呢，做醉虾？

不过我这回最侥幸的是终于没有被做成为共产党。曾经有一位青年，想以独秀办《新青年》，而我在那里做过文章这一件事，来证成我是共产党。但即被别一位青年推翻了，他知道那时连独秀也还未讲共产。退一步，"亲共派"罢，终于也没有弄成功。倘我一出中山大学即离广州，我想，是要被排进去的；但我不走，所以报上"逃走了""到汉口去了"的闹了一通之后，倒也没有事了。天下究竟还有光明，没有人说我有"分身法"。现在是，似乎没有什么头衔了，但据"现代派"说，我是"语丝派的首领"。这和生命大约并无什么直接关系，或者倒不大要紧的，只要他们没有第二下。倘如"主角"唐有壬似的又说什么"墨斯科的命令"，那可就又有些不妙了。

笔一滑，话说远了，赶紧回到"落伍"问题去。我想，先生，你大约看见的，我曾经叹息中国没有敢"抚哭叛徒的吊客"。而今何如？你也看见，在这半年中，我何尝说过一句话？虽然我曾在讲堂上公表过我的意思，虽然我的文章那时也无处发表，虽然我是早已不说话，但这都不足以作我的辩解。总而言之，现在倘再发那些四平八稳的"救救孩子"似的议论，连我自己听去，也觉得空空洞洞了。

还有，我先前的攻击社会，其实也是无聊的。社会没有知道我在攻击，倘一知道，我早已死无葬身之所了。试一攻击社会的一分子的陈源之类，看如何？而况四万万也哉？我之得以偷生者，因为他们大多数不识字，不知道，并且我的话也无效力，如一箭之入大海。否则，几条杂感，就可以送命的。民众的罚恶之心，并不下于学者和军阀。近来我悟到凡带一点改革性的主张，倘于社会无涉，才可以作为"废话"而存留，万一见效，提倡者即大概不免吃苦或杀身之祸。古今中外，其揆一也。即如目前的事，吴稚晖先生不也有一种主义的么？而他不但不被普天同愤，且可以大呼"打倒……严办"者，即因为赤党要实行共产主义于二十年之后，而他的主义却须数百年之后或者才行，由此观之，近于废话故也。人那有遥管十余代以后的灰孙子时代的世界的闲情别致也哉？

话已经说得不少，我想收梢了。我感于先生的毫无冷笑和恶意的态度，所以也诚实的奉答，自然，一半也借此发些牢骚。但我要声明，上面的说话中，我并不含有谦虚，我知道我自己，我解剖自己并不比解剖别人留情面。好几个满肚子恶意的所谓批评家，竭力搜索，都寻不出我的真症候。所以我这回自己说一点，当然不过一部分，有许多还是隐藏着的。

我觉得我也许从此不再有什么话要说，恐怖一去，来的是什么呢，我还不得而知，恐怕不见得是好东西罢。但我也在救助我自己，还是老法子：一是麻痹，二是忘却。一面挣扎着，还想从以后淡下去的"淡淡的血痕中"看见一点东西，誊在纸片上。

鲁迅。
九，四。

原载 1927 年 10 月 1 日上海《北新》周刊第 49、50 期合刊

鲁迅在广州（节选）*

鲁　迅

其实我也还有一点野心，也想到广州后，对于"绅士"们仍然加以打击，至多无非不能回北京去，并不在意。第二是与创造社联合起来，造一条战线，更向旧社会进攻，我再勉力写些文字。

《两地书·六九》（一九二六年十一月七日）

这里（广州）很繁盛，饮食倒极便当；在他处，听得人说如何如何，迫来一看，还是旧的，不过有许多工会而已，并不怎样特别。但民情，却比别处活泼得多。

《致韦素园》（一九二七年一月二十六日）

中大定于三月二日开学，里面的情形，非常曲折，真是一言难尽，不说也罢。我是来教书的，不意套上了文学系（非科）主任兼教务主任，不但睡觉，连吃饭的工夫也没有了。这样下去，是不行的，我想设法脱卸这些，专门做教员，不知道将来（开学后）可能够。但即使做教员，也不过是五日京兆，坐在革命的摇篮之上，随时可以滚出的。不过我以为教书可比办事务经久些，

---

* 标题为编者所加

近来实也跑得吃力了。

……

我在这里，被抬得太高，苦极。作文演说的债，欠了许多。阴历正月三日从毓秀山跳下，跌伤了，躺了几天。十七日到香港去演说，被英国人禁止在报上揭载了。真是钉子之多，不胜枚举。

我想不做"名人"了，玩玩。一变"名人"，"自己"就没有了。

　　　　　　　《致章廷谦》（一九二七年二月二十五日）

现在他们还在挽留我，当然无效，我是不走回头路的。季黻也已辞职，因为我一走，傅即探他的态度，所以也不干了。

据伏园上月廿七日来信云：玉堂已经就职了。所"就"何"职"，却未详。大约是外交上事务罢。骝先已做了这里的民政厅长，当然不会［回］浙。我也不想回浙，但未定到那里去，教界这东西，我实在有点怕了，并不比政界干净。

广东也没有什么事，先前戒严，常听到捕人等事。现在似乎戒［解］严了，我不大出门，所以不知其详。

　　　　　　　《致章廷谦》（一九二七年五月十五日）

广东报纸所讲的文学，都是旧的，新的很少，也可以证明广东社会没有受革命影响；没有对新的讴歌，也没有对旧的挽歌，广东仍然是十年前底广东。不但如此，并且也没有叫苦，没有鸣不平；止看见工会参加游行，但这是政府允许的，不是因压迫而反抗的，也不过是奉旨革命。

　　　　　《而已集·革命时代的文学》（一九二七年四月八日）

本年一月间我曾去过一回香港，因为跌伤的脚还未全好，不能到街上去闲走，演说一了，匆匆便归，印象淡薄得很，也早已忘却了香港了。今天看见《语丝》一三七期上辰江先生的通信，忽又记得起来，想说几句话来凑热闹。

我去讲演的时候，主持其事的人大约很受了许多困难，但我都不大清楚。单知道先是颇遭干涉，中途又有反对者派人索取入场券，收藏起来，使别人不能去听；后来又不许将讲稿登报，经交涉的结果，是削去和改窜了许多。

然而我的讲演，真是"老生常谈"，而且还是七八年前的"常谈"。

从广州往香港时，在船上还亲自遇见一桩笑话。有一个船员，不知怎地，是知道我的名字的，他给我十分担心。他以为我的赴港，说不定会遭谋害；我遥遥地跑到广东来教书，而无端横死，他——广东人之一——也觉得抱歉。于是他忙了一路，替我计画，禁止上陆时如何脱身，到埠捕拿时如何避免。到埠后，既不禁止，也不捕拿，而他还不放心，临别时再三叮嘱，说倘有危险，可以避到什么地方去。

我虽然觉得可笑，但我从真心里十分感谢他的好心，记得他的认真的脸相。

三天之后，平安地出了香港了，不过因为攻击国粹，得罪了若干人。现在回想起来，像我们似的人，大危险是大概没有的。不过香港总是一个畏途。

《而已集·略谈香港》《一九二七年七月十一日）

现在，四近没有炮火，没有鞭笞，没有压制，于是也就没有反抗，没有革命。所有的多是曾经革命，将要革命，或向往革命的青年，将在平静的空气中，度着探求学术的生活。但这平静的空气，必须为革命的精神所弥漫，这精神则如日光，永永放射，无远弗到。

否则，革命的后方便成为懒人享福的地方。

……

结末的祝词是：我先只希望中山大学中人虽然坐着工作而永远记得前线。

《集外集拾遗·中山大学开学致语》（一九二七年三月一日）

我在厦门时，很受几个"现代"派的人排挤，我离开的原因，一半也在此。但我为从北京请去的教员留面子，秘而不说。不料其中之一，终于在那里也站不住，已经钻到此地来做教授。此辈的阴险性质是不会改变的，自然不久还是排挤，营私。我在此的教务，功课，已经够多的了，那可以再加上防暗箭，淘闲气。所以我决计于二三日内辞去一切职务，离开中大。

此后何往，还未定；或者仍暂留此地，改定《小约翰》，俟暑假后再说。因为此刻开学已久已无处可以教书，我也想暂时不教书，休息一时再说，这一年来，实在忙得太苦了。来信可寄"广州芳草街四十四号二楼北新书屋"（非局字）收转。书籍亦径寄"北新书屋"收。这是一间小楼，卖未名社和北新局出板品的地方。

《莽原》第五六期各十本及给我之各二本，今天收到了。广东没有文艺书出版，所以外来之品，消场还好。《象牙之塔》卖完了，连样本都买了去。

《致李霁野》（一九二七年四月二十日）

但还是因为行文不慎，饭碗敲破了，并且非走不可了，所以不待"无烟火药"来轰，便辗转跑到了"革命策源地"。住了两月，我就骇然，原来往日所闻，全是谣言，这地方，却正是军人和商人所主宰的国土。于是接着是清党，详细的事实，报章上是不大见的，只有些风闻。我正有些神经过敏，于是觉得正像是"聚而歼旃"，很不免哀痛。虽然明知道这是"浅薄的人道主义"，不时髦已经有两三年了，但因为小资产阶级根性未除，于心总是戚戚。那时我就想到我恐怕也是安排筵宴的一个人，就在答有恒先生的信中，表白了几句。

《三闲集·通信》（一九二八年四月十日）

我真想不到，在厦门那么反对民党，使兼士愤愤的顾颉刚，竟到这里来做教授了，那么，这里的情形，难免要变成厦大，硬直者逐，改革者开除。而且据我看来，或者会比不上厦大，这是我新得的感觉。我已于上星期四辞去一切职务，脱离中大了。我住在上月租定的屋里，想整理一点译稿，大约暂时不能离开这里。前几天也颇有流言，正如去年夏天我在北京一样。哈哈，真是天下老鸦一般黑哉！

《致孙伏园》（一九二七年四月二十六日）

我这楼外却不同：满天炎热的阳光，时而如绳的暴雨；前面的小港中是十几只蜑户的船，一船一家，一家一世界，谈笑哭骂，具有大都市中的悲欢。也仿佛觉得不知那里有青春的生命沦亡，或者正被杀戮，或者正在呻吟，或者正在"经营腐烂事业"和作这事业的材料。然而我却渐渐知道这虽然沈默的都市中，还有我的生命存在，纵已节节败退，我实未尝沦亡。只是不见"火云"，时窘阴雨，若明若昧，又像整理这译稿的时候了。于是以五月二日开手，稍加修正，并且誊清，月底才完，费时又一个月。

……加以虽然沈默的都市，而时有侦察的眼光，或扮演的函件，或京式的流言，来扰耳目，因此执笔又时时流于草率。……

《小约翰·引言》（一九二七年五月三十日）

　　我常想在纷扰中寻出一点闲静来，然而委实不容易。目前是这么离奇，心里是这么芜杂。一个人做到只剩了回忆的时候，生涯大概总要算是无聊了罢，但有时竟会连回忆也没有。中国的做文章有轨范，世事也仍然是螺旋。前几天我离开中山大学的时候，便想起四个月以前的离开厦门大学；听到飞机在头上鸣叫，竟记得了一年前在北京城上日日旋绕的飞机。我那时还做了一篇短文，叫做《一觉》。现在是，连这"一觉"也没有了。

　　广州的天气热得真早，夕阳从西窗射入，逼得人只能勉强穿一件单衣。书桌上的一盆"水横枝"，是我先前没有见过的：就是一段树，只要浸在水中，枝叶便青葱得可爱。看看绿叶，编编旧稿，总算也在做一点事。做着这等事，真是虽生之日，犹死之年，很可以驱除炎热的。

　　前天，已将《野草》编定了；这回便轮到陆续载在《莽原》上的《旧事重提》，我还替他改了一个名称：《朝花夕拾》。带露折花，色香自然要好得多，但是我不能够。便是现在心目中的离奇和芜杂，我也还不能使他即刻幻化，转成离奇和芜杂的文章。或者，他日仰看流云时，会在我的眼前一闪烁罢。

《朝花夕拾·小引》（一九二七年五月一日）

　　我之"何时离粤"与"何之"问题，一时殊难说。我现在因为有国库券，还可取几文钱，所以住在这里，反正离开也不过寓沪，多一番应酬。我这十个月中，屡次升沉，看看人情世态，有趣极了。我现已编好两部旧稿，整理出一部译的小说。此刻正在译一点日本人的论文，豫备寄给你的，但日内未必完工，因为太长。每日吃鱼肝油，胖起来了，恐怕还要"可恶"几年哩。至于此后，则如暑假前后，咱们的"介石同志"打进北京，我也许回北京去，但一面也想漂流漂流，可恶一通，试试我这个人究竟受得多少明枪暗箭。总而言之，现在是过一天算一天，没有一定者也。

"出亡"的流言，我想是故意造的，未必一定始于愈之，或者倒是鼻一流人物。他们现在也大有此意，而无隙可乘，因为我竟不离粤，否则，无人质证，此地便流言蜂起了，他们只在香港的报上造一点小谣言，一回是说我因亲共而躲避，今天是说我已往汉口（此人是现代派，我疑是鼻之同党），我已寄了一封信，开了一点小玩笑，但不知可能登出，因为这里言论界之暗，实在过于北京。

在这月以内，如寄我信，可寄"广九车站，白云楼二十六号二楼许寓收转"，下月则且听下回分解可也。

《致章廷谦》（一九二七年六月十二日）

我一向是相信进化论的，总以为将来必胜于过去，青年必胜于老人，对于青年，我敬重之不暇，往往给我十刀，我只还他一箭。然而后来我明白我倒是错了。这并非唯物史观的理论或革命文艺的作品蛊惑我的，我在广东，就目睹了同是青年，而分成两大阵营，或则投书告密，或则助官捕人的事实！我的思路因此轰毁，后来便时常用了怀疑的眼光去看青年，不再无条件的敬畏了。然而此后也还为初初上阵的青年们呐喊几声，不过也没有什么大帮助。

《三闲集·序言》（一九三二年四月二十四日）

现在说一个容易明白的比喻罢，譬如有一个军阀，在北方——在广东的人所谓北方和我常说的北方的界限有些不同，我常称山东山西直隶河南之类为北方——那军阀从前是压迫民党的，后来北伐军势力一大，他便挂起了青天白日旗，说自己已经信仰三民主义了，是总理的信徒。这样还不够，他还要做总理的纪念周。这时候，真的三民主义的信徒，去呢，不去呢？不去，他那里就可以说你反对三民主义，定罪，杀人。但既然在他的势力之下，没有别法，真的总理的信徒，倒会不谈三民主义，或者听人假惺惺的谈起来就皱眉，好像反对三民主义模样。所以我想，魏晋时所谓反对礼教的人，有许多大约也如此。他们倒是迂夫子，将礼教当作宝贝看待的。

《而已集·魏晋风度及文章与药及酒之关系》（一九二七年七月）

《鲁迅在广东》我没有见过，不知道是怎样的东西，大约是集些报上的议论罢。但这些议论是一时的，彼一时，此一时，现在很两样。

时光的确快，记得我们在马路上见了之后，已经一年多了，我漂流了两省，幻梦醒了不少，现在是胡胡涂涂。想起北京来，觉得也并不坏，而且去年想捉我的"正人君子"们，现已大抵南下革命了，大约回去也不妨。不过有几个学生，因为是我的学生，所以学校还未进妥近来有些这样的情形，连和我熟识的学生，也会有人疑心他脾气和我相似，喜欢揭穿假面具，所以看得讨厌。我想陪着他们暂时漂流，到他们有书读了，我再静下来。

《致翟永坤》（一九二七年九月十九日）

读书杂谈

——一九二七年七月十六日在广州知用中学演讲

鲁　迅

　　因为知用中学的先生们希望我来演讲一回，所以今天到这里和诸君相见。不过我也没有什么东西可讲。忽而想到学校是读书的所在，就随便谈谈读书。是我个人的意见，姑且供诸君的参考，其实也算不得什么演讲。

　　说到读书，似乎是很明白的事，只要拿书来读就是了，但是并不这样简单。至少，就有两种：一是职业的读书，一是嗜好的读书。所谓职业的读书者，譬如学生因为升学，教员因为要讲功课，不翻翻书，就有些危险的就是。我想在坐的诸君之中一定有些这样的经验，有的不喜欢算学，有的不喜欢博物，然而不得不学，否则，不能毕业，不能升学，和将来的生计便有妨碍了。我自己也这样，因为做教员，有时即非看不喜欢看的书不可，要不这样，怕不久便会于饭碗有妨。我们习惯了，一说起读书，就觉得是高尚的事情，其实这样的读书，和木匠的磨斧头，裁缝的理针线并没有什么分别，并不见得高尚，有时还很苦痛，很可怜。你爱做的事，偏不给你做，你不爱做的，倒非做不可。这是由于职业和嗜好不能合一而来的。倘能够大家去做爱做的事，而仍然各有饭吃，那是多么幸福。但现在的社会上还做不到，所以读书的人们的最大部分，大概是勉勉强强的，带着苦痛的为职业的读书。

现在再讲嗜好的读书罢。那是出于自愿，全不勉强，离开了利害关系的。——我想，嗜好的读书，该如爱打牌的一样，天天打，夜夜打，连续地去打，有时被公安局捉去了，放出来之后还是打。诸君要知道真打牌的人的目的并不在赢钱，而在有趣。牌有怎样的有趣呢，我是外行，不大明白。但听得爱赌的人说，它妙在一张一张地摸起来，永远变化无穷，我想，凡嗜好的读书，能够手不释卷的原因也就是这样，他在每一页每一页里，都得着深厚的趣味。自然，也可以扩大精神，增加智识的，但这些倒都不计及，一计及，便等于意在赢钱的博徒了，这在博徒之中，也算是下品。

不过我的意思，并非说诸君应该都退了学，去看自己喜欢看的书去。这样的时候还没有到来；也许终于不会到，至多，将来可以设法使人们对于非做不可的事发生较多的兴味罢了。我现在是说，爱看书的青年，大可以看看本分以外的书，即课外的书，不要只将课内的书抱住。但请不要误解，我并非说，譬如在国文讲堂上，应该在抽屉里暗看《红楼梦》之类；乃是说，应做的功课已完而有余暇，大可以看看各样的书，即使和本业毫不相干的，也要泛览，譬如学理科的，偏看看文学书，学文学的，偏看看科学书，看看别个在那里研究的，究竟是怎么一回事，这样子，对于别人，别事，可以有更深的了解。现在中国有一个大毛病，就是人们大概以为自己所学的一门是最好，最妙，最要紧的学问，而别的都无用，都不足道的，弄这些不足道的东西的人，将来该当饿死。其实是，世界还没有如此简单，学问都各有用处，要定什么是头等还很难。也幸而有各式各样的人，假如世界上全是文学家，到处所讲的不是"文学的分类"便是"诗之构造"，那倒反而无聊得很了。

不过以上所说的，是附带而得的效果，嗜好的读书，本人自然并不计及那些，就如游公园似的，随随便便去，因为随随便便，所以不吃力，因为不吃力，所以会觉得有趣。如果一本书拿到手，就满心想道，"我在读书了！""我在用功了！"那就容易疲劳，因而减掉兴味，或者变成苦事了。

我看现在的青年，为兴味的读书的是有的，我也常常遇到各样的询问。此刻就将我所想到的说一点，但是只限于文学方面，因为我不明白其他的。

第一，是往往分不清文学和文章。甚至于已经来动手做批评文章的，也免不了这毛病。其实粗粗地说，这是容易分别的。研究文章的历史或理论的，是文学家，是学者；做做诗或戏曲小说的，是做文章的人，就是古时候所谓文人，此刻所谓创作家。创作家不妨毫不理会文学史或理论，文学家也不妨做不出一句诗。然而中国社会上还很误解，你做几篇小说，便以为你一定懂得小说概论，做几句新诗，就要你讲诗之原理。我也尝见想做小说的青年，先买小说法程和文学史来看。据我看来，是即使将这些书看烂了，和创作也没有什么关系的。

事实上，现在有几个做文章的人，有时也确去做教授。但这是因为中国创作不值钱，养不活自己的缘故。听说美国小名家的一篇中篇小说，时价是二千美金；中国呢，别人我不知道，我自己的短篇寄给大书铺，每篇卖过二十元。当然要寻别的事，例如教书，讲文学。研究是要用理智，要冷静的，而创作须情感，至少总得发点热，于是忽冷忽热，弄得头昏，——这也是职业和嗜好不能合一的苦处。苦倒也罢了，结果还是什么都弄不好。那证据，是试翻世界文学史，那里面的人，几乎没有兼做教授的。

还有一种坏处，是一做教员，未免有顾忌；教授有教授的架子，不能畅所欲言。这或者有人要反驳：那么，你畅所欲言就是了，何必如此小心。然而这是事前的风凉话，一到有事，不知不觉地他也要从众来攻击的。而教授自身，纵使自以为怎样放达，下意识里总不免有架子在。所以在外国，称为"教授小说"的东西倒并不少，但是不大有人说好，至少，是总难免有令人发烦的衒学的地方。

所以我想，研究文学是一件事，做文章又是一件事。

第二，我常被询问：要弄文学，应该看什么书？这实在是一个极难回答的问题。先前也曾有几位先生给青年开过一大篇书目。但从我看来，这是没有什么用处的，因为我觉得那都是开书目的先生自己想要看或者未必想要看的书目。我以为倘要弄旧的呢，倒不如姑且靠着张之洞的《书目答问》去摸门径去。倘是新的，研究文学，则自己先看看各种的小本子，如本间久雄的《新文学概论》，厨川白村的《苦闷的象征》，瓦浪斯基们的《苏俄的文艺论战》之类，然后自己再想想，再博览下去。因为文学的理论不像算学，二二一定得四，所以议论很纷歧。如第三种，便是俄国的两派的争论，——我附带说一句，近来听说连俄国的小说也不大有人看了，似乎一看见"俄"字就吃惊，其实苏俄的新创作何尝有人绍介，此刻译出的几本，都是革命前的作品，作者在那边都已经被看作反革命的了。倘要看看文艺作品呢，则先看几种名家的选本，从中觉得谁的作品自己最爱看，然后再看这一个作者的专集，然后再从文学史上看看他在史上的位置；倘要知道得更详细，就看一两本这人的传记，那便可以大略了解了，如果专是请教别人，则各人的嗜好不同，总是格不相入的。

第三，说几句关于批评的事，现在因为出版物太多了，——其实有什么呢，而读者因为不胜其纷纭，便渴望批评，于是批评家也便应运而起。批评这东西，对于读者，至少对于和这批评家趣旨相近的读者，是有用的。但中国现在，似乎应该暂作别论。往往有人误以为批评家对于创作是操生杀之权，占文坛的最高位的，就忽而变成批评家，他的灵魂上挂了刀。但是怕自己的立论不周密，便主张主观，有时怕自己的观察别人不看重，又主张客观；有时说自己的作文的根柢全是同情，有时将校对者骂得一文不值。凡中国的批评文字，我总是越看越胡涂，如果当真，就要无路可走。印度人是早知道的，有一个很普通的比喻。他们说：一个老翁和一个孩子用一匹驴子驮着货物去出卖，货卖去了，孩子骑驴回来，老翁跟着走。但路人责备他了，说是不晓事，叫老年人徒步。他们便换了一个地位，而旁人又说老人忍心；老人忙将孩子抱到鞍鞒上，后来看见的人却说他们残酷；于是都下来，走了不久，可又有人笑他们了，说他们是呆子，空着现成的驴子却不骑，于是老人对孩子叹息道，我们只剩了一个办法了，是我们两人抬着驴子走。无论读，无论做，倘若旁征博访，结果是往往会弄到抬驴子走的。

不过我并非要大家不看批评，不过说看了之后，仍要看看本书，自己思索，自己做主。看别的书也一样，仍要自己思索，自己观察。倘只看书，便变成书厨，即使自己觉得有趣，而那趣味其实是已在逐渐硬化，逐渐死去了。我先前反对青年躲进研究室，也就是这意思，至今有些学者，还将这话算作我的一条罪状哩。

听说英国的培那特萧（Bernard Shaw），有过这样意思的话：世间最不行的是读书者。因为他只能看别人的思想艺术，不用自己。这也就是勖本华尔（Schopenhauer）之所谓脑子里给别人跑马。较好的是思索者。因为能用自己的生活力了，但还不免是空想，所以更好的是观察者，他用自己的眼睛去读世间这一部活书。

这是的确的，实地经验总比看、听、空想确凿。我先前吃过干荔支，罐头荔支，陈年荔支，并且由这些推想过新鲜的好荔支。这回吃过了，和我所猜想的不同，非到广东来吃就永不会知道。但我对于萧的所说，还要加一点骑墙的议论。萧是爱尔兰人，立论也不免有些偏激的。我以为假如从广东乡下找一个没有历练的人，叫他从上海到北京或者什么地方，然后问他观察所得，我恐怕是很有限的，因为他没有练习过观察力，所以要观察，还是先要经过思索和读书。

总之，我的意思是很简单的：我们自动的读书，即嗜好的读书，请教别人是大抵无用，只好先行泛览，然后决择而入于自己所爱的较专的一门或几门；但专读书也有弊病，所以必须和实社会接触，使所读的书活起来。

原载1927年8月18、19、22日广州《民国日报》副刊《现代青年》第179、180、181期

在钟楼上

——夜记之二

鲁　迅

　　也还是我在厦门的时候，柏生从广州来，告诉我说，爱而君也在那里了。大概是来寻求新的生命的罢，曾经写了一封长信给K委员，说明自己的过去和将来的志望。

　　"你知道有一个叫爱而的么？他写了一封长信给我，我没有看完。其实，这种文学家的样子，写长信，就是反革命的！"有一天，K委员对柏生说。

　　又有一天，柏生又告诉了爱而，爱而跳起来道：

　　"怎么？……怎么说我是反革命的呢？！"

　　厦门还正是和暖的深秋，野石榴开在山中，黄的花——不知道叫什么名字——开在楼下。我在用花岗石墙包围着的楼屋里听到这小小的故事，K委员的眉头打结的正经的脸，爱而的活泼中带着沉闷的年青的脸，便一齐在眼前出现，又仿佛如见当K委员的眉头打结的面前，爱而跳了起来，——我不禁从窗隙间望着远天失笑了。

　　但同时也记起了苏俄曾经有名的诗人，《十二个》的作者勃洛克的话来：——

　　共产党不妨碍做诗，但于觉得自己是大作家的事却有妨碍。大作家者，是感觉自己一切创作的核心，在自己里面保持着规律的。

　　共产党和诗，革命和长信，真有这样地不相容么？我想。

　　以上是那时的我想。这时我又想，在这里有插入几句声明的必要：——

　　我不过说是变革和文艺之不相容，并非在暗示那时的广州政府是共产政府或委员是共产党。这些事我一点不知道。只有若干已经"正法"的人们，至今不听见有人鸣冤或冤鬼诉苦，想来一定是真的共产党罢。至于有一些，则一时虽然从一方面得了这样的谥号，但后来两方相见，杯酒言欢，就明白先前都是误解，其实是本来可以合作的。

　　必要已毕，于是放心回到本题。却说爱而君不久也给了我一封信，通知我已经有了工作了。信不甚长，大约还有被冤为"反革命"的余痛罢。但又发出牢骚来：一，给他坐在饭锅旁边，无聊得很；二，有一回正在按风琴，一个漠不相识的女郎来送给他一包点心，就弄得他神经过敏，以为北方女子太死板而南方女子太活泼，不禁"感慨系之矣"了。

　　关于第一点，我在秋蚊围攻中所写的回信中置之不答。夫面前无饭锅而觉得无聊，觉得苦痛，人之常情也，现在已见饭锅，还要无聊，则明明是发了革命热。老实说，远地方在革命，不相识的人们在革命，我是的确有点高兴听的，然而——没有法子，索性老实说罢，——如果我的身边革起命来，或者我所熟识的人去革命，我就没有这么高兴听。有人说我应该拚命去革命，我自然不敢不以为然，但如叫我静静地坐下，调给我一杯罐头牛奶喝，我往往更感激。但是，倘说，你就死心塌地地从饭锅里装饭吃罢，那是不像样的；然而叫他离开饭锅去拼命，却又说不出口，因为爱而是我的极熟的熟人。于是只好袭用仙传的古法，装聋作哑，置之不问不闻之列。只对于第二点加以猛烈的教诫，大致是说他"死板"和"活泼"既然都不赞成，即等于主张女性应该不死不活，那是万分不对的。

约略一个多月之后，我抱着和爱而一类的梦，到了广州，在饭锅旁边坐下时，他早已不在那里了，也许竟并没有接到我的信。

我住的是中山大学中最中央而最高的处所，通称"大钟楼"。一月之后，听得一个戴瓜皮小帽的秘书说，才知道这是最优待的住所，非"主任"之流是不准住的。但后来我一搬出，又听说就给一位办事员住进去了，莫明其妙。不过当我住在那里的时候，总还是非主任之流即不准住的地方，所以直到知道办事员搬进去了的那一天为止，我总是常常又感激，又惭愧。

然而这优待室却并非容易居住的所在，至少的缺点，是不很能够睡觉的。一到夜间，便有十多匹——也许二十来匹罢，我不能知道确数——老鼠出现，驰骋文坛，什么都不管。只要可吃的，它就吃，并且能开盒子盖，广州中山大学里非主任之流即不准住的楼上的老鼠，仿佛也特别聪明似的，我在别地方未曾遇到过。到清晨呢，就有"工友"们大声唱歌，——我所不懂的歌。

白天来访的本省的青年，却大抵怀着非常的好意的。有几个热心于改革的，还希望我对于广州的缺点加以激烈的攻击。这热诚很使我感动，但我终于说是还未熟悉本地的情形，而且已经革命，觉得无甚可以攻击之处，轻轻地推却了。那当然要使他们很失望的，过了几天，尸一君就在《新时代》上说：——

> ……我们中几个很不以他这句话为然，我们以为我们还有许多可骂的地方，我们正想骂骂自己，难道鲁迅先生竟看不出我们的缺点么？……

其实呢，我的话一半是真的。我何尝不想了解广州，批评广州呢，无奈慨自被供在大钟楼上以来，工友以我为教授，学生以我为先生，广州人以我为"外江佬"，孤子特立，无从考查。而最大的阻碍则是言语。直到我离开广州的时候止，我所知道的言语，除一二三四……等数目外，只有一句凡有外江佬几乎无不因为特别而记住的Hanbaran（统统）和一句凡有学习异地言语者几乎无不最容易学得而记住的骂人话Tiu-na-ma而已。

这两句有时也有用。那是我已经搬在白云路寓屋里的时候了，有一天，巡警捉住了一个窃取电灯的偷儿，那管屋的陈公便跟着一面骂，一面打。骂了一大套，而我从中只听懂了这两句。然而似乎已经全懂得，心里想："他所说的，大约是因为屋外的电灯几乎Hanbaran被他偷去，所以要Tiu-na-ma了。"于是就仿佛解决了一件大问题似的，即刻安心归坐，自去再编我的《唐宋传奇集》。

但究竟不知道是否真如此。私自推测是无妨的，倘若据以论广州，却未免太卤莽罢。

但虽只这两句，我却发现了吾师太炎先生的错处了。记得先生在日本给我们讲文字学时，曾说《山海经》上"其州在尾上"的"州"是女性生殖器。这古语至今还留存在广东，读若Tiu。故Tiuhei二字，当写作"州戏"，名词在前，动词在后的。我不记得他后来可曾将此说记在《新方言》里，但由今观之，则"州"乃动词，非名词也。

至于我说无甚可以攻击之处的话，那可的确是虚言。其实是，那时我于广州无爱憎，因而也就无欣戚，无褒贬。我抱着梦幻而来，一遇实际，便被从梦境放逐了，不过剩下些索漠。我觉得广州究竟是中国的一部分，虽然奇异的花果，特别的语言，可以淆乱游子的耳目，但实际是和我所走过的别处都差不多的。倘说中国是一幅画出的不类人间的图，则各省的图样实无不同，差异的只在所用的颜色。黄河以北的几省，是黄色和灰色画的，江、浙是淡墨和淡绿，厦门是淡红和灰色，广州是深绿和深红。我那时觉得似乎其实未曾游行，所以也没有特别的骂詈之辞，要专一倾注在素馨和香蕉上。——但这也许是后来的回忆的感觉，那时其实是还没有如此分明的。

到后来，却有些改变了，往往斗胆说几句坏话。然而有什么用呢？在一处演讲时，我说广州的人民并无力量，所以这里可以做"革命的策源地"，也可以做反革命的策源地……当译成广东话时，我觉得这几句话似乎被删掉了。给一处做文章时，我说青天白日旗插远去，信徒一定加多。但有如大乘佛教一般，待到居士也算佛子的时候，往往戒律荡然，不知道是佛教的弘通，还是佛教的败坏？……然而终于没有印出，不知所往了……。

广东的花果，在"外江佬"的眼里，自然依然是奇特的。我所最爱吃的是"杨桃"，滑而脆，酸而甜，做成罐头的，完全失却了本味。汕头的一种较大，却是"三廉"，不中吃了。我常常宣传杨桃的功德，吃的人大抵赞同，这是我这一年中最卓著的成绩。

在钟楼上的第二月，即戴了"教务主任"的纸冠的时候，是忙碌的时期。学校大事，盖无过于补考与开课也，与别的一切学校同。于是点头开会，排时间表，发通知书，秘藏题目，分配卷子……于是又开会，讨论，计分，发榜。工友规矩，下午五点以后是不做工的，于是一个事务员请门房帮忙，连夜贴一丈多长的榜。但到第二天的早晨，就被撕掉了，于是又写榜。于是辩论：分数多寡的辩论；及格与否的辩论；教员有无私心的辩论；优待革命青年，优待的程度，我说已优，他说未优的辩论；补救落第，我说权不在我，他说在我，我说无法，他说有法的辩论；试题的难易，我说不难，他说太难的辩论；还有因为有族人在台湾，自己也可以算作台湾人，取得优待"被压迫民族"的特权与否的辩论；还有人本无名，所以无所谓冒名顶替的玄学底辩论……。这样地一天一天的过去，而每夜是十多匹——或二十匹——老鼠的驰骋，早上是三位工友的响亮的歌声。

现在想起那时的辩论来，人是多么和有限的生命开着玩笑呵。然而那时却并无怨尤，只有一事觉得颇为变得特别：对于收到的长信渐渐有些仇视了。

这种长信，本是常常收到的，一向并不为奇。但这时竟渐嫌其长，如果看完一张，还未说出本意，便觉得烦厌。有时见熟人在旁，就托付他，请他看后告诉我信中的主旨。

"不错。'写长信，就是反革命的！'"我一面想。

我当时是否也如K委员似的眉头打结呢，未曾照镜，不得而知。仅记得即刻也自觉到我的开会和辩论的生涯，似乎难以称为"在革命"，为自便计，将前判加以修正了：——

不。“反革命”太重，应该说是“不革命”的。然而还太重。其实是，——写长信，不过是吃得太闲空罢了。

有人说，文化之兴，须有余裕，据我在钟楼上的经验，大致是真的罢。闲人所造的文化，自然只适宜于闲人，近来有些人磨拳擦掌，大鸣不平，正是毫不足怪，——其实，便是这钟楼，也何尝不造得蹊跷。但是，四万万男女同胞，侨胞，异胞之中，有的是“饱食终日，无所用心”，有的是“群居终日，言不及义”。怎不造出相当的文艺来呢？只说文艺，范围小，容易些。那结论只好是这样：有余裕，未必能创作；而要创作是必须有余裕的。故“花呀月呀”，不出于啼饥号寒者之口，而“一手奠定中国的文坛”，亦为苦工猪仔所不敢望也。

我以为这一说于我倒是很好的，我已经自觉到自己久已不动笔，但这事却应该归罪于匆忙。

大约就在这时候，《新时代》上又发表了一篇《鲁迅先生往那里躲》，宋云彬先生做的。文中有这样的对于我的警告：——

他到了中大，不但不曾恢复他‘呐喊’的勇气，并且似乎在说‘在北方时受着种种迫压，种种刺激，到这里来没有压迫和刺激，也就无话可说了’。噫嘻！异哉！鲁迅先生竟跑出了现社会，躲向牛角尖里去了。旧社会死去的苦痛，新社会生出的苦痛，多多少少放在他眼前，他竟熟视无睹！他把人生的镜子藏起来了，他把自己回复到过去时代去了。噫嘻！异哉！
鲁迅先生躲避了。

而编辑者还很客气，用案语声明着这是对于我的好意的希
望和怂恿，并非恶意的笑骂的文章。这是我很明白的，记得看
见时颇为感动。因此也曾想如上文所说的那样，写一点东西，
声明我虽不呐喊，却正在辩论和开会，有时一天只吃一顿饭，
有时只吃一条鱼，也还未失掉了勇气。《在钟楼上》就是豫定
的题目。然而一则还是因为辩论和开会，二则因为篇首引有拉
狄克的两句话，另外又引起了我许多杂乱的感想，很想说出，
终于反而搁下了。那两句话是：——

　　在一个最大的社会改变的时代，文学家不能做旁
观者！

但拉狄克的话，是为了叶遂宁和梭波里的自杀而发的。他
那一篇《无家可归的艺术家》译载在一种期刊上时，曾经使我
发生过暂时的思索。我因此知道凡有革命以前的幻想或理想的
革命诗人，很可有碰死在自己所讴歌希望的现实上的运命；而
现实的革命倘不粉碎了这类诗人的幻想或理想，则这革命也还
是布告上的空谈。但叶遂宁和梭波里是未可厚非的，他们先后
给自己唱了挽歌，他们有真实。他们以自己的沉没，证明着革
命的前行。他们到底并不是旁观者。

但我初到广州的时候，有时确也感到一点小康。前几年在

北方，常常看见迫压党人，看见捕杀青年，到那里可都看不见了。后来才悟到这不过是"奉旨革命"的现象，然而在梦中时是委实有些舒服的。假使我早做了《在钟楼上》，文字也许不如此。无奈已经到了现在，又经过目睹"打倒反革命"的事实，纯然的那时的心情，实在无从追蹑了。现在就只好是这样罢。

原载1927年12月17日上海《语丝》第4卷第1期

"如此广州" 读后感

鲁 迅

前几天，《自由谈》上有一篇《如此广州》，引据那边的报章，记店家做起玄坛和李逵的大像来，眼睛里嵌上电灯，以镇压对面的老虎招牌，真写得有声有色。自然，那目的，是在对于广州人的迷信，加以讥刺的。

广东人的迷信似乎确也很不小，走过上海五方杂处的衖堂，只要看毕毕剥剥在那里放鞭炮的，大门外的地上点着香烛的，十之九总是广东人，这很可以使新党叹气。然而广东人的迷信却迷信得认真，有魄力，即如那玄坛和李逵大像，恐怕就非百来块钱不办。汉求明珠，吴征大象，中原人历来总到广东去刮宝贝，好像到现在也还没有被刮穷，为了对付假老虎，也能出这许多力。要不然，那就是拼命，这却又可见那迷信之认真。

其实，中国人谁没有迷信，只是那迷信迷得没出息了，所以别人倒不注意。譬如罢，对面有了老虎招牌，大抵的店家，是总要不舒服的。不过，倘在江浙，恐怕就不肯这样地出死力来斗争，他们会只花一个铜元买一条红纸，写上"姜太公在此百无禁忌"或"泰山石敢当"，悄悄地贴起来，就如此地安身立命。迷信还是迷信，但迷得多少小家子相，毫无生气，奄奄一息，他连做《自由谈》的材料也不给你。

与其迷信，模胡不如认真。倘若相信鬼还要用钱，我赞成北宋人似的索性将铜钱埋到地里去，现在那么的烧几个纸锭，却已经不但是骗别人，骗自己，而且简直是骗鬼了。中国有许多事情都只剩下一个空名和假样，就为了不认真的缘故。

广州人的迷信，是不足为法的，但那认真，是可以取法，值得佩服的。

二月四日

原载1934年2月7日《申报·自由谈》

厦门和广州

许广平

　　当北京"三一八"事件之后，政治还是那么黑暗。我们料想：中国的局面，一时还会不死不活地拖下去，但清醒了的人是难于忍受的。恰好这时厦门大学邀请鲁迅去教书，换一个地方也好吧，鲁迅就答应去了。其时我刚在暑假毕了业，经过一位熟人的推荐，到广东女子师范学校去教书。

　　临去之前，鲁迅曾经考虑过：教书的事，绝不可以作为终生事业来看待，因为社会上的不合理遭遇，政治上的黑暗压力，作短期的喘息一下的打算则可，永远长此下去，自己也忍受不住。因此决定：一面教书，一面静静地工作，准备下一步的行动，为另一个战役作更好的准备，也许较为得计吧。因此，我们就相约，做两年工作再作见面的设想，还是为着以后的第二个战役的效果打算。这是《两地书》里没有解释清楚的。

　　抱着换一个地方的想法到了厦门，遇到"双十节"，当时使得鲁迅"欢喜非常"。因为北京受北洋军阀统治了多年，"北京的人，仿佛厌恶双十节似的，沉沉如死。"大凡人对某一件事的看法有了不同，则感情上也自然产生爱恶两种极相反的态度。鲁迅在北京，对过年的鞭炮声也听厌了，对鞭炮有了恶感，这恶感是因为北京的鞭炮声，代表了陈旧腐朽的一面，所以厌恶。而厦门的鞭炮声带来了新鲜希望，所以说"这回才觉得却也好听""欢喜非常"了。再看他的比较："听说厦门市上今天也很热闹，商民都自动地挂旗结彩庆贺，不像北京那样，听警察吩咐之后，才挂出一张污秽的五色旗来。"（以上均见《两地书》）从挂旗上，鲁迅判别出自动与被动，觉悟与不觉悟的精神来，说明了北京人民之所以如此，是因为这一面旗代表的是封建军阀的黑暗统治，人民听警察的吩咐才挂旗，是反抗军阀压制的一种无言表示。而在厦门，当时，大革命的浪潮，正从南方兴起，人民对民主革命抱有一点希望，那是在孙中山联俄联共扶助工农三大政策影响下来庆祝节日的，所以鲁迅差强人意地认为："此地的人民的思想，我看其实是'国民党的'的，并不怎样老旧。"（引文同上）

同样的"双十节"，在广东，"一面庆贺革命军在武汉又推倒恶势力，一面提出口号，说这是革命事业的开始而非成功"，这原来蕴藏着国共分裂、排斥共产党人的阴谋。看来违反孙中山路线的企图，这时也在萌动了。所以表现在一般人的态度上，并不因打下武汉而特别高兴，自然在庆祝大会的会场上只看到"雨声、风声、人声，将演讲的声音压住"（见《两地书》：第五十五），闹嚷嚷乱哄哄地混作一团。这天我是和学生一同游行，亲眼看到这种情况的。正好上海的《新女性》杂志索稿，就写了一篇《新广东的新女性》投出，说明我在广州看到新女性，还是娇滴滴的小姐式，应付了事的态度多，认真庆祝的少，与"三一八"时北京的女学生奋斗争取达到游行目的的情形迥异，和厦门鲁迅所喜欢的景象也不同。作为窥测气候的一面镜子来说，是令人失望的。

一到广州，听女子师范学校廖冰筠（廖仲恺的妹妹）校长说，是要我担任"训育"的事，这当然就应交出从北京带去的"国民党"关系证件了。在北京我曾加入国民党左派，回广东路过南京时，鲁迅曾担心有文件怕被发现而不安，就是这个证件。但廖校长叫我慢点交出。时因初到，不便多问，这事就此搁起。后来听说邓颖超大姐在省党部工作，想去看看久别了的、景仰的邓大姐，向廖校长打听地址，她又叫我最好不要去，意思是避免新回去的我，不要因为色彩过于鲜明而被国民党反动派注意。对于这些，因是初到，都觉得诧异，以为必是校长过于谨慎。既然这样，就听取了一半，不交证件出去，也就是从此和国民党断了关系。后来才晓得，国民党内部是如此复杂，大别之有左右二派，派中又有无数小派，无怪廖校长叫暂时不要去报到了。若一旦错与右派联系，便不得了。所以不交出去还是妥当的。但要不去见邓大姐，却万万做不到，就暗地里找到省党部，不在；又设法找到她的寓所，见到了渴望已久的亲大姐。叙了阔别之情……谈了许久的话，现时不能一一写出了，但记得还在她那里吃了一顿饭才走的。

后来又见到一位同志，是李春涛。他本来在北京当教授，和杜老（守素）同住在一起。那时许多人都想丢开教书去干革命。彭湃同志首先南下了，接着李春涛、杜老也计划离去。他们两人同住在北京地安门内南月牙胡同，经过同乡介绍，我到过他们住的"赭庐"。门也油着红色，表示赤色的思想，但没有遇见一个人。后来在一九二五年四月五日，在东安市场的森隆见面了，当时还有些什么人一起同席，现在已经记不起来了，只记得他给了我很多鼓励，并约我毕业后回到广东去做事，临别时又送了一本书，说那本书他看过了，还不错。翻开里页，看到写着："广平先生惠存，春涛敬赠"，另一页又盖着"李春涛读书章"，并有他订正补充的文字，具见革命者读书的认真不苟的严肃态度。这次在广州见面，是他以代表身份到广州开会来的，是第二回见面了。他很高兴我真的回到了广州，并且邀请到汕头去，无论教书，做妇女工作，做报纸宣传工作都可以想办法。总之，那面缺人得很。那大约是一九二六年的冬天。后来广东女子师范风潮闹起来了（实际上是国民党右派在攻击廖冰筠校长），一时离不开。到了国民党右派极端猖獗的时候，学校里反动分子非常嚣张，写信恫吓校长，在学校内滋事，校外又和由右派把持的学生会以及相互呼应的青年部有联系，可见事情并不简单，当时已处于暴风雨的前夕。但我以为不管怎样，负责到告一段落的时候，交代得过去才可对得起学校。后来知道各个负责的都另有工作了，就想也卸却仔肩，去汕头应李春涛同志为革命事业多找些人工作的约请，哪晓得这个为革命事业不惜费尽一切苦心的人，在大革命时期被国民党反动派暗害了，在汕头连尸首也找不着。从此中国失掉了一个为革命尽忠的英勇战士，现在手头只留着烈士赠送的一本书，永远纪念他为革命献身的精神，成为鞭策我们工作前进的力量。当时，想去汕头，是为了走向革命，学习到更多的东西，同时，也为了离厦门近一些，与鲁迅呼应较便。但对在厦门的鲁迅解释得不够详细，倒引起他的牢骚来了："我想 H·M·不如不管我怎样，而到自己觉得相宜的地方去，否则，也许因此去做很牵就，非意所愿的事务，比现在的事情还无聊。"在写完这封信的深夜，又添了几句："我想 H·M·正要为社会做事，为了我的牢骚而不安，实在不好，想到这里，忽然静下来了，没有什么牢骚了。"（见《两地书》：第八十一）这里越是说没有什么，正表明有什么，因此我考虑：同是工作，要自己去闯，可能也多少干一些事，但是社会这样的复杂，而我又过于单纯，单纯到有时使鲁迅很不放心，事情摆在面前，恐怕独自干工作是困难了。既然如此，就在鲁迅跟前做事也是一样的。这样的想法一决定，就不去汕头了。以后也没有改变这决定。

　　那时鲁迅已经应了广州中山大学文学系主任兼教务主任的聘请。我名为助教，实则协助鲁迅和许寿裳先生做些有关教务的准备和生活方面的工作。鲁迅后来搬到白云楼，为的好有一些时间想想写写，自己支配自己的时间。那时郭沫若先生已经去了武汉。鲁迅所理想的文艺运动，是和创造社联合起来，结成一条战线，共同向旧社会旧势力展开攻击，而且作最坏的估计，向朋友述说他的决心："至多不能回北京去。"这表达了鲁迅出京以后，在厦门服鱼肝油等补药的一种积极从事准备另一战役的态度。可惜局势的变化，郭先生等离开广东，联合战线的目的已经不能达到。身边除了许寿裳先生一人之外，并没有可以与言的人，鲁迅深深感到孤独的悲哀。幸而党的领导像明灯一样照耀着每一块土地，鲁迅在此期间，见到了一些党的负责人如陈延年等同志。鲁迅正在考虑如何把党的精神贯彻到工作中去，正在观察各方面的情况，联合更多的青年，突然，四月十五日清晨，我的老家人"阿斗"跑到白云楼来，惊慌失措地说：不好了，中山大学贴满了标语，也有牵涉到鲁迅的，"叫老周（鲁迅）快逃走吧！"我急忙走到楼下，看到下面有许多军队，正在集合听调动，仿佛嗅到火药气味，大约就是有什么举动了吧？看看河对岸的店铺楼上，平时做工会办公处的，这时也有些两样了，似乎在查抄。我一口气跑到邓大姐住处，打算告诉她所见所闻，通知她小心些。待到得门前。铁门被拉起走不进去，急忙按了好一阵的门铃，里面出来一个青年，彼此还认识，就把看见的向他说了，大约太显得惊慌了吧，他这时才回答说："大姐已经走了。"我如释重负地回去，叫醒了鲁迅，告诉他不平常的一切。待到下午中山大学开会营救被捕青年的时候，他精神早已有所准备，明知这又是无耻叛变的勾当。学校负责人是公开宣布过带领着学生往左走的，这回却反过来大骂共产党，说这是"党"校（国民党办的学校），凡在这里做事的人，都应该服从国民党的决定，不能再有异言。鲁迅悲愤填膺地力争，坚持营救学生，未获通过。仅有一二人先还似要响应鲁迅的话的，到后来看情形不妥就不开口了。结果力争无效，鲁迅独自宣布辞职。回到白云楼，把经过一一向许寿裳先生细说，气得连晚饭也未进一口。这个血的教训，比"三一八"又深一层了。在孙中山三大政策的旗帜之下，在国共合作得来的胜利之下，这里居然明目张胆地背叛革命，公开血腥地屠杀共产党员和革命青年，有些是失踪，有些是在病床上被扼杀的，这种反常的举动，比北洋军阀还黑暗，不能以常理来推测，无怪鲁迅说"被血吓得目瞪口呆"，认为匪夷所思的意外遭遇了。

困难的是在"目瞪口呆"的局面下还一时不能走出。许寿裳先生六月间已先离去了，鲁迅还在酷热的西窗下日夜执笔做着工作：《野草》《小约翰》《朝花夕拾》《而已集》《唐宋传奇集》等相继编写完成。尽量利用有限的时光，做些文化工作，随时随地都不许浪费些时间，这就是他数十年如一日的工作态度，始终是鼓足干劲地为中国、为青年，贡献他的力量。

许寿裳先生是一个老好人，执正不苟，在与章士钊斗争的时候，鲁迅被非法撤职，他就和齐宗颐（寿山）先生，毅然辞去教育部工作以示抗议，凛然有古代义士风格。这回在中山大学，又一次表示他对拘捕学生的愤慨，和鲁迅一同辞职。敌人对待许先生是不同于鲁迅的，立即批准，因为他们准许了许先生的辞职，不致引起学生闹风潮的危险，就毫不客气地这样办了。在许先生呢，鉴于大局的恶劣，以至颠倒黑白，留也何益？与鲁迅同进退，正是凛然大义所在的又一次表示。他和鲁迅，平时有似兄弟怡怡，十分友爱。偶或意见不合，鲁迅就会当面力争，而许先生不以为忤，仍友好如故，有时彼此作绍兴土音说话，说到会心处会大笑。反对杨荫榆的时候，杨说六个被开除学生是害群之马，鲁迅和许先生就私自给我取绰号"害马"，我是不知道的。有一回见面的时候，鲁迅说"害马来哉"，我还摸不着头脑，他们二人却哈哈大笑不已。

待到鲁迅逝世后，因他们从前过从极密。留学日本和在教育部工作，也总是在一起的。我就劝许先生写些东西出来，后来就成为《亡友鲁迅印象记》的回忆录。他这本回忆录，是在台湾大学教书时写的，据说自鲁迅逝世后，许先生在授课时或课外，更多地在谈到鲁迅的思想、学术、文艺、革命的各方面，除整本的《亡友鲁迅印象记》外，《我所认识的鲁迅》里收了不少纪念文字，因此遭到国民党反动派特务们的忌恨，不止一次地警告过他："不要谈鲁迅"。许先生却以为谈谈这些，又不关系到政治行动，而且人已经死了，绝不会惹起问题的。殊不知这就是为革命者宣传的政治活动。许先生的毅然不顾一切的言行，正如鲁迅活着时候常常说过的"季茀他们对我的言行，尽管未必一起去做，但总是无条件地承认我所作的都对。"越是在黑暗统治下的台湾，越觉着像鲁迅那样的人逝去的可惜的许先生，就越加爱自动宣传鲁迅的革命精神，终于遭到暴徒的暗杀，可谓以身殉友——真理、正义——的一人了。

鲁迅常批评周作人，生平没有几个真心知己朋友，没有得到很多的诤益。鲁迅自己就很以有几个意气相投的朋友为自慰。如与章士钊斗争的时候，许寿裳先生与齐宗颐（即助译《小约翰》者）就抗议章的非法解除鲁迅佥事职务而一同辞职，以及广州中山大学"四一五"非法拘捕、开除学生，鲁迅辞职而许寿裳先生也表示抗议离去，都是一样的精神。

三十五年和鲁迅亲如手足的许寿裳先生，是具有正义感的知识分子，他只是在讲课中提及同一具有正义感的鲁迅而已。

然而就是这样的一位老学者,反动的国民党还是不能容许存在。他们这种铲除异己的法西斯作风是多么不择手段! 丧尽理性!

经过剧烈变化的时局之后的鲁迅,深深感到"抱着梦幻而来,一遇实际,便被从梦境放逐了,不过剩下些索漠"(见《三闲集》:《在钟楼上》)。其实,我们都是抱着梦幻而来的。当北洋军阀逼到我们走投无路的时候,以为南方革命空气比较浓厚,总会聊胜一筹的。待到了之后,眼看一些假象,在厦门的鲁迅和在广州的我,初时都被假象所迷惑,轻于置信,不免欢喜形于辞色。到十月十日,鲁迅见到厦门的庆祝会和我对中大的怀有希望都是轻于置信的例子,而没有真正深入到人民生活仍是"旧的"那方面去考虑,尤其在广州大屠杀的当时,其实是很危险的。女师"士的派"("士的克"是英文 stick 的译音,意即手杖。当时,国民党右派常常气势汹汹,用手杖打人,故称"士的派")的学生就亲自到女子师范学校去指名提同学的(强迫学校集合学生在大操场,被她指名的是左派的人就叫出来,最后一齐捉去)。她们起先企图诱我共同反对校长廖冰筠,无效,则转而反噬校长和我是准共产党,共产党就该杀头。如果当时我还没有从女子师范学校离去,则很有可能被陷害。生命实在没有保障得很。而我之再三劝鲁迅去广东,也无非希望对革命的广州有所贡献。当时,广州文艺方面除创造社一些读物外,其他荒芜得很。所以鲁迅又介绍北新、未名的出版物于广州青年,虽然这些刊物没能达到以理论教育青年的目的,但在那时的广州,这种文艺读物已属很不易得的了。其时,芳草街北新书屋是向某青年转租的空房子,两房一厨房,前房摆书摊,后房住人,我就找了一位熟人去,为料理代售书籍的事。那位青年非常信任鲁迅,把房子让出,连同家具一并在内,每月只要代付九元房租即妥。后来,鲁迅打算离开广州,就把书移交给共和书局,结束了代售书籍的业务，仍旧把房屋交还某青年，即算完事。可见这时在广州对我们热心相助者也颇不乏人。

我离开广州十年之后才于一九二六年毕业回去，已是沧桑大变。在当时国共合作下，已有一股反革命潜流正在形成，一到时机成熟，他们就忽而会反脸相向，继之而以屠杀来对付共产党人。这些情况是鲁迅和我都万料不到的。而责任究属我应多担负些。既然郭沫若先生也被迫离去，就可想而知这里已是风雨欲来了。就因为我那时年轻，阅世不深，受政治影响和教育不够的缘故，竭力向鲁迅表示乐观。因此，他之到广州来，论其实际我不能辞其责。在这万难的局面之下，鲁迅从血的教训，残酷的事实里，激起了对阶级思想的深刻认识。认识到"原先是憎恨这熟识的本阶级，毫不可惜它的溃灭，后来又由于事实的教训，以为惟新兴的无产者才有将来"（见《二心集》序言）。

为了新的战斗，鲁迅毅然离开了涉足不满九个月的广州。为了新的胜利，他痛心疾首地离去了当时由革命策源地，一变而为反革命策源地的广州。而对着这座由共产党员和革命青年的鲜血所染遍，由反革命刽子手的血手染污了的城市，鲁迅余怒未息地对我说："一同走吧！还有什么可留恋的！"就这样，我们终于在一九二七年九月二十七日离开广州，共同向未来的阵地——上海去了。

选自许广平著《鲁迅回忆录》，作家出版社1961年版

鲁迅先生往那些地方躲

许广平

　　鲁迅先生居然能够跑到广州来，这是我们第一：要多谢北京社会的黑暗，阴谋家的多方陷害，使他不能安于故居。第二：要多谢厦门大学校长林文庆，和他意见不合——即教育见解，背道而驰——终于有二年的成约，毁了，变为一年，而半年，而四月余，到底干不下去。第三：恰好中大重新改组，叫他来做教师，他以为是："如果中大需要我——鲁迅先生自己——来，我可以尽一点力量，自然是要来的。所以，当一月十八的那天，带着好多位在厦门奋斗过的青年投向中大来了。这是他离开了十五年久居北京的经过。

　　脚踏到广州，给鲁迅先生的观感是什么？"这是革命的策源地，然而是在后方。""已经早已革命过的了，所以没有压迫。""悲壮的大会开起来了，然而锣鼓喧天的活象杂耍场，也无须参加的了！"

　　鲁迅先生是想要到民间去的，天天走出十字街头；粤秀公园算是可观，不料微耸的土堆，做了他的绊脚石，使他受伤，硬迫他"躲"了这些时！

　　他是爱怕羞的，然而一伸出头来，却常常引起许多人的研究，指目；怪可怜地，他急的退藏起来了。

　　他虽则怕羞，但正经来见是从不爱无故拒绝的，整天地谈话，鲁迅先生躲在这里什么也做不出来了。

自以为不会做事，专只捣乱的鲁迅先生，现在居然硬干起光杆的中大教务主任来了——教员还未全备,开课就在目前——这怎能不叫他躲在"山阴道上""五里雾中"呢？

于是乎我们文坛上——广州——的人们，以为："先生往那里躲"了。他真个能躲起来的吗？中大是就要开课了，自然有许多工作会随着发生，至少总有些细微的"刺戟"，投射到鲁迅先生的影子吧。他是需要"辗转"的生活的，他是要找寻敌人的，他是要见看压迫的降临的，他是要抚摩创口的血痕的。等着有终竟到来的机会，这时候就能够使鲁迅先生在慢慢地吸着卷烟的当儿，涌出不少的情趣，他于是有文章可作了！这许是广州给与他的额外的特殊的礼物吧。

原载1927年2月广州《国民新闻》副刊《新时代》，
收入同年7月北新书局出版《鲁迅在广东》一书

北新书屋

许广平

　　孙伏园先生来到广州的时候，他，他老人家——其实他还并不老，不过从北京逃出舆论界被屠杀时，化装留下的髭须，使人们见了多称他孙老头儿，或伏老而已。——似乎皮相（？）一点罢，以为广州的文坛太寂寞了，想"挑拨"一下，从外面运些家伙来。最先找到了几间屋，在芳草街四十四号的楼上。家伙——书——的到来还没有影子，伏园先生却已经跑往武昌去了，于是就将几间空空洞洞的屋子交付给鲁迅。

　　于是这回是鲁迅先生要准来卖书。那办法，是仍将这空房子锁起，从自己的腰包里陆续掏出了六十元钱付房租，总算是在开书店。而自己还很得意，说道，虽然没有书，然而这总可以支持的，好在我在中山大学做教员，现在还没有欠薪水。

　　幸而四五天以前，书籍陆续地寄到了，书店本可以逐渐开起来。但这位先生却又不想开书店了——其实也不会——以为麻烦得很，不如托一个熟人随便出掉它。名目呢？书籍多是北新书局的，但这里又不是书局，倒是人家，那么，叫作"北新书屋"吧。

　　从此这北新书屋，就于三月二十五日在芳草街出现。

　　然而这广州的读者，却似乎也欢迎"挑拨"，第一天，这书屋就很不算冷落了。

因为自己比较地知道情形，就为要读新书的人们介绍一下，也可以说是近乎变相的广告。

三月二十六日

原载 1927 年 3 月 31 日广州《国民新闻》副刊《新时代》第三十五期

广州同住

许寿裳

　　同年八月底，鲁迅离开北京，至厦门大学教书去了。临行，我表示亦将离京谋事，托他随时为我留意，因为，我和他及寿山三人的教育部职务虽已恢复，总觉得鸡肋无味。他极以为然，所以对于我之所托，非常关心，视同己事，《两地书》中时时提到，至十几次之多。如云："玉堂在此似乎也不大顺手，所以上遂的事竟无法开口。"（书四二）又云："上遂的事则至今尚无消息，不知何故。我同兼士曾合写一信，又托伏园面说，又写一信，都无回音，其实上遂的办事能力，比我高得多。"（书八一）又云："上遂南归，杳无消息，真是奇怪，所以他的事情也无从计划。"（书九六）到了十二月底，他知道了我的事容易设法，就接连的来信通知，现录一通如下：

　　季市兄：

　　　　昨寄一函，已达否？此间甚无聊，所谓国学院者，虚有其名，不求实际。而景宋故乡之大学，催我去甚亟。聘书且是正教授，似属望甚切，因此不能不勉力一行，现拟至迟于一月底前往，速则月初。伏园已去，但在彼不久住，仍须他往。昨得其来信，言兄教书事早说妥，所以未发聘书者，乃在专等我去之后，接洽一次也。
现在因审慎，聘定之教员似尚甚少云。信到后请告我
最便之通信处。来信寄此不妨，即我他去，亦有友人
收转也。此布。

　　即颂

曼福。

树人上　十二月廿九日

　　鲁迅到广州中山大学后，就接连来信催我前往，略说兄之
聘书已在我处，月薪若干，此间生活费月需约若干，所教功课，
现尚无从说起，因为一切尚无头绪，总之此校的程度是并不高
深的。开学是三月二日，但望兄见信即来，可以较为从容，谈
谈。从沪开来之轮船如何如何。唐餐间胜于官舱，价约若干……
他的指示很周到，使我感激不可以言宣，真是所谓"穷途仗友
生"！这几封催我前往的信，我因为在抗战那年，检入行箧中，
老是携带着，前年在重庆写了一篇《鲁迅的几封信》，把它发表，
作为他逝世九周年的一点纪念，所以这里不再钞引了。
　　我航海既到广州，便在逆旅中，遣使送信去通知鲁迅。使
者回，说人不在家。到了第二天的下午，景宋见访，始知鲁迅
才从香港讲演回来，因足受伤，不良于行，教她来接我至校同住。
那时候，他住在中山大学的最中央而最高最大的一间屋——通
称"大钟楼"，相见忻然。书桌和床铺，我的和他的占了屋内
对角线的两端。这晚上，他邀我到东堤去晚酌，肴馔很上等甘洁。
次日又到另一处去小酌，我要付账，他坚持不可，说先由他付
过十次再说。从此，每日吃馆子，看电影，星期日则远足旅行，
如是者十余日，豪兴才稍疲。后来，开学期近了，他是教授兼

教务主任，忙于开会议，举行补考，核算分数，接见种种学生，和他们辩论种种问题，觉得日不暇给，豪兴更减了。我对于广州的印象，因为是初到，一切觉得都很新鲜，便问他的印象如何。他答道：革命策源地现在成为革命的后方了，还不免是灰色的。我听了很受感动。又问他在香港讲演的题目是什么，反应是怎样？他答道："香港这殖民地是极不自由的，我的讲演受到种种阻碍，题目是《老调子已经唱完》，《无声的中国》，有人想把我的讲稿登载报上，可是被禁止了。"

这间大钟楼是大而无当，夜里有十几匹头大如猫的老鼠赛跑，清早有懒不做事的工友们在门外高唱，我和鲁迅合居其间，我喜欢早眠早起，而鲁迅不然，各行其事，两不相妨，因为这间楼房的对角线实在来得长。晚餐后，鲁迅的方面每有来客络绎不绝，大抵至十一时才散。客散以后，鲁迅才开始写作，有时至于彻夜通宵，我已经起床了，见他还在灯下伏案挥毫，《铸剑》等篇便是这样写成的。有一天，傅孟真（其时为文学院长）来谈，说及顾某（顾颉刚）可来任教，鲁迅听了就勃然大怒，说道："他来，我就走。"态度异常坚决。

后来搬出学校，租了白云楼的一组，我和鲁迅、景宋三人合居。地甚清静，远望青山，前临小港，方以为课余可以有读书的环境了。那知道感触之来，令人窒息，所谓"抱着梦幻而来，一遇实际，便被从梦境放逐了，不过剩下些索漠"。清党事起，学生被捕者不少，鲁迅出席各主任紧急会议，归来一语不发，我料想他快要辞职了，一问，知道营救无效。不久，他果然辞职，我也跟着辞职。他时常提起，有某人（毕磊）瘦小精悍，头脑清晰，常常来谈天的，而今不来了。鲁迅从此潜心写作，不怕炎热的阳光侵入住室到大半间，仍然手不停挥：修订和重钞《小约翰》

的译稿，编订《朝花夕拾》，作后记，绘插图，又编录《唐宋传奇集》。十月回至上海。自去年秋，出北京，中经厦门，广州，至此仅一年，他的生活是不安的，遭遇是创痛的。

选自许寿裳著《亡友鲁迅印象记》，人民文学出版社1953年版